農夫가 꿈을 世上

회 고 록

회 고 록

초판 1쇄 인쇄일 2016년 11월 16일
초판 1쇄 발행일 2016년 11월 21일

지은이 황인석
펴낸이 양옥매
디자인 최원용
교　정 조준경

펴낸곳 도서출판 책과나무
출판등록 제2012-000376
주소 서울시 마포구 방울내로 79 이노빌딩 302호
대표전화 02.372.1537　**팩스** 02.372.1538
이메일 booknamu2007@naver.com
홈페이지 www.booknamu.com
ISBN 979-11-5776-302-3(03810)

이 도서의 국립중앙도서관 출판시도서목록(CIP)은 서지정보유통지원 시스템
홈페이지(http://seoji.nl.go.kr)와 국가자료공동목록시스템
(http://www.nl.go.kr/kolisnet)에서 이용하실 수 있습니다.
(CIP제어번호 : CIP2016026399)

農夫가 품은 世上

회 고 록

황인석 지음

책과나무

Contents

여 · 는 · 글

　올해는 갑오년 농민 봉기 122주년이 되는 해이다. 내가 이 글을 쓰기로 마음먹고 첫 집필을 시작한 날은 아내가 내 곁을 떠난 지 보름을 조금 넘긴 때였다. 나는 내 생의 절반 이상을 농민 운동이라는 거친 투쟁의 한복판에서 지내 왔고, 그동안의 삶 동안 나 자신의 방식을 고수하며 신념과 확신에 찬 목소리로 투쟁의 삶을 살아올 수 있었던 근본적인 요인에 대해 아내의 내조를 꼽는다. 나 자신의 신념보다는 아내의 내조 없이 이루기 어려운 결과였다고 생각한다. 그럼 그 결과는 무엇인가? 그것은 아마도 나를 비롯한 우리 가족들의 삶 전부일 것이다. 그러나 애석하게도 아내가 생존해 있을 당시에는 그 소중함을 모르고, 아내를 먼저 보내고 난 후에야 아내의 소중함을 깨닫게 되었으니 사람의 미련함과 망각을 나 같은 사람을 두고 하는 말이 아닌가 싶다.

　가난함에 허덕이는 몰락한 유가 집안에 시집와 고생한 나의 아내. 아내의 갑작스러운 죽음으로 나는 지금까지 살아온 삶의 의미를 전부 잃어버리고 말았다. 단 한 번도 생각해 본 적 없던 아내의 죽음. 그 가슴 아픈 일을 겪은 후부터 나는 우울하고 희망이 없는 날들을 보내왔다. 살아야 한다는 의미, 그게 무엇인지 알 수 없었다.

그러나 아내가 그토록 사랑했던 임수와 은하는 여전히 내 자식들이었고 아이들에게 닥친 아내의 빈자리는 내가 채워야만 하는 것이었다. 두 자식의 뒷바라지를 무사히 마치겠다고 49재 기간에도 새벽 5시면 어김없이 일어나 아내가 운명한 안방에서 간절히 올렸던 108배의 맹세. 나는 아내가 부디 좋은 곳으로 갈 수 있도록 간절한 염원을 담아 기도를 올렸다.

아내와 나는 서로 의지하며 한평생 행복하고자 했다. 하지만 나부터도 반복적인 다짐으로만 아내에게 잘해야겠다고 했지, 실질적으로 아내를 위해 해 준 것은 아무것도 없었다. 이러한 소회는 어찌 보면 아내를 향한 그 마음을 실천하지 못한 아쉬움 때문인지도 모른다.

아내와 함께 살아오면서 울고 웃었던 지난 세월. 이러한 세월의 덧없음을 회고할 수밖에 없는 현실 속에서 나는 매 순간 아내를 떠올린다.

아내와 함께하지 못한 회한들이 가슴을 파고들어 어느덧 그리움이 되어 간다. 나는 배움이 짧은 사람이지만, 이 책을 통해 아내와의 행복했던 시간들을 정리하고 싶었다. 내가 책을 낸다는 것은 무리한 도발일 수도 있고, 부끄러움과 좌절도 수반한다. 하지만 용기를 내어 보고 싶었다.

독자가 마지못해 읽는 책이 된다고 하면 굳이 할 말은 없겠지만, 가난한 농부가 지난 세월을 정리한 것뿐이라는 것을 염두에 두고 책을 대한다면, 너그럽게 책장을 넘길 수 있는 여유가 생기지 않을까 싶다.

할머니와 아버지가 겪었던 그 세월은 고스란히 내가 성장하는 과정에 상당한 영향을 가져다 줬다. 배고픔과 배움의 중단 다시 일어서려는 나 자신의 혼신의 노력…! 그 어려운 생활과 환경의 과정속에서도 내가 굴하지 않고 사회인으로 남들앞에 설 수 있었던 것은 부모로부터 물려받은 정신적 유산일 것이다.

춥기만 하던 겨울밤 아버지가 나를 껴안아 당신의 체온으로 나를 덥혀주려 할 때 까칠한 아버지의 수염이 싫었던 기억이 지금에서야 그립다.

그런 아버지의 시련을 지금에야 이해한다. 우리 가족 모두에게 시련을 안겨준 그 시기 대통령이었던 사람의 딸이 다시 대통령이 되었고 지금 다시 그 딸은 국민으로부터 지탄의 대상이 되고 있고 국가는 세계인들의 웃음거리가 돼가고 있다.

난 아버지로부터 여전히 저항세력으로 남아있다. 무엇이 정의인지가 혼돈스러운 세상에서 나라도 제자리에 서 있도록 해준 아버지가 그립다.

오롯한
나의 출생과 성장

아버지의 구속
/초등학교 졸업과 좌절된 중학교 입학
/아버지에 대한 불신과 원망
/사우디 취업/결혼

아버지의
구속

 나는 방촌 황희 정승의 20대손인 장수 황가로 아버지 황유옥 씨와 수원 백씨 백순금의 3남 1녀 중 셋째로 태어났다. 19대조 할아버지인 방촌 황희 정승의 가운데 자제분인 황보신이 이곳 상주시 모동에 터를 잡은 지 어언 600여 년이 흘렀고 나 또한 이곳에서 살고 있다.

 내가 거주하는 이곳은 대대로 시제와 서원향사를 한곳에서 지내 온 유교를 근본으로 한 장수 황씨의 집성촌이다. 더구나 방촌 황희 할아버지를 주벽으로 모시는 대원군의 미훼철서원 47개 중 옥동서원이 있어 유교적 전통이 몸속 깊이 배어 있는 장수 황씨 문중의 문화가 고스란히 남아 있는 곳이기도 하다.

 기록엔 남아 있지 않지만 나의 할아버지는 동학란 때 동학에 연루되어 젊은 나이에 돌아가셨고 할머니께서 유복자인 아버지를 청상으로 키우셨다고 한다. 할아버지는 안평리라는 마을에서도 제법 큰 기와집에서 사셨는데 사람들의 발자국이 어지럽게 왔다 간 이후 불이

나 완전히 전소되고 말았다 한다.

　여하튼 청상인 할머니의 유복자로 태어난 아버지는 중모초등학교 졸업이 학업의 전부였지만, 한학을 중심으로 꽤 다양한 지식을 습득하신 분임은 자타 모두가 인정하고 계신 그러한 분이셨다.

　아버지는 첫 부인인 의성 김씨 슬하에 큰형님을 두셨는데, 형님의 말씀에 의하면 아버지께서는 만주 안산 토목 회사에서 토목 기사로 일하시며 많은 돈을 벌어 오셨지만 대부분 탕진하고 해방 후 여운형 선생과 건국준비위원회에서 활동하시다 11폭동 사건으로 공산당으로 몰리면서 고생을 하셨다고 한다. 이어 다시 조봉암과 함께 농림 국장으로 계시던 독립운동가 황계주라는 분의 추천으로 중앙 관제처에서 근무를 하시기도 하면서 사회에 모범적인 성장기를 맞이했으나, 1951년 4월 27일 6.25를 맞아 대구지방법원 상주지원에서 국가보안법(제1조 2호) 및 비상사태하의 범죄 처벌에 관한 특별조치령(4조 5호)의 위반죄로 9년형의 선고를 받고 대구 교도소에서 복역하셨다 한다. 나는 아버지께서 지난 1953년 3월 7일 형 집행정지로 출소한 시기인 1956년 12월 13일, 세상에 나왔다.

　소싯적을 철부지로 자란 나는 이 시기 아버지에 대한 특별한 기억은 없다. 하지만 아버지께서 재수감되시던 지난 1963년 3월 21일은 어렴풋하게 기억이 난다. 이른 새벽 소란스러운 와중에 어머니가 다급히 나를 깨웠고 눈을 떠 보니 군인 셋이서 권총을 들고 서 있었다. 어머니께서는 누나와 동생들을 집 밖 모퉁이에 세워 놓으시곤 여기서 꼼짝 말고 기다리라고 하시며 집 안으로 다시 들어가셨다. 그 후 자동차 소리가 났고, 군인들은 비포장도로 멀리 지붕이 없는 지프 뒤에 아버지를 태워 데려갔다. 지금도 양쪽에 선 군인들이 아버지를 붙들고 가는 모습이 생생하게 기억 속에 남아 있다.

아버지께서 붙들려 가시고, 집안은 매우 어수선한 분위기였지만 아무것도 모르는 철부지였던 나는 마냥 뛰어놀기 바빴다.

하루는 동네 어른들이 돼지를 잡고 있을 때였다. 칼잡이를 하던 한 어른이 백정이 누군지 보자고 한 말에 격분해 "이 빨갱이 놈의 새끼가!" 하며 무섭게 일어났고 난 영문도 모른 채 달아나며 마구잡이로 날아오는 돌멩이를 피해야 했다. 그 이후 난 친구들로부터 빨갱이로 놀림받았고 때론 얻어맞기도 하고 따돌림도 당하면서 학교를 다녀야 했다. 당시 나에게 빨갱이라며 돌을 던졌던 그 사람의 얼굴과 이름은 아직도 잊히지 않는다. 아마도 이 시기가 사물을 조금은 정확히 판단할 수 있는 나이가 아니었는가 싶다. 나름의 분별력이 생긴 것이다.

어릴 적 어머니께서는 광주리를 머리에 이고 장사를 다니셨다. 나는 동생과 함께 동구 밖에서 날이 어두워지도록 어머니를 기다리다 어머니께서 돌아오는 길에 주워 온 홍시를 맛있게 나누어 먹곤 했다.

1965년 8월 15일, 2년 5개월 만에 아버지께서 돌아오셨다. 하지만 난 아버지를 기억하지 못했다. 그 시절 나는 학교에서 돌아오면 아무도 없는 집에서 점심을 찾아 먹었는데 밥이라야 보리밥을 물에 말아 날된장에 풋고추로 배를 채우는 것이 전부였다. 하루는 집에서 그렇게 식사를 하고 용변을 보고 있는데 누군가 집에 들어와 네가 누구냐고 묻는 것이었다. 너무 놀라서 당황했지만 나는 내 이름을 정확히 말해 주었다. 그러자 그분은 할머니가 어디 계시느냐고 물었다.

할머니께서는 밭에 가셨다고 하자 아버지가 오셨다고 가서 전하거라 하셨다. 밭일을 하던 할머니가 들고 있던 호미를 떨구면서 뛰어오셨다. 멀리서 당신 아들의 목소리를 들은 모양이었다. 할머니는 아버지를 붙잡고 '어서 가자!'라고 하시며 눈물을 삼키셨다. 그 애절한 모습은 아직도 눈에 선하다.

마당 한가운데 멍석이 깔리고 잔치가 벌어졌다. 동네 어르신들이 반가운 얼굴로 찾아오셨고 난 그 틈에서 술 심부름하기 바빴다. 그날 이후 할머니께서는 2년여를 더 사시다 돌아가셨다. 할머니께서는 돌아가시기 전 항상 배가 아프시다며 소다를 자주 드셨고, 아버지께서는 소다는 몸에 해로우니 먹지 말라며 할머니를 만류하셨다. 내 기억을 더듬어 보면 아마도 할머니께서는 위암으로 돌아가시지 않으셨나 싶다.

나의 할머니께서는 다 큰 나에게 언제든지 젖가슴을 내주셨고, 난 할매의 젖가슴을 만지며 잠들곤 했다. 누나는 이러한 나를 보고 징그러운 놈이라고 타박을 주었지만 아랑곳하지 않았다.

할머니를 생각하면 고통의 깊이만큼 짙어진 주름살과 웃음기 하나 없는 얼굴이 대강 떠오르지만 나에게는 더없이 인자하시기만 한 분이셨다.

18살 꽃다운 나이에 시집와, 그해 동학이라는 '보국안민 척양척왜'를 외치다 돌아가신 할아버지가 남겨 준 아들을 뱃속에서 키우며 파란만장한 여생을 사시다, 한 많은 생을 마감하신 분, 그런 분이 나의 할머니이시다. 오로지 자식 하나에 모든 희망을 걸고 일제의 탄압 속에서 자식 잘 가르치고 키웠지만 독립된 국가는 의협심에 불타는 당신의 아들을 받아들이지 못했고, 결국 빨갱이라는 누명을 씌운 채 옥고를 치르도록 했으며, 다시 또 5.16이라는 쿠데타로 정권을 잡은 박정희 정권은 정국을 안정시키기 위해 병보석으로 풀려나 농사를 지으며 평범하게 살아가시는 아버지를 석방된 지 10년이 지난 후에 잔여 형기를 채워야 한다며 다시 붙들어 갔다. 이런 엄청난 역사의 소용돌이 속에서 감내해야만 했던 청상과부의 애끓는 그 심정을 누가 이해하겠는가 말이다. 다독여 줄 사람 하나 없이 외로이 혼자서 가슴 찢기 는 눈물을 얼마나 흘리셨을까 하고 생각하면 참으로 분통이 터진다. 그렇게 혹독한 인생을 살다 가신 어머니를 잃은 아버지의 심정이 어땠을지 지금에 이르러서야 조금 이해가 간다. 난 그 후 성장해 농민운동을 하면서 뼈저리게 느낀 것이 있다. 아버지께서 살아오셨던 그 시기는 지금보다 더 혹독한 1인 독재 체제 사회였다. 그러한 사회구조 속에서 반체제·반사회적 인사들이 겪어야 했든 시련을 먼발치에서 바라만 보며 유독 자신에게만 냉대했던 자식을 아버지는 어떻게 생각했을까. 지금에 이르러서야 신산했던 당신의 인생과 아픔이 절절히 와 닿는다.

  농민회 경상북도 연맹 의장직을 수행하고 민주노동당 상주시 위원회를 창설하면서 내 아들들에게 내가 현 정치사회에 저항하는 이유에 대해 가끔 설명하는 기회를 마련하긴 했지만 사회변혁 운동가로 자식들을 키우고 싶지는 않았다.
  노동자와 농민의 사회적 지위를 확보하기 위한 민주화 투쟁은 여전히 지속되고 있다. 하지만 그것을 현시대에서 자식들에게 이관할 수 있는 혁명가나 운동가는 대한민국에서 찾아보기 어려울 것이다. 아무리 독립운동가일지라도 내 자식에게만큼은 국가적 위기 상황이 온다 해도 너는 나서지 말라고 말씀하실 수밖에 없었을 아버지의 비통함을 누구보다도 잘 아는 나였다. 하지만 나 또한 내 자식에게 의협심을 유산으로 물려주고 싶지는 않았다. 구국 운동에 온몸을 바쳐 온 독립운동가들마저 일생에서 가장 보람되었어야 할 활동을 후회하고 있는데, 조그마한 운동의 경력을 자식에게까지 대물림한다는 건 부끄러울 수 있다고 판단했다. 나보다 좀 더 큰 임무를 수행했던 훌륭한 분들 중 감옥 신세를 면한 분들은 몇 안 될 것이며 가족과 친구로부터의 냉대와 사회·경제적 지위 모두를 잃어야 하는 슬픈 현실이 엄연히 존재한다. 그냥 가라는 대로, 일하라는 대로 휩쓸려 사는 맥없는 사람들의 삶을 한없이 요구하는 정치·사회적 분위기가 지금의 대한민국을 만든 것이다. 이 나라 이 국가가 또다시 나라를 잃어도, 자질 없는 자들이 권력에 눈멀어 나라와 국가를 분탕질을 해도 아무것도 하지 말고 그렇게 살라 하는 현실의 사회적 분위기는 이 나라에 결코 아무런 도움이 되진 않을 것이라고 나는 확신한다. 그 때문에 나는 내 아들들이 어떠한 변혁의 자리에 주최자가 되어 앞장서기를 단호히 거절해 왔던 것이다. 아들들도 나와 같은 결과를 맞이하게 될 것이 빤하기 때문에 말이다.

초등학교 졸업과
좌절된 중학교 입학

　국민학교(현 초등학교) 졸업을 앞두고 졸업 앨범을 구입해야 했다. 국민학교 졸업에도 적게나마 지불해야 할 돈이 있었는데 거기다 졸업 앨범까지 산다는 건 불가능했다. 그 정도로 나는 학업을 끝까지 이어나가기 어려운 형편에 놓여 있었다. 담임 선생님께서는 내게 기성회비가 밀려 있다며 졸업 앨범을 받지 못할 것이라고 말씀하셨다. 아니나 다를까, 나는 국민학교 졸업장도, 졸업 앨범도 없다. 남들은 다 가지고 있는데 나만 없다는 사실은 어린 나를 극도로 소심하게 만들고 기죽게 했다. 이후 나는 중학교 진학을 포기하고 말았다.

　중학교 진학을 포기한 것은 순전히 내 의지였다. 성적만으로 충분히 중학교에 진학할 수 있었고, 중학교에 진학해야만 할 학생이었지만 중학교에 다니던 누님께서 밀린 기성회비 독촉으로 말미암아 울면서 집에 오는 것을 수도 없이 봐 온 터라 그렇게 심하게 자존심 상해 가며 굳이 중학교에 진학해야 할 이유를 느끼지 못했다.

중학교에 진학하지 않겠다는 나를 앞혀 놓고 아버지는 구체적인 이유를 물어보셨다. 나는 생각하고 느낀 대로 아버지께 소신을 말씀드렸다.

　"중학교에 다니는 누나가 기성회비를 못 내어 집으로 쫓겨 오고, 친구들이나 심지어 선생님에게까지 수모를 당하는데 옆에서 그 모습을 보아 온 저로서는 도무지 중학교에 진학할 자신이 없습니다."

　아버지께서는 한참을 생각하시더니 말씀하셨다.

　"공부는 꼭 필요한 것이나, 학교를 나오지 않았다고 해서 못 먹고, 못 살게 되는 것은 아니다. 공부를 못해도 잘살 길은 있으니… 다만, 네가 살아가면서 용기와 희망을 버리지 말고 살아가기만을 아버지는 바랄 뿐이다."

　아버지께서는 나에게 이렇게 말씀하시며 학교를 졸업하지 않고도 성공한 몇몇 사람의 예를 들어 주셨다. 아울러 집안 사정도 말씀하셨다.

　"누나도 고등학교에 진학해야 하고, 동생도 곧 중학교에 가야만 하는데, 형편상 너희 모두를 공부시키기에는 걱정이 많이 앞섰다. 하지만 네가 누나와 동생을 위해 학업을 양보한다니, 아버지로서는 오히려 네게 고맙구나."

　중학교 진학을 포기했고 아버지께서도 내 의중을 허락하셨지만, 그것이 끝은 아니었다. 내 자존심의 파도는 그 이후부터 매일 태풍을 맞기 시작했다. 이른 아침, 친구들 대부분이 중학교 교복을 입고 길가에 있는 우리 집 앞을 지날 때면 나는 학교에 다니지 않는다는 부끄러움에 마치 죄인처럼 방으로 들어가 숨곤 했다. 친구들 모두가 다니는 학교에 가지 못한다는 것은 나에게는 죄의식과도 같은 큰 상처를 주었다. 하지만 중학교 진학에 대한 부분은 어느 정도 나의 의지도 수반된 것이었기에 모든 것이 다 내가 감당해 나가야만 할 부분이었다. 이러한 심정과 더불어 나는 친구들 앞에서 몹시 작아졌다. 뚫어진 창호지 밖으로 친구들의 모습이 모두 사라진 후에야 마당에 나와 일을 했던 나의 소싯적 모습은 지금도 기억에 선하다.

내가 거주하는 동네에는 국민학교가 두 곳이 있었지만, 나는 학연이라는 수렁으로 말미암아 모든 지역민 중 친구도 반쪽, 인적 구성도 반쪽인 삶을 내 나이 마흔 살이 될 때까지 체험하며 살았다. 한 지역에서 사람을 소개받아도 일면식이 없는 경우가 대부분이었으며, 오히려 좁은 지역에서 어느 학교 출신이냐고 물어 올 때면 나는 쥐구멍에라도 들어가 숨고 싶을 때가 많았다. 오히려 상대방이 학교에 대한 졸업 여부를 묻지 않을 때는 당연히 학업을 했겠지라는 생각에 더는 물음이 없는 것이니 이러한 자리에서는 혹 나의 부재가 드러날까 싶어 가슴 졸이기도 일쑤였다. 배우지 못한 한스러움은 당당함으로 해결될 문제는 아니었다.

성인이 된 후, 지역 모임에 나가서도 문제는 드러났다. 사실, 이러한 상황을 겪어 보지 못한 사람은 그 불편함이 얼마나 큰 것인지 실감하기 어려울 것이다. 사회 모임에서는 아무개 어디 학교, 몇 회라는 타이틀이 번호표처럼 따라붙지만, 난 그러한 명찰이 없으니 출처가 불분명한 사람이 될 수밖에 없는 노릇이었다.

민주노동당 상주시 위원회를 창설하고 시의원에 출마해 선거운동을 할 때에도 학연에 대한 부재는 나에게 크게 다가왔다. 그로부터 나는 늘 책과 가까이하며 지냈다. 낮으로는 일하고, 밤으로는 친구들을 만나 놀면서도 집에 돌아오면 늘 책을 읽었다. 석유 등잔불 밑에서 밤을 지새우며 책을 읽다 보면 콧속에 그을음이 묻어나곤 했다.

　무협지 만화로 시작한 나의 책 읽기는 이후 인생론에 관련된 책으로 지적 이동을 하기에 이르렀다. 소싯적에는 나를 안쓰럽게 여기시던 아버지께서 천자문 및 명심보감을 가르치려 애를 많이 쓰셨다. 하지만 아버지의 의지와는 달리 학습 습관이 몸에 배지 않았던 나는 아버지의 뜻을 충실히 따르지 못했다. 그 이후 나는 스스로 나의 지적 형편을 자각하고, 큰사람이 되기 위해 많은 고민과 함께 철학 서적을 탐닉하기에 이르렀다. 그렇게 내 삶은 많은 독서를 통해 기틀을 잡아나갔다.

아버지에 대한
불신과 원망

    나이가 들면서 아버지에 대한 불신과 원망이 쌓여만 갔다. 아무리 열심히 일해도 가난을 벗어날 수가 없는 이유에 대해 아버지 삶의 방식을 탓했던 것이었다. 심지어 나는 아버지께서 말씀 한마디 하실 때마다 대항하며 말대답을 하곤 했다. 나의 반항아적인 성격은 지속적으로 형성되었고, 밥상머리 앞에서 아버지와 대화를 나누다 화가 나 대들기도 일쑤였다. 하지만 아버지께서는 이러한 아들을 무력으로 다스리지 않으셨다. 논리적으로 할 말을 할 수 있도록 오히려 방향을 잡아 주셨고, 나의 행동이 무례한 범주를 벗어나지 않는 범위 내에서는 언제든지 내 말에 귀를 기울여 주셨다.

    이렇게 반항적인 생활을 하던 어느 날, 고등학교를 졸업하고 삼양라면에 취직한 누님께서 집에 내려오며 나를 위한 선물로 기타를 사다 주었다. 악보도 볼 줄 모르고, 기타를 배울 곳도 없는 시골에서 혼자 기타를 독학한다는 것이 여간 어려운 일이 아니었다. 하지만 자주 기타를 만지다 보니 자연스럽게 진행되는 코드와 음률에 따라 결국에는 독학할 수 있게 되었다.

이 시기에 아버지에 대한 기억이 하나 있다. 아버지께서는 어려운 생활 속에서도 신문을 항상 구독하셨다. 아버지께서는 세상 돌아가는 것에 대해 언제나 귀를 열고 지내셨던 것 같다. 나는 아버지 덕분에 자연히 신문을 읽게 되었고, 사회 전반적인 것에 대해 깨인 눈을 지닐 수 있었다. 아버지께서는 종종 식사 도중 자극적인 기사가 나오면 그 기사 내용을 인용해 열변을 토하곤 하셨다. 나는 이러한 아버지를 이기기 위해 정치, 사회적 상황, 현 이슈 등을 부지런히 살피며 나름의 신문 공부를 하곤 했다. 아버지와 나는 신문을 통해 사회 이슈를 토론할 때가 많았다. 나는 지금도 신문의 고마움을 마음속에 간직하고 산다. 신문은 사설을 통해 사회 전반적인 방향을 배울 수 있게 만들어 주고 또래 동년배들과 비교하면 보다 좋은 정치적 판단력을 가지게 하며, 세상 돌아가는 안목을 습득할 수 있게 해 준다. 이것이 신문이 주는 매력이다. 간혹 신문에서 간첩단 기사 등이 대서특필되면 액면 그대로를 이해하지 못하는 아버지를 딴 세상 사람으로 치부하며 내 나름대로의 논리를 아버지 앞에서 피력하곤 했다. 아버지께서 당황해하지는 않으셨지만, 난 아버지 앞에서 이러한 모습을 보이는 것이 매우 유쾌했다.

아버지는 나에게 있어 원망과 이해, 친근함과 미움이라는 응어리로 항상 존재하셨다. 하지만 12권짜리 광복 20년사를 읽고 나는 아버지에 대한 생각을 조금은 바꾸게 되었다. 김삿갓 북한 방랑기, 상대적으로 느끼는 박정희 정권의 우월함, 극단적인 사회 분위기에 수긍할 수밖에 없는 나의 삶.

　내 나이 스무 살이 조금 넘었을 시절의 일이다. 사흘간의 외박을 하고 돌아오는 아버지를 향해 격한 행동으로 대항했던 일이 있었다. 죽어라고 일 년간 벼농사를 지어 매상했건만, 그 대금을 사흘간 외박을 통해 한 푼도 남기지 않고 모두 탕진한 아버지.

　아버지 앞에서 난, 손에 잡히는 모든 것을 던지며 격하게 대항했다. 결국, 나를 이 집에서 나가게 해 달라며 아버지께 간청하기에 이르렀다. 나는 그때부터 신문을 통해 구직 자리를 찾게 되었으며, 시골에서 한 번도 써보지 못한 이력서를 이곳저곳에 보내 대림건설 직업훈련소에서 목공 교육을 받게 되었다. 당시, 이 교육은 사우디 취업생을 훈련하는 교육 프로그램으로 진행되었다. 나는 범우전자에서 근무하는 동생이 자취하는 부천에서 군포까지 6개월간을 오가며 직업 훈련을 받은 후 사우디 취업에 이르게 되었다.

사우디
취업

　대림 건설에서 시행한 직업 훈련을 무사히 마친 나는 사우디 취업을 위한 서류 준비를 하기 위해 잠시 고향 상주로 내려와 미리 준비시켜 둔 서류를 챙겨 버스 정류장으로 향했다. 버스를 기다리는 동안 일 년 후배인 약국집 딸 똑순이를 만났다. 똑순이는 본래 우체국 교환원으로 취업해 근무하는 것으로 알고 있었는데 그날따라 약국에서 약을 팔고 있었다. 반가운 마음에 이런저런 이야기를 나누었다. 이야기 도중 그녀가 쟁반에 받쳐 들고 온 콜라 한 잔으로 난 그녀를 짝사랑하게 되었다.

　작은 키에 볼품없는 외모, 그것도 모자라 배우지 못한 실력과 가난함까지 겸비해 언제나 친구들 사이에서 지지리 궁상 신세를 면치 못하던 나에게 격식을 갖추어 전해 주는 한 잔의 콜라에 나는 큰 감흥을 받게 된 것이다. 그 후로 나는 열렬한 짝사랑에 빠지게 되었다. 그녀는 내게 우리 아버지에 대한 이야기를 건넸다. 아버지께서는 사우디로 나가는 내가 아버지 당신의 좌익 오명으로 피해를 보게 될까 싶어 지역 유지를 다 불러 술상 대접을 하느라 애를 먹었다는 것이었다. 아버지께서 이들을 불러 모은 것은 사우디를 가기 위해 작성되는 신상조사서 작성을 어려움 없이 하기 위해서 지역 유지들의 입을 빌려 지서장에게 부탁하기 위함이었다. 그러한 사실을 알고 난 후 나는 감옥살이와 좌익의 죄가 얼마나 무서운 것인가를 다시 한 번 통감했다.

착잡함과 함께 자칫하면 사우디도 못 갈 수 있다는 조바심에 마음 저리며 가족과 작별하고 상경 길에 올랐다.
그녀의 따뜻한 손길이 담긴 한 잔의 콜라……
나는 버스 안에서 줄곧 그녀가 건네준 콜라를 떠올렸다. 그러자 초조했던 나의 마음은 어느덧 사그라지고 평온이 내려앉았다. 나는 그렇게 염려와는 달리 편하게 사우디행 비행기에 오를 수 있었다.

처음 타 보는 비행기라 좌석 수에 나는 크게 놀랐다. 이렇게 많은 사람을 태우고 이 무거운 물체가 날 수 있다니 하고 말이다.
홍콩 호텔에서의 뷔페식 식사는 촌놈인 나에게는 신비로움 그 자체였다. 포크와 나이프, 빵, 버터, 그리고 잼. 우리 일행은 홍콩에서 1박을 하고 뭄바이를 경유해 다시 바레인에서 1박을 했다. 다음날은 오십 인승 경비행기로 사우디 다란 공항에서 이라크 국경인 담맘까지 버스로 이동하며 난생처음 접하는 나라들의 발전 상황과 그 산업 규모를 보며 놀라움을 금할 길이 없었다. 한국에 있을 때는 한국이 그렇게 발전하는 나라라며 매스컴에서 떠들었지만, 큰 나라에 와 보니 진짜 발전과 기술력이 무엇인지 몸소 체험할 수 있었다.

　버스로 약 여섯 시간을 달렸던 것 같다. 공사 현장은 사우디군의 군사시설을 건설하는 곳이었다. 내가 도착했을 때 현장에 있는 것이라고는 근로자 숙소가 전부였다.

　사우디 공항에 내릴 때 느껴졌던 이국의 내음. 여섯 시간 동안 사막만을 무심히 바라보며 달려온 이곳. 곳곳마다 보이는 낙타 무리. 모든 것들이 신기해 긴 사막 생활의 어려움은 당초 생각지도 못했다.

　현장에서의 첫 식사는 미국 벡텔사에서 한국인 요리사가 양배추로 김치를 만들어 주었고, 그 외 식사는 비프스테이크를 비롯해 빵, 우유, 쌀밥을 뷔페로 먹을 수 있었다. 정말이지 이곳에 와서 한 달간은 배가 터지도록 양식을 먹었다.

　숙소는 2인실에 룸보이까지 갖추어져 있어 불편함이 전혀 없는 생활이었지만 한 가지, 날씨가 문제였다. 이곳의 여름은 습기가 없이 뜨거웠고 온도는 40도 내외를 오르내렸다. 겨울철에는 영하 1~2도를 오르내리는 날씨임에도 느끼는 체감은 뼛속까지 파고드는 추위여서 견디기 어려웠다.

　일하는 현장에서 식당까지는 버스로 약 30분 거리였다. 또한 식당 앞에 차가 정차하면 식당까지 150미터를 도보로 가야만 했다. 일곱 대의 버스가 멈추면 약 삼백여 명이 넘는 한국인 노동자들은 한꺼번에 일제히 식당으로 달려가 우스운 광경을 연출하곤 했다. 외국인들은 한국인들의 이러한 모습을 신기한 듯 자신들의 카메라에 담곤 했다. 사실, 한국 노동자들이 체면 생각지 않고 이렇게 행동한 이유는 따로 있다. 천천히 걸어서 식당에 도착하면 식사를 배식받기까지 시간이 너무 오래 걸렸고, 점심을 빨리 먹지 못하면 무더운 여름 오침을 할 수 없기 때문이었다. 한국인들은 날씨 탓으로 말미암아 오후에 오침을 하는 것이 다음 작업에 유익되는 부분이 있었다. 나는 가끔 외국인들은 전혀 하지 않는 달리는 것이 싫어 오침부터 한 후 점심을 먹곤 했다.

이곳 생활에 대한 일화를 소개하자면 술을 빼놓을 수가 없다. 술과 돼지고기, 개고기가 없는 곳에서도 한국인들은 바나나, 사과 등의 과일과 이스트, 쌀로 막걸리를 만들어 먹곤 했다. 또한, 한국인들은 들개를 유인하여 보신탕을 끓여 먹기도 하였다.

하루는 버스를 타고 현장으로 향하는데 버스가 중간에서 되돌아 공터에 주차하는 것이었다. 탑승자 전원에게 내리라는 명령이 떨어졌고 차에서 내린 노동자 전원은 그곳에 집결했다. 사우디 경찰이 포승에 묶인 사람들을 일렬로 세우고 공개 처형을 시작한다는 것이다. 이것이 무슨 황당한 소리인가 싶었다. 순간 공포스러운 분위기가 연출됐다. 방글라데시인들은 모르겠으나, 한국인들은 생전 처음 보는 광경에 숨죽이고 지켜볼 수밖에 없었다.

형 집행은 곤장형으로, 술을 제조하다 잡혀 온 방글라데시 사람이 곤장 스무 대를 맞는 방식 이었다. 그들이 사용하는 곤장은 한국의 고전적인 곤장과는 다른 낭창거리는 회초리 같은 지팡이로, 묶인 사람을 맨땅에 엎드리게 한 다음 때리는 것이었다. 어깨너머로 회초리 끝이 올라갔다 내려가는 것이 보이는 것과 동시에 비명이 메아리친다. 비명과 몸부림에서 형벌의 수위를 어느 정도 가늠할 수 있었다. 맞은 사람은 일어나지 못했고, 두 사람이 끌고 가 차에 태우는 것이 보였다. 누구든지 술을 만들어 먹거나 도박을 하면 이렇게 된다는 것을 공개적으로 알리는 처형이란다. 한국과는 법의 근원부터가 다른 나라였다.

　겨울이 가고 봄이 오면 간혹 비가 내리는데 중동은 이때가 장마의 시작이다. 큰 먹구름이 지나간 지역은 간혹 홍수가 나기도 한다.
　중동에는 사막만 있는 것은 아니다. 강도 있다. 하지만 대부분이 마른 강이다. 일요일 아침 사막 길을 산책할 때면, 나는 이름 모를 이국의 들꽃들을 마주하곤 했다. 나는 가시 달린 나무들의 잎사귀에 매료되기도 했으며, 간혹 사막에서 조개껍데기와 산호 같은 것을 주워 오기도 했다.
　공사는 아침 여섯 시 반에 시작되었다. 해가 뜨지 않는 겨울 아침에는 비닐로 몸을 감고 현장에서 한숨씩 잠을 청하기도 했다. 나는 비닐 담요의 효율성을 그때 실감했는데, 비닐을 감고 잠을 청하면 추위를 못 느낄 만큼 포근함을 느꼈다.
　이곳에서의 시급은 1달러 40센트로, 하루 여덟 시간 일하면 11불 정도였다. 환율 800원으로 계산했을 때 1만 원이 겨우 넘기 때문에, 보통 오버타임으로 일해 한 달 500~600불을 채워서 한국으로 송금하곤 했다. 일명 '돈내기'로 일정을 앞당겨 일하고, 정규 시간을 맞춰주면 40~50만 원씩은 한국으로 송금할 수 있었다.
　추석이나 설 명절의 달 밝은 밤이면 이곳에 있는 모든 사람들은 고향을 그리워하곤 했다. 달력에 귀국 날짜를 표시할 때면 고향으로 가는 날이 까마득히 멀게만 느껴져 푸념의 한숨만 나오곤 했다.

이곳에서는 한 달에 두 번 정도 쇼핑을 할 수 있었다. 쇼핑을 나서면 귀국까지는 까마득하게 남았어도 한국에 가져갈 물건을 고르느라 저마다 분주했다. 이렇듯 이곳에 모인 사람들은 모두가 귀국 날을 학수고대하며 하루하루를 보냈다. 쇼핑에서 구입한 물건을 미리 귀국하는 인편을 통해 가족에게 보내기도 하며 귀국 파티 때는 주로 무알코올 맥주로 건배하며 자축했다. 중동에서 무알코올 맥주는 수시로 마셨던 음료인데, 이곳 지역 특성상 불어오는 먼지바람을 마셔야 했기에 담석 환자가 많이 속출해, 이뇨 작용을 통한 먼지를 씻어내기 위한 해결책으로 하루 두 번씩은 마셔주어야 하는 음료였다.

　사막의 건조한 먼지바람은 경험하지 않고서는 상상하기 어려운 것이다. 먼지바람이 심하게 불면 모래알이 날려 눈을 뜨지 못하는 경우도 많고, 미세 먼지바람이 안개처럼 밀려오면 불과 5미터 앞도 제대로 분간할 수 없었다. 때로는 숨쉬기 힘들 정도의 먼지바람이 몰려와 3일을 숙소에서 지낸 적도 잦았다.

　나는 힘들 때일수록 내가 짝사랑했던 약국집 그녀를 떠올리곤 했다. 하지만 거듭 띄우는 편지에도 그녀는 아무런 답장이 없었다.

　드디어, 일 년간의 사우디 생활을 마치고 귀국하는 날이 찾아왔다. 출국 때는 태국을 거쳐 여덟 시간 만에 김포에 도착했다. 불과 1년이었지만 모든 것이 새로웠다. 그러나 얼마 안 가 한일 개발로 2년간의 사우디 생활이 다시 시작되었다. 모든 것이 반복되는 시간이었지만 독하게 마음먹고 큰돈을 벌어야 되겠다는 일념으로 죽어라고 일했다. 그렇게 나는 사우디에서의 3년간의 시간들을 마무리했다.

결혼

우리나라 근대 역사상 지금의 기성인들, 아니 노년들이라고 할 수도 있겠다만, 이들이 돈벌이를 해 집안을 일으키고 자식들 공부시킬 수 있었던 데에는 월남 파경이나 독일 광부, 사우디 파견 등의 돈벌이 수단이 있었기 때문이다. 나는 삼 년간 사우디에서 근무했지만 남들처럼 많은 돈을 모으지는 못했다. 그 이유 중 하나가 집으로 송금한 돈 대부분이 생활비로 쓰인 것이었고 그나마 재형저축을 통해 모은 돈마저 형님께 빌려주고 받지를 못해 그동안 벌어 온 돈의 절반 정도인 450여만 원으로 목축업의 꿈만을 안고 상주에 정착하게 되었다. 1983년 당시 공무원 봉급 초임이 20여만 원이라 적은 돈은 아니었다. 하지만 젊은 나에게 걱정거리는 또 하나 있었다. 그것은 바로 결혼이었다. 외국에까지 나가 돈을 벌고 들어왔지만 결혼 자금은 만만치 않은 부담으로 다가왔다.

나는 사우디를 가기 전부터 짝사랑하는 여인이 있었다. 물론 그녀도 미혼이었지만 그녀 앞에만 서면 정말 작아지기만 했다. 그 여인 앞에서는 제대로 된 말조차 하지 못하는 바보 같은 세월을 무려 5년간이나 지속했던 것이다.

　정말 바보 같았던 것일까? 나는 끝내 그녀를 단념하고 도망치듯 결혼을 하기로 마음을 먹었다. 결국, 선을 보게 된 것이다. 내가 선을 본 건 나에 대해 아무런 미동도 없는 그녀가 나의 맞선 소식을 알면 혹시나 나에게 어떠한 언질이라도 줄까 싶은 기대에서였다.

　나는 세 번째 맞선을 통해 만난 낙동 승곡에 사는 경주 김씨 '진자'라는 이름을 가진 작지만 예쁜 아가씨와 만남을 시작했다. 나는 그녀를 만나면서 나의 꿈을 이야기한 적이 있다. 소 30마리를 키우며 목축업으로 정착하는 것이 나의 꿈이었던 것이다. 이러한 나의 꿈이 그녀의 마음에 들었는지 그녀는 나에게 마음을 주었다.

　양가가 만나는 상견례 자리에서 진자 씨는 부친이 돌아가시고, 오빠의 보호를 받으며 자랐다는 사실을 알게 되었다. 우리는 서로 좋아하는 사이였지만 처남들은 그 자리에서 나를 퇴짜 놓았다. 잠시 볼일을 보러 나간다고 하더니 돌아오지 않는 것이었다. 하지만 어렵게 우리는 다시 만나 결혼하게 되었다.

　결혼 비용은 나 스스로 마련해야만 했다. 그렇다 보니 예물조차 제대로 갖추지를 못했다. 나는 아주 작은 다이아 반지를 잡고 놓지 않으려는 그녀를 오히려 나무라면서 나조차도 반지를 거절하고 말았다. 내가 그녀에게 해 준 것이라고는 작은 목걸이와 반지 하나가 전부였다. 그녀의 집에서는 이런 나를 매우 못마땅하게 여겼다. 진자 씨는 살림 형편이 우리보다는 좋았기에 그녀의 집 형편으로 이러한 나의 부족함을 이해하기란 결코 쉬운 것은 아니었으리라 생각했다. 우리 부모님께서는 경제적인 상황이 어렵다 보니 결혼 잔치마저 내 경제 사정에만 의존했고 아들인 나에게 어느 것 하나 마음대로 해 줄 수 없는 처지였다.

그녀는 상주 시내 좋은 예식장에서 결혼식을 올리고 싶어 했다. 그러나 결국 내 형편에 따라 모동농협 예식장에서 조촐하게 결혼식을 올리게 되었다.

신혼여행은 온천에서 하룻밤을 묵고, 태종대를 거처 경주 불국사에서 또 하룻밤을 유했다. 2박 3일간의 여행이었다.

당시 내가 가진 재산이라고는 소 8마리가 전부였고, 논 1,000여 평의 농사로 부모님을 모시며 살아야 했다. 우리는 소를 기르는 축사 옆에 18평의 작은 보금자리를 꾸미고 작은 공간 하나는 사료 창고로 사용하며 신혼살림을 시작했다.

살림은 부모님과 따로 시작했지만, 식사를 함께해야만 했기에 아내는 아침 이른 시간에 일어나 약 500여 미터 거리를 새벽이슬과 서리 내린 길을 홀로 걸으며 아침밥을 지어야 했고, 저녁으로는 상을 내고 설거지를 하고 난 후, 어두운 길을 홀로 다니며 살림을 이어 나갔다.

농민회 활동을 통해 난 많은 역할을 해왔다라고 자부 해왔다

민주화 운동에 동참 할 수 있었고 시기마다 닥쳐오는 세계화 자유무역 협정과 쌀개방 등에 해당 농민으로 자주적이고 주체적으로 그 역할을 다하려 노력했다.

그러나 일반 대중과 농민들은 세계화가 자유무역 협정이 향후 농촌 사회와 국가에 가져다 줄 장밋빛 희망까지 가지고 있었다. 이러한 과정과 역할에서 제대로 된 농협이 있었다면 지금처럼 이렇게 참담한 농업 현실에 직면해 있지는 않았을 것이다.

그 또한 핑계일 뿐이다. 나도 그러한 농협의 구성원이고 농민이기 때문에 그 책임을 다하지는 못했고 상주시농민회 경북농민회 수장으로 최선을 다했다라고 말할 수 없는 암담한 농업현실이 엄연히 존재한다.

둘째
마당

농민으로서의 권리를
세상에 외치다

농민운동의
시작

　사우디에서 귀국한 후 나는 3년 동안 사우디 생활로 벌어 온 돈을 정리해 보았다. 통장에 350여만 원, 형님께서 빌려간 450만 원 이렇게 모두 800여만 원 돈이다. 우선 나는 급한 대로 돈을 충당하거나, 아니면 이 돈으로 대구에 아파트를 한 채 사 놓고 다시 사우디로 나갈까를 고민했다. 더구나 한일 건설로부터 사우디에 다시 나가서 근무할 생각이 없느냐는 제안을 받고 있던 터라 당시로써는 고민이 상당했다. 그러나 나는 애당초 목표로 정했던 바와 같이 목축업으로 성공해야겠다는 꿈을 깊이 간직하고 있었기에 오히려 사우디로 가서 고생할 용기보다는 젊은 시절 꿈을 이루기 위해 투자해 보기로 마음먹었다.

　나는 친구들의 도움으로 블록 슬레이트 지붕의 주택을 짓게 되었다. 방 한 칸에 부엌 하나, 작은 거실 하나에 사료 창고 하나를 짓고, 옛 잠실로 사용하던 건물을 축사로 개조해 울타리를 치고 소 네 마리를 구입했다.

　이 시절이 내가 농민운동을 하게 된 시기였던 것 같다. 내가 농민운동을 시작하게 된 계기는 다름 아닌 정부 수매 때문이었다. 해마다 가을걷이가 끝나고 나면 수확한 벼를 정부는 수매하게 된다. 정부 수매는 일반 시중에 파는 가격에 비해 약 5~10% 정도 높은 가격에 매입 판매하는 정책으로 대부분의 농민은 일반 시중보다는 정부 수매에 판로를 구축하는 것을 바람으로 여기곤 했다. 하지만 수매에서 정부 수매는 제한된 수량으로, 각 농가의 경작 면적에 따라 그 양을 결정하는 데 약간은 예외가 있었다. 가령, 혼인이나 상을 당했을 때나 모두가 인정할 만한 사연으로 어려움을 겪을 때는 동민의 동의를 받아 좀 더 많은 양을 배정받기도 한다. 여기서 농사를 짓는 사람들에게는 욕심이 생길 수 있는 것이었다. 쌀 한 가마라도 더 수매하려고 하는 농가들의 욕심인 것이다. 어찌 보면 이들에게는 양보란 것이 없다. 아무리 친한 이웃이라고 할지라도 배정량을 두고는 서로 다투게 되는 것이 다반사였다.

　나는 이러한 부분에 대해 개선점을 찾기 위해 많은 고심을 했다. 수매의 문제점을 동네에서 마을 사람들끼리 풀 수 없다는 사실. 더구나 수매 가격 차이 등은 정부가 책임을 져야 한다는 단순한 생각을 하게 되면서부터 나의 농민운동은 시작되었다.

　마침 전국적으로 수세 반대 투쟁이 시작되고, 상주에서도 농민운동이 가톨릭과 기독교를 중심으로 전개됐다. 모동에도 면 지회가 창립되었고, 나도 농민회 회원이 되었다.

　수세 반대 투쟁은 피할 수 없는 선택이었다. 정부에서 저수지를 만

들면 그에 따른 부담은 농민이 져야 했던 터라 수리조합의 직원 보수까지 수세에 붙여 매겨졌고, 정부와 수리조합에서 정하는 구역 안의 농지는 물을 사용하든 말든 상관없이 농민이 감당해야만 했다. 즉, 같은 조건에서 일반 산업 시설은 무료인데 농민에게만 수세 부담을 지우는 건 잘못된 정책이라는 것이 우리의 주장이었다.

그렇게 얼마 후 수세 반대 투쟁에 합류하면서 여의도 광장에서 대단위 집회가 개최되었고, 처음 최루탄의 지독함을 맛보게 되었다. 아수라장이 된 여의도 광장에서 경찰력과 맞서는 농민의 무리 속에 이리저리 몰려다니며 결사적으로 투쟁했다. 최루탄과 농민들이 불지른 차량, 건물에서 뿜어져 나오는 매운 연기, 경찰이 휘두른 곤봉에 맞아 피를 흘리며 쓰러져 가는 나의 이웃들, 나아가 농민들의 모습을 보았다.

집회장이 아수라장이 된 만큼 다친 사람도 많고 힘겨운 하루였다. 하지만 농민도 큰 무리를 이루면 잘못된 정책을 바로잡을 수 있다는 논리에 대해 자신감을 갖게 되었다. 결국, 우리의 요구대로 수세는 폐지되었다.

우리의 단합과 노력이 근본적인 틀을 개선하는 큰 힘을 발휘한 것이다. 하지만 모동 지역 농민회는 경찰들의 조사와 면사무소 직원, 수리조합 직원들의 집요한 방해로 결성된 지 1년도 되지 않아 해체되고 말았다. 이후 상주 농민회 회의에 참석하면서 각종 교육과 유인물을 습득, 농민회의 필요성을 더욱 절실히 통감했다. 이러한 과정을 겪으면서 나는 더욱 적극적으로 농민회 활동에 참여하게 되었다.

양식업을
시작하다

어느 시기인가? 120만 원 하던 소 값이 떨어져 송아지 가격이 20만 원을 밑돌고, 파산하는 농가가 속출했다. 다행히 우리 집 소는 비육우 중심이라 사료 값을 제하고 나면 어느 정도 여유가 있었지만 주변에서 번식우를 기르는 사람들은 송아지 가격이 어미 소가 먹은 사료 값의 절반도 받지 못하면서 파산이나 심지어는 자살로 이어지는 동네 주민도 속출했다.

단지 남들보다 피해가 적다는 것뿐이지 나에게도 달리 방도는 없었다. 매일 같이 아버지를 찾아가 소의 두 수를 늘려야 한다고 아버지를 설득했고 돈을 융통하는 방법을 상의하곤 했다. 그러나 아버지께서는 아들 임수가 태어나고 두 살이 되기 전 돌아가시고 말았다.

요즘에도 예를 중시하는 집안에서는 '삼년상'을 치르는 경우가 있을지도 모른다. 하지만 아마도 우리가 전국에서 '삼년상'의 풍습을 마지막으로 따르는 가정은 아니었나 싶다. 나는 2년간을 보름 그믐날에 제사상을 차리고 상복을 입고 빈소에서 곡을 하며 아버지 제사를 지냈다. 삼년상은 일 년에 한 번씩 2년에 걸쳐 대상과 소상을 지내는데, 이 대·소상에는 동네 사람들은 물론이거니와 크고 작은 일가친척 모두가 참여해 상례에 준하는 예식을 치른다. 우리는 이렇게 식구 중심으로 모든 대·소상을 마쳤다.

아버지께서 돌아가시고 나니, 아버지께서 지은 빚이 많다는 사실을 알게 되었다. 결국 나는 아버지의 채무를 모두 청산했고, 그 이후 은하가 태어났다.

소 값은 120만 원에서 20만 원으로 폭락하는 상황에까지 왔으나 지금은 회복되어 70만 원에까지 이르고, 아버지께서 살아계실 때 조르고 졸라 이것저것 다 보태서 구입한 소는 40여 마리에 이르게 되었고, 지금은 규모가 제법 커진 것이다.

당시 소 값의 진폭은 7년 주기로 일정한 패턴으로 오르내리고 있었기에 어느 정도의 시기가 지나면 또 하락할 것이라는 판단에 나는 사육 종목을 변경해야겠다는 생각을 하게 되었다. 결국, 양어장을 하기로 마음먹고 미꾸라지 양식에서 제법 큰 규모의 틸리피아 양식을 시작했다. 이 종은 하우스 속에서 기르는 열대 어종으로, 일명 역돔이라고 불렸다. 당시에는 유휴 수면을 활용해 가두리 양식을 하는 사람들이 제법 부를 누리던 시절이었다. 그만큼 국민 소비량도 많았기 때문이었다.

나는 이 양식 사업에 기르던 소의 절반 이상을 팔아 투자했고, 남은 돈은 사료 값 및 빚을 청산하는 데 사용했다. 마침 소를 기르려고 하던 옆집 만희네도 나의 양식 사업으로 말미암아 함께 업종을 변경해 사업을 시작했다. 만희는 본래 나보다 통이 큰 사람이라 양식장 규모를 나보다 1.5배나 큰 250여 평 규모로 증축해 운영했다. 하지만 사업 시작의 자신감과는 달리 야속하게도 우리의 사업은 실패로 끝이 나고 말았다.

국민들의 소비 패턴이 바닷고기로 선호도가 변하면서 내수면 어종은 소비 가격이 바닥을 치고 말았다. 더구나 고급 어종인 역돔은 열대어종으로 겨울철 난방 여건을 갖추어야 했기에 시설비 면에서도 투자 대비 성과는 항상 적자였다. 하지만 소 사육은 언제나 유동성을 가진다고, 내가 양식업을 시작할 때와는 달리 지속적으로 오름세를 보여 송아지는 마리당 250만 원을 웃돌고, 큰 소 가격은 400~500만 원을 상회했다.

양어 양식 사업으로 손해만 봤지만, 양어 사업을 접으니 속은 후련했다. 함께 사업을 시작한 만희네는 양식 사업을 접고 손해가 커 형편이 더 어려워졌다. 소를 기르겠다고 할 때 그냥 놔둘 것을……. 후회도 했다.

그 후 나는 포도 농사를 시작했다. 그 당시 시작한 포도 농사가 오늘날의 나의 주된 산업이 되었다.

포도 농사를 짓는 시절 속에 나는 사랑하는 아내와 영원한 이별을 하고 말았다. 아내를 저세상으로 먼저 보내고 아내의 유품을 정리하면서, 그 흔한 금붙이 하나 아내에게 남겨져 있지 않다는 사실에 속으로 얼마나 통곡했는지 모른다. 이것은 시어머니의 유품이라며 며느리에게 남겨 줄 아내의 흔적이 하나도 없다는 사실. 참으로 가슴 아픈 현실이었다. 무엇으로 아내의 존재를 며느리에게 알려 줄 수 있을까? 나의 어머니는 돌아가시기 전, 어머니 당신께서 소장하시던 금비녀를 아내에게 주었고, 아내는 시어머니 모시고 살면서 삶이 고단할 때마다 그 금비녀를 보며 위안을 얻곤 했는데 말이다.

"이 금비녀, 아무에게도 주지 말고 며느리 너 가지고 가라."며 말씀하셨던 어머니.

야속한 세월이런가? 아내에게 어느 하나 남기게 해 주지 못한 나의 부재에 한동안 괴로운 나날들을 보내곤 했다.

자립 영농회
창립

수세 투쟁 이후 농민회에 대한 탄압은 관공서뿐만 아니라 농민들의 삶 전반에까지 깊게 파고들 만큼 집요하게 전개됐다. 어찌 보면 힘없는 농민들은 정부 정책에 대항한 대가로 더 힘든 제2의 시련기를 맞게 된 셈이었다.

이·통장회를 비롯한 새마을회 관련 단체를 중심으로 수리조합 관계자들 모두에게서 거의 동시다발적으로 수세 폐지의 정당성이 확보되었다.

농민들의 외침으로 수세 폐지가 이뤄진 상황에서도 정부는 이러한 결과를 정부의 역할과 기득권자들의 활동으로 결정된 성과물로 돌리려 했다. 기득권자들의 이러한 횡포는 마을 구석구석에까지 그 범위를 확대해 나갔으며 결국, 마찰이 생길 수밖에 없는 상황에까지 치닫게 되면서 농민회 간부들이 피신했고 농민회 활동 자체가 정체될 수밖에 없는 공포 분위기가 조성되었다.

상주 경찰서 수사과 형사들은 여의도 수세 반대 투쟁에 참여한 농민들의 집까지 찾아와 조서를 받거나 임의동행을 요구했다.

　언론은 수세의 부당함 때문에 집회하는 농민들의 취지는 깡그리 무시한 채, 미리 점지한 폭력 시위에 관련된 사안만을 다루며 농민들을 폭도로 몰고 갔다.

　모동 농민회는 이러한 현실 속에서 창립 1년 만에 활동 정지에 들어가게 되었다. 그 후로 나는 뜻이 맞는 사람들과 나를 중심으로 한 농민회 구성을 논의했다.

　주변 친구들과도 의견을 모았다. 친구들은 농민회의 필요성은 인정하면서도 농민회가 아닌, 자립 영농회로 운영하자며 강하게 주장했다.

　나로서는 현실을 바로 직시할 필요가 있었다. 우리의 역할이 면내에서 자리 잡을 때까지 상주 농민회와 연대 관계를 유지하는 편이 옳다고 믿었다. 그리하여 회장이 모동 농민회를 대표해 상주 농민회 회의에 참여할 수 있다는 조건을 걸어 겨우 창립할 수 있었다.

　수세 투쟁 이후 상황은 더욱 악화되어 정당성의 이해보다는 제도권에 반기를 든 집단으로써 농민회의 이름조차 사용할 수 없는 분위기로 변해 있었다. 그러나 우여곡절 끝에 자립 영농회 창립은 이루어졌다. 다행히도 상주 농민회가 이러한 지역적 상황을 이해하고 자립 영농회를 상주시 산하기구로 인정함으로써 나는 상주시 농민회 모동면 지회장으로, 자립 영농회 초대 회장으로 취임하여 농민 운동을 본격적으로 시작하게 된 것이다.

이런저런 활동을 진행하면서 상주시 추곡 수매 배정의 건 등 지역 현안과 농민운동의 전국적 안건인 소 값 파동, 고추 값 파동 등에 대해 전국 농민들과 함께 여의도와 경북 일원에서 농민들의 단합된 주장을 펼치는 데 앞장서 왔다.

활동에 있어 가장 큰 업적으로는 농협 합병 반대 운동을 들 수 있다. 전국의 협동조합을 지자체별 한두 개 정도로 합병을 유도하면서 합병 농협에 대한 대대적인 지원책이 마련되었다. 합병을 반대하는 단위 농협은 중앙회로부터의 지원을 기대할 수 없었다. 합병 반대 농협은 오히려 감사가 더욱 강화되었다.

시 · 군 단위 농협장들은 합병을 대세로 인식하고 있었다. 전국적인 위기 속에 상주시 16개 농협이 단일화를 결의했다. 모동 농협 또한 대의원 총회를 통해 합병 의결을 한 상태였다.

농민의 사회적 · 경제적 지위 향상과 농민 권익을 목적으로 설립된 협동조합이 농민의 권익은 뒤로하고 단일화를 통해 거대 농협으로 가겠다는 심사는 농협에 대한 농민의 기대를 저버리는 처사로, 어려움에 처해 있는 농민의 삶을 외면하는 태도였다.

농민과 어려움을 함께 나누고, 농민에게 무한 신뢰를 얻는 것이 농협 본래의 모습인데 경영의 어려움을 조합원과 함께 해결해야 한다는 주장을 하면서도 굳이 합병을 통해 거대 농협만이 살 수 있다는 논리를 펼치고 있는 농협은 큰 모순을 저지르고 있는 것이었다.

협동조합은 규모가 작을수록 조합원들과의 소통과 사업 모두를 함께 공유하기가 용이하다. 우리는 합병을 통한 거대 농협만이 살 수 있다는 논리는 협동조합 임직원들만의 논리라는 사실을 앞세워 협동조합 합병 반대 추진위를 구성, 합병 반대 투쟁에 돌입했다. 또한, 대자보를 통해 합병의 부당성을 성명서 발표와 함께 조목조목 따져 물음과 동시에 조합원들에게는 편지를 통해 이러한 사실을 알려 상주 농민회와 함께 농협 점거 농성에 돌입했다.

농성 첫날은 뜻을 함께하는 조합원과 회원들로 가득 메운 가운데 진행됐다. 나는 점거 농성장을 혼자 밤낮으로 지켜내야 하는 어려움을 겪으면서도 결국, 합의점을 이끌어 내었다. 합병 절차는 부재가 있었다. 농협법에 명시한 '총회의 합병 결의 후 합병계약을 체결해야 한다'는 규정을 무시하고 합병계약부터 조합장이 먼저 진행한 절차상의 잘못은, 법적으로 조합장이 형사 입건 대상이라는 것을 통고했고 합의를 통해 해결할 것인지 아니면 형사 입건 될 것인지 여부에 대해 조합장이 응해 오면서 합병 결의 취소했다. 결의 취소를 위해 최선을 다하겠다는 조합장의 각서로 2박 3일간의 점거 농성을 해제했다.

대의원 총회를 통해 상주로의 단일화 합병은 모동 농협뿐만 아니라 상주 관내 농협이 동시다발적으로, 합병이 무산되는 결과를 가져왔다. 합병 반대가 이루어지고 20여 년이 흐른 지금까지 경영이 아주 어려운 몇 개 농협만이 서로 합병되어 운영되고 있다. 상주시 농협으로 단일화된 거대 농협을 제외한 현재 상주시 관내 단위 농협들은 나름대로의 지역 특성을 살려 가며 조합원들과 함께 어려운 농업 현실에 부응해 오고 있다. 이후에도 우리는 농협의 임원 보수 조정 및 지도 사업의 확대 등을 과감히 주장하고 재편성하였으며, 협동조합이 농민 조합원들의 조합으로서 기능을 발휘하기 위한 활동을 지속했다.

　나는 그 후로 농협 감사 출마에서 한 표차로 낙선했다. 그때 나이 서른여섯이었다. 지금 생각하면 젊은 청춘인 나로서는 무모하리만큼 과감한 용기를 가지고 행했던 농민운동이었다.

상주시
농민회 1

지난 1994년 3월 14일, 나는 상주시·군 농민회 사무국장으로 선임되었다. 갑작스러운 사무국장 선임이라 정신없는 1년의 세월을 보냈다. 당시 농민들의 과제는 우루과이라운드 국회 비준 저지와 농산물 가격 보장이 주된 투쟁이었고, 통합 의료보험을 주장하던 시기였다.

당시 의료보험 제도는 많은 문제점을 가지고 있었다. 농민 즉 지역 의료보험과 직장 의료보험으로 이원화되어 있어 지역 의료보험 가입자는 재산 전부에 보험료가 책정되는 반면 직장 의료보험 가입자는 재산 규모에 상관없이 월급에 준해 책정됐던 것이다. 즉 우리의 주장은 농민이 대기업 총수보다 더 많은 보험료를 납입해야 하는 불합리한 제도에 대한 저항이었고 주된 저항은 의료보험 납입 거부와 가입 거부 운동이었다.

내가 사무국장으로 일할 당시 농민회 회장은 상주 지역 농민운동의 창시자이기도 한 농민운동의 대부라고 불렸던 오정면 씨였다. 오 회장의 영향력은 실로 대단했다. 경찰서를 비롯한 시 · 군청 모두가 오 회장의 큰 배포와 활동을 두려워할 정도였으며, 오 회장으로 말미암아 농민들의 확고한 자리가 확보되어 온 것도 사실이었다. 심지어 이분이 신념과 확신에 찬 목소리로 당면한 농업 현안을 연설할 때면, 지나가던 사람도 발길을 멈추고 이분 연설을 청취하곤 할 정도였으니 말이다. 그만큼 카리스마가 충만한 분이셨다고 생각한다. 또한, 상주 전역에서 지명도도 높아 따르는 분도 많았다. 나는 이러한 분을 모시고 사무국장으로서 사무 전반을 맡아 업무를 수행했으며, 배우는 것도 많았다.

이 분은 훗날 초기 기초 단체장으로 상주 시장에 입후보하게 되고, 선거인단이 별도로 꾸려져 선거를 치르게 되었으나, 선거라는 것은 막대한 돈이 들어가는 것이라 돈 선거 자체를 거부하다 보니 선거인단에 모여들었던 사람들이 하나둘 떠나게 되면서 후보 사퇴까지 논의될 정도였다. 그러나 나는 이분의 청렴한 정신을 매우 높이 평가했다.

농민회에서 마지막 남은 일주일, 우리가 책임지고 선거를 치르겠다며 후보 사퇴를 만류했다. 하지만 어렵게 선거전을 치렀음에도 만여 표 차로 낙선하고 말았다. 한편으론 상주라는 한나라당의 텃밭에서 야당 후보가 선거 자금 없이 투명하게 맨몸으로 선거를 치러 상당한 득표수를 기록했다는 사실만으로도 이분의 덕이 증명된 셈이었다.

나는 1998년 1월 20일, 상주시 농민회 정기총회에서 회장으로 추천되고 승인받아 회장에 취임했다. 상주 농민회를 창립한 지 9년 만의 일이며, 7대째 회장이었다. 5기 때 사무국장을 역임할 때에는 우루과이라운드, WTO, 의료보험 투쟁이 주요 현안이었다. 하지만 회장직을 맞은 시점부터는 농가 부채, 협동조합 개혁 운동이 주요 현안으로, 농민회의 주요 투쟁 과제로 이러한 부분들에 대한 당면된 과제를 안고 있었다. 또한 지금까지는 농민회 단독적 투쟁이었다면, 이 시점부터는 농민 단체 연대 투쟁이 필요한 시점이기도 했다.

내가 회장으로 있을 당시 사무국장을 맡았던 남주성 씨는 서울대 농대 재학 중 학생운동에 연루되어 봉강으로 피신해 있다가 그곳에 정착한 사람이었다. 그는 결혼도 성균관 대학 재학 중 농민운동에 투신한 김정열 씨와 인연을 맺어 현재까지 초심을 지키며 자기 자신의 사욕보다 농민들을 우선으로 농민운동을 해 나가고 있는 사람이다. 나는 그와 함께 일하며 많은 활동을 전개했으며 좋은 성과를 많이 얻을 수 있었다. 이러한 성과가 수반된 일들은 매우 감동적으로 진행되었으며, 그 감동을 회원들 모두가 알기에 농민 회원 간의 결속력은 그 어느 때보다도 활기찼다.

1998년 12월 2일 경북 농민 대회를 기획하며 어느 때보다 큰 농민 대회로 진행하자는 결의를 다졌다.

500여 명의 집결이 한계점인 경상북도 농민 대회를 5,000명 이상인 대규모 집회로 기획하자는 상주시 집행부의 결의에 따라 경상북도 연맹은 1,500명을, 상주에서는 3,500명을 책임지고 집결시키고자 했다. 또 농축산물 가격 보장을 사회적 핵심 현안으로 대두시켜 해결하자는 안이 결정되었다.

하지만 그 많은 인원을 수송하는 방안이 문제였다. 우리는 면 단위별로 배당된 인원을 수송하는 방법으로 시 농민회에서 버스를 대절, 인원은 각 면 지회별로 책임지는 시스템을 구축했고 농가 부채의 심각성과 농산물 가격의 문제점을 알리는 자료를 만들어 배포하며 마을별 교육에 들어갔다. 마을별 교육을 진행하면서 우리는 농민 단체 간의 협력 체계를 완성해 나갔다.

사무국의 각 부서장 및 청년 위원회는 결의를 다지는 차원에서 투쟁 한 달 전에 모두 삭발을 감행하고 12월 2일에 맞추어진 집중 선전전을 상주시 전역을 돌며 방송 차량 두 대가 현수막을 걸고 대자보유인물을 돌리며 결사적으로 항쟁했다.

반면, 회장단은 집회신고 허가비용 문제로 연일 경찰서를 비롯한 시청, 농협을 다니며 해당 장들을 설득하고 때로는 강압적 협박성을 띤 발언으로 행정적 활동에 전력을 다했다.

우리는 모든 것이 강압적이며 마치 결사 항쟁을 하는 것처럼 보여 시민들의 눈살을 찌푸리게 하였을 수도 있었겠으나, 집회가 잘 이뤄진다면 반드시 평화 집회를 보장하겠다는 슬로건을 필두로 평화 집회 가이드라인을 제시했다. 하지만 우리의 이면에는 상대가 비협조적으로 나올 때 어떠한 수단과 방법을 동원해서라도 집회를 성사시키고자 하는 강한 신념을 지니고 있었다.

나는 평화적인 집회를 위해 농협을 비롯한 경찰서, 시청에까지 많은 부분에서 섬세한 요청을 감행했다. 우선, 18개 농협 조합장들에게는 농민이 집회에 안전히 오갈 수 있는 대형버스 임대 비용을, 경찰서장에게는 집회 도중 경찰 병력의 모습이 보이지 않게 함으로써 대중을 흥분시키거나 불안감을 조성할 수 있는 요소를 배제해 줄 것을, 상주 시장에게는 시청 직원을 동원해 집회를 방해하는 일이 없도록 하는 것에 대해 원칙을 제안했다. 결국, 모든 협상은 성공적으로 성사되었다. 하지만 구속될 각오와 그것에 대한 비용적인 책임은 내가 전적으로 담보해야 한다는 기본적 입장은 고수했다.

　무엇보다 3,500여 명을 이동하는 전세 버스 비용 문제는 해결하기 어려운 문제였으나 그동안 농협의 운영 실태를 파악한 결과를 두고 비추어 볼 때 그리 어렵지 않을 것이라는 판단도 있었다. 한 개의 농협 당 4대 정도의 비용만 부담하면 18개 농협이 어렵지 않은 문제였으나 대단위 농민 투쟁을 위한 농협의 참여는 사회 분위기상 어려운 상황이라 이 분위기를 상쇄할 대안이 필요했고 그 대안으로 농협의 불합리한 운영 실태를 전면에 세우고 농협장들을 압박해 들어갔다.

　이미 내가 물러설 자리를 차단한 상태라 협상은 아주 쉽게 결론지어진 부분이 있었다.

　당시, 안기부 직원이 공개적으로 얼굴을 보이면서까지 내 진정성을 확인할 정도로 심각한 분위기가 연출되곤 했다. 그러나 이러한 어려운 상황 속에서도 나를 믿어 준 경찰서장, 시장, 농협 관계자들에게는 지금까지도 감사의 마음을 간직하고 있다.

　삭발 투쟁이라는 것이 지금은 그리 귀한 투쟁의 수단은 아니지만, 당시만 해도 대중 집회라는 것이 해금된 지 얼마 지나지 않았을 시기여서 이러한 대중 집회를 한다는 사실만으로도 대단한 인식을 국민에게 받던 시절이었다. 근데 거기에다 삭발까지 한다는 것은 투쟁의 효과를 배가시키는 요소가 되기도 했다.

당시에는 시기적으로 북한 간첩 잠수함과 같은 부분이 국민에게는 가장 무서운 존재였던 시절이었다. 나의 처는 촌락의 농가에서 자라 일반적 사고를 지닌 여성이었다. 그 때문에 아내는 나의 이러한 행동 자체를 이해하지 못했으며 더구나 삭발하고 경찰, 시청, 농협과 대립 선상에서 투쟁한다는 것에 대해 몹시 당황스러워했다. 그로 인해 나는 집회 당일까지 삭발을 한다는 것에 대해 아내에게 비밀로 했다.

나는 투쟁하는 집회가 혹 잘못되어 그 원칙이 깨질 때 그것에 대한 모든 책임을 지겠다는 신념을 고수했다. 오히려 나에게 밀려오는 두려움은 뒷전에 두고, 회원들의 안전과 집회의 성공만을 생각했다. 그러나 두려움은 있었다. 회원들 스스로의 두려움으로 우리의 활동 범위가 축소된다는 것에 대해서는 나의 힘으로 어찌할 수 없는 일이니, 이 부분에 있어서는 내심 걱정도 많았지만, 아내의 강력한 반대는 이해할 여력도 없는 나에게는 더욱 힘든 시험이 되기도 했다.

상주시
농민회 2

1998년 12월 1일, 흐린 날씨 속에 금방이라도 비가 쏟아질 것만 같았다. 나는 2일 집회를 준비하고 있던 터라 비가 내리지 않기만을 바랐다. 솥뚜껑을 머리에 이고 돌면 비가 안 온다는 속담이 떠올라 솥뚜껑을 이고 돌 만큼 염려스러움이 많았다. 그동안의 노력이 비로 말미암아 방해되지 않기를 염원하며 2시가 넘어서야 집으로 돌아왔다.

5,000명의 대중 앞에 서야 하는 나는 무슨 말로 이 시대 농민들을 위로해야 할지 내심 걱정이 앞섰다. 이 시대 농민들의 당면 과제인 농가 부채 문제, 농산물 가격 안정을 위해 나는 그들의 시름을 위로하고 희망을 주어야만 했다. 또한, 이번 집회에서의 발언은 정치권을 비롯한 사회 전반에 영향력이 미치는 중요한 단상 발언이었기에 잠도 제대로 이루지 못할 정도로 고심을 거듭했다.

12월 2일, 집회가 진행됐다. 오후 2시가 되니 상주시 남성 청사에서 로터리 사거리까지 머리에 빨간색 띠를 두른 농민들이 왕복 4차선을 가득 메웠다.

힘찬 함성과 구호가 울려 퍼졌다. 각 시·군 농민회에서도 약속된 참여 인원 이상이 집회에 참여해 경상북도 농민 대회의 유례없는 장관을 연출했다.

"농가 부채 해결해라!"

"피땀 흘려 지은 농사 제값 받고 팔아 보자!"

"이대로는 못 살겠다. 수해 피해 수립하라!"

구호 선창에 따라 농민가를 부르던 농민들은 상주 시내를 함성으로 물들였다.

의식 행사가 끝나고 똥값 농산물과 농가 부채 WTO 조형물 화형식에 이어 삭발의 시간이 왔다. 대회 주최자 7명이 의자에 앉고 삭발이 시작됐다. 무거운 음악이 분위기를 감싸고, 오정면 회장이 삭발해야만 하는 농업 현실의 비통한 발언이 엄중하게 이어졌다. 그런데 갑자기 무대 뒤가 소란스럽다. 웬 여자가 진행자들의 만류에도 불구하고 무대 단상에까지 올라와 몸으로 막아서고 있었다. 집회 참여자 5,000여 명의 시선이 집중되는 곳에는 작은 키에 가냘픈 몸매를 지닌 여자, 바로 내 아내가 있었다. 나는 자리에서 일어나 조용히 아내를 안아 주며 눈빛으로 위로했다. 내 눈빛에 두말없이 단상을 내려가는 아내의 모습을 보니 눈물이 흐르기 시작했다. 아내의 돌발적 행동을 목격한 집회 참여자 모두는 숙연해졌고 이어지는 집회주최자들의 삭발식에 어우러져 결연하고 엄숙한 흐느낌의 공감대를 이루었다. 사람들은 그날 집회가 아내의 돌발 행동으로 인해 성공적인 집회였

다고 표현들을 했다. 하지만 난, 집회의 상황보다는 아내의 마음고
생이 내심 걱정이 되었다. 그 후로 25년의 세월이 흘렀다. 나는 이미
저세상 사람이 된 아내를 추억해 본다.

성난 농심은 대중의 힘을 이용해 무력행사로 이어지려는 심각한 상
황에 도달했다. 우리는 북천 고수부지까지 행진하고 해산하려 했다.
그러나 북천교를 몇 미터 앞두고 뒤쪽 대열이 사납게 요동했다. 결
국, 대열의 앞뒤가 바뀌는 사태 속에 사납게 요동치던 뒤쪽 대열 농
민들은 거칠게 무양 청사 쪽으로 돌진해 나갔다.

사태가 심각해진 것을 직감한 경찰서장은 시위를 더 이상 진행한다
면 경찰력을 투입하겠다는 입장을 시위 집행 대열에 직접 전달했다.
물론, 경찰 지휘 라인은 모두 사복 차림이었다.

모두가 결의한 평화 집회의 성격을 마지막까지 고수하기 어려운 상
황에서 해산 선포를 내려야 한다는 판단이 섰다. 평화 집회가 폭력
집회로 변하는 것에 대해서는 나도 책임의 여지가 불투명해져 버린
것이었다.

해산 선포를 하겠다는 나의 의지에 집행부는 반대했다. 하지만 나
는 그들의 의견을 무시하고 선두 방송 차량에 올랐다. 나는 우리의
평화 행진 진로를 방해하거나, 집행부의 주의에 따르지 않으면 해산
을 선포하겠다며 거듭 발언했다. 하지만 이미 우발적 행동이 나타난
농민들을 확성기 발언으로 저지시킨다는 것은 역부족이었다. 더 이
상 이러한 상황이 계속된다면 우리의 모든 노력과 결실이 폭력 집회
라는 오명과 함께 결국, 무너져 버릴 것이라는 판단이 들었다.

"지금까지 함께해 준 모든 경상북도 농민 형제들에게 깊은 감사를 드립니다. 여기까지가 평화 집회의 한계라고 판단하며, 약속된 장소에서 해산식을 거행하지 못하게 됨 또한 이해 당부드립니다. 지금부터 집행부는 집회 해산을 선포하고 이후 모든 상황은 개인 행위로 간주하겠습니다."

나는 확성기를 통해 이렇게 의견을 전하며 독단적인 판단 행위를 감행했다.

우리는 당초 계획했던 해산 장소에서 해산할 수 없었다. 그러나 나름대로 최선을 다했다. 농민회 임원 및 간부들의 수고로움, 고단한 일정에 무리수가 따랐던 집회를 진행하면서 우리는 모두가 불평 한마디 없었다. 흔들림 없는 결사 항쟁의 모습이었다. 서로를 끝까지 믿고 의지한 대동단결의 힘은 이후 농민회 활동에 있어 믿음과 신뢰를 기반으로 상주 사회에 지대한 영향력을 행사하게 만들었다.

나는 이후 소소한 의견 대립으로 심화된 시의회 의원 해외 부당 연수 문제로 시의회 점거 농성을 계획 중, 부당하다는 전단을 배포한 회원 제명의 건이 상정되고 추인되면서 그것이 추후 상주시 농민회의 심각한 문제점으로 발전됨에 따라 눈물을 머금고 농민회 회장직을 사퇴하게 되었다.

다음은 내가 농민회 임기 중 진행한 사업 내용이다.

*1998년 1월 20일 상주 농민회에서 상주시 농민회로 명칭 변경과 회장으로 추천 승인됨.

*상주시 농민위원회 창립.

*식량 자급 농가 부채 해결 농축산물 가격 보장 집회.

*수해 대책 촉구 집회.

*농가 부채 해결을 위한 건의서 전달 국민회의 시청.

*1999년 제1회 상주시 농민회 체육대회.

*농협 시지부장 단위 조합장 공동 간담회를 통한 시중 은행 비교 불합리한 농협 금리 조정.

*협동조합 개혁을 위한 전국 농협 조합원 대회 및 구속 전승도 처장 석방 투쟁.

*농정 공약 이행 촉구 및 농민 생존권 쟁취 전국 농민 대회 참가.

*IMF 반대, 농가 부채 해결 협동조합 개혁을 위한 상주 농민 학생 결의 대회.

*상주시 농업 말살정책 규탄 대회(문화회관. 14개 농민 단체 공동 주최).

*농가 부채 완전 해결 구속자 석방, 농민 탄압 중지 국회의원 당사 점거 농성.

*상주 농민 대회 1,300여 명 참여.

*2000년 정기총회 회장으로 재임 추인.

*16대 총선 상주 지역 후보자 초청 정견 발표 및 농정 개혁 서약 토론회 개최.

*농축산물 가격 보장 농가 부채 해결 WTO 반대 전국 농민 대회 참여.

*오렌지 수입 악덕 기업 엘지 제품 불매운동 등.

폭설 대책 위원회를
마련하다

    지난 2001년 1월 7일의 일이다. 밤새 내리던 눈은 50센티를 훌쩍 넘기는 폭설을 뿌리고 그쳤다. 아침 일찍 잠에서 깨기는 했지만, 창문을 내다보고 나는 다시 누워 버렸다. 바깥에 나가 봐도 추운 겨울 특별히 할 일도 없었으니 눈이라는 것을 대수롭지 않게 여겼던 것이다. 농사를 지으며 살지만 대단한 폭설을 경험하지는 않았기 때문이기도 했다. 태풍이 오거나 큰비가 와도 다 지나간 다음에 부서진 것들을 복구하면 되었기에 특별히 자연재해에 맞서 남들처럼 뭔가를 하려고 하지 않았다. 불가항력적인 일을 굳이 하는 것 자체가 무리수라고도 생각했었다.

    그날 오전 10시, 둘째 은하는 평소 때와 같이 하우스 주변을 둘러보고 집으로 들어왔다. 은하는 하우스뿐만 아니라 농지 주변을 둘러보는 습관을 지닌 아이였는데, 더구나 폭설이 내렸으니 자기 마음에 걱정이라도 되었는지 하우스 순찰을 했던 것이었다. 그런데 집으로 돌아온 은하는 다급한 목소리로 하우스가 무너져 버렸다고 통보를 하는 것이다.

급하게 뛰어나가 보니 하우스는 절반이 무너진 상태였다. 뭔가를 해야 하지만 할 수 있는 것이 아무것도 없었다. 다행히 아래쪽 700평짜리 하우스는 그대로 하우스 모양을 유지하고 있었다.

무너진 1,000평의 하우스는 엊그제 완공하고 비닐을 씌운 새로 지은 하우스라 며칠만 늦게 비닐을 씌웠더라면 좋았을 것을 하며 후회가 밀려들기 시작했다. 무너지지 않은 하우스에 온 식구가 매달려 비닐을 찢고 눈을 제거해 보았지만, 눈이 서로가 뭉치듯 물고 있어 힘으로는 어찌할 방도가 없었다.

그러던 어느 순간, 갑자기 하우스가 북쪽부터 와르르 무너져 내려앉기 시작했다.

"밖으로 뛰어나가!"라고 고함치며 나는 내달려 나왔다. 다행히 가족 모두는 무사했지만 순식간에 도미노처럼 내려앉는 하우스를 보며 참담하기만 했다. 3분도 안 되는 시간에 700평 하우스와 먼저 무너진 1,000평 하우스, 총 1,700평 하우스가 밤새 내린 눈으로 하루 사이 고철 덩어리로 변해 버린 것이었다.

700평의 하우스 포도 농사로 경제적 가치가 높고 희망적이라 욕심내서 융자도 받고 여기저기 다 끌어 모아 1,000평을 겨우내 지어 이틀 전에 완공했는데, 폭설로 주저앉으니 죽고 싶을 정도로 괴로웠다. 참으로 어이없는 현실이었다.

지역 이곳저곳에서 피해 소문이 속출했다. 모동 지역 오이 하우스는 다행히 가온 중이라 피해를 피할 수 있었으나, 포도 하우스 농가는 모두가 눈사태를 피해 가지 못했다.

울고 싶은 심정이고 주저앉고 싶었다. 식구도 나도 참담한 심정에 말문을 닫고 며칠을 보냈다. 아들들마저도 서로가 할 말을 잃은 며칠이었다.

뭔가를 해야만 했다. 하지만 방법은 없었다. 1,700평의 고철 덩어리에 녹지 않는 눈 덩어리들……

3~4일이 흐른 후 인터넷을 뒤졌다. 재해 대책 본부 폭설 상황은 TV 뉴스를 통해 매일같이 흘러나왔다. 피해 대책이 발표되기는 했지만, 뭐가 뭔지 도무지 알 수가 없었다. 당시 농림부에는 재해 대책에 관련한 아무런 제도적 장치가 마련되어 있지 않았다.

그렇다고 손 놓고만 있을 수는 없어 정부 각 기관을 다 뒤져 보았다. 분명히 있어야 할 재해 관련 지원법이나 대책을 주관하는 부서가 있을 것으로 생각했다. 그렇게 애써 찾던 중, 행정 자치부 내에 재해 종합 대책 본부가 있는 것을 발견했다. 당시 인터넷은 지금과는 다르게 속도에서부터 검색 포털 사이트 구성이 그렇게 잘되어 있지 않아 정말 검색에 애를 많이 먹었던 기억이 있다. 나는 관련 법규와 지원 대책 조항을 꼼꼼히 챙겼다. 그리고 함께 마음고생을 하고 있을 농민회 피해 회원들을 급하게 소집했다. 소집 자리에서 나는 우리가 지원받을 수 있는 모든 것들에 대해 설명했다. 또한, 향후 과제에 대해 공동으로 대처키로 협의하고, 피해 전 농가가 함께 대책 기구를 만들기로 결정했다.

이렇게 협의된 대책 기구는 다시금 상주시 농민회로 확대되어 폭설 피해 대책 위원회가 편성되었다.

　50년 만에 전국적인 폭설로 말미암아 농가의 피해는 컸지만, 피해 대책위가 꾸려진 곳은 전국에 상주시가 유일했을 뿐만 아니라, 언론과 정부도 우리 요구에 신중하게 귀를 기울였다.

　얼마 안 있어 폭설 피해 조사단이 현장 조사를 온다는 통보가 내려왔다. 그들은 하우스에 도착하자 줄자를 꺼내 들고 하우스가 규정대로 지어졌는가를 먼저 확인하려고 했다. 나는 순간 화가 치밀어 올랐다. 피해는 외부에 의해 발생한 자연재해여서 원칙론으로 해결할 수 있는 일이 아니었기 때문이다. 결국, 나는 조사단의 멱살을 잡고 흔드는 소동을 벌이고 말았다.

　다시금 안정을 찾은 나는 현실적인 대책을 요구하고 나섰다. 그것은 재해복구비의 현실적인 지급 대안이었다. 우선 나는 시설 복구에 앞서 철거비 지원을 요구했다. 그러나 이들은 복구비의 지원 단가와 보조비율 상향, 융자 기간의 연장은 피해 농민들의 의견대로 진행할 수 있지만, 철거비 문제는 해결이 어렵다고 말하는 것이었다. 상주시 피해 농민들은 철거비 지원 없이는 모두가 일체의 철거를 하지 않겠다고 맞섰다. 우리가 철거비 명분으로 인해 정부와 대립하는 동안 철거 인력이 지원되었지만, 농민들의 거부로 이들을 비롯한 자원봉사자들 모두 철수하는 사태가 벌어지고 말았다. 이들 인력이 철수하자 다시 협상에 들어갔다. 하지만 정부에서 주장하는 것은 법령에 명시된 철거비 명분은 해상 가두리에 한한 지원 법령이지, 농업과 관련한 지원법은 아니라는 것이었다. 우리는 어느 한 부분을 명시하지 않은 법령과 철거비 지원을 두고 농림부 관계자와 웃기는 법안 해석이라며 서로 받아치며 팽팽히 대립했다. 결국, 자치단체에서 지원할 수 있다는 농림부의 의견에 따라 철거비는 상주시에서 지원하기로 하고, 철거 인력을 대대적으로 확대·보급하겠다는 약속을 받고 난 후에 협의가 이루어져 철거가 시작되었다.

전투경찰, 시청 직원, 각 면 단위별 자원봉사자 등이 몰려와 피해 현장은 북적였다. 그러나 녹지 않은 눈과 얼음으로 인해 철거 시늉만 할 뿐 실질적으로 철거는 상당 기간 소요되었다. 결국, 봄이 되어서야 모든 철거를 마무리할 수 있었다.

철거 후 복구를 시작하려 했지만 또 다른 문제에 봉착하여 복구 중단에까지 이르게 되었다. 대형 하우스는 온실 전문 업체에서만 시공할 수 있다는 건설부의 법령 때문이었다. 설계비, 감리비, 부가세, 업체의 이익 등을 고려하면 복구비의 30%를 폭설 피해 농가가 져야 하는 그야말로 웃기는 법이 불과 1년 전에 만들어진 것이었다.

우리는 다시금 복구 중단을 선언하고 나섰다. 폭설로 인해 빚쟁이가 되어서 겨우 복구하려는 농민들에게 세금과 업체의 이익까지 책임지라는 법에는 따를 수 없다는 견해를 단호한 성명서로 발표하기에 이르렀다.

우리의 요구는 폭설 피해 농가의 자가 시공을 허용하고, 농자재에 대한 부가세 면제였다. 폭설로 거지가 다 된 농민이 빚을 내 복구를 하는 마당에 부가세를 내도록 함은 이치에도 맞지 않으며, 이미 폭설 피해 전에 부가세를 내었고 천재지변에 의해 복구하는 마당에 다시

부가세를 부여하는 건 부당하다는 이유였다. 그렇다고 농민들이 부가세를 낼 수 있는 여력이 있는 것도 아니었다.

세금을 포함한 일체의 비용까지 폭설 농가에 덮어씌우는 것은 정부의 또 다른 폭설이며 폭압적 행위라는 우리의 주장이 언론을 통해 알려졌다. 이에 따라 국회 농수산 위원회 위원인 이상배 의원 등이 농민의 의견 수렴과 관계 부처 간 협의를 통해 우리의 주장을 받아들였고 자가 시공과 부가세 환급이 시행되었다. 부가세를 내고 자재를 구입하고 신고하면 폭설 피해 농가에 한해 환급하겠다는 약속이었다. 당시 시행된 농자재 부가세 면제는 확대 · 개편되어 현재까지 농자재 관련 부가세 환급으로 이어져 오고 있다.

그런데 또다시 문제가 발생했다. 이미 철거된 자재는 재사용 금지라는 법안이 발목을 잡았다. 그러나 한 번 변화를 꾀한 우리가 못할 일은 없었다. 이 또한 논란을 거쳐 사용 가능한 자재로 시행규칙이 제정되었고 그야말로 피해 농민 중심의 행정이 그대로 적용되면서 우리 자신까지도 믿을 수 없을 만큼 제도적 뒷받침을 농민들의 합리적인 편의적 법안으로 개선시켰다. 이렇게 되기까지 우리들의 단결된 당찬 요구가 선행된 원인도 있었지만 우리들의 요구가 정당하다는 내용을 언론을 통해 다뤄 준 안동 MBC 이효영 기자의 공이 컸다. 이 기자에게 감사하다는 말을 남기고 싶고 당시 지역 국회의원이었던 이상배 의원과 지금은 경상북도 도의원인 당시 정책 보좌관 강영석 의원에게도 감사하다는 말을 올리고 싶다. 또 대책 위원회 회장을 겸한 서재덕 위원장이 밤낮 없는 대책 회의와 대책 요구를 당당히 각계 인사에게 전달하고 시행한 수고로움 덕에 한국 내의 폭설 하우스 피해 농가의 복구가 완전하리만치 법적 제도적 뒷받침 하에 복구할 수 있었다.

우리가 피해 복구와 관련된 일을 진행하는 과정 중에는 웃지 못할 일들도 많았다. 농림부 담당 과장이 쇠 파이프를 든 농민에 의해 쫓겨 달아나기도 하고 시장, 국회의원, 경찰서장 등이 현장에서 쫓겨나기도 했다.

농민들은 살기 위해 한 덩어리로 뭉쳐야 했고, 과천 종합청사 앞의 집회, 농림부와의 교류 등 숱하게 많은 일정이 오고 갔다. 하지만 복구가 완료될 무렵에는 농림부를 찾아가 폭설 농가들의 감사와 고마움의 뜻을 전하기도 하면서 훈훈하게 마무리되었다.

농민회 또한 도 연맹 전국 농민회 총연맹 모두가 함께 해 준 결과였다. 하지만 분명한 건 전국의 폭설 대책 위원회는 모동뿐이었고, 모든 대책 협상은 모동 농민회가 범국가적 대책 본부나 다름없는 큰 역할을 해 준 덕에 성취한 것이었다.

고속도로 점거 투쟁을
벌이다

    농가 부채 해결을 위한 전국 농민 결의 대회로 고속도로 점거 투쟁을 계획했다. 하지만 점거 하루 전날까지 비용 문제로 농협 조합장들과의 협상이 제대로 이루어지지 않았다. 그로 인해 고속도로 점거 대신 농협을 상대로 투쟁 계획을 전면 수정해야 한다는 다급한 소식이 전해졌다. 투쟁에 돌입한 상주시 농민회 대책 회의는 농협의 비협조로 고속도로 점거 투쟁을 전면 수정하겠다는 분위기로 투쟁 라인을 대폭 수정하는 분위기였다. 나는 이러한 정황을 답답해하는 상주시 농민회 간부의 전화를 받았다. 그 해결을 위해 나서 달라는 요구였다. 비록 전직 회장일 뿐이며, 현직으로는 경상북도 연맹 감사에 불과했지만 전국적으로 진행되는 대단위 투쟁에서 이러한 일로 투쟁 일정을 변경할 수 없다고 생각했다. 추후 나는 농협 조장들과의 협상 자리에 앉아 전체 상황을 인지할 수 있었고 조력자로 나서기로 했다.

    각 면별로 이미 지정된 날짜에 동참자들은 확보되어 있었다. 하지만 전면 수정으로 농민 단체 간의 마찰을 감내해야 하는 농협과 농민회의 부담은 심각한 상황으로까지 갈 수 있다는 사실에 대해 서로가 인지하는 듯했다. 그러나 이러한 계획은 불신의 벽을 넘어서지 못하는 하나의 과정이었다.

농협은 고속도로 점거 투쟁 이후에 비용 문제를 해결할 수 있다는 견해였지만, 고속도로 점거 투쟁의 배후로 농협이 지목됨을 두려워하고 있었다.

농협은 지금까지 당연히 해야 할 농민들의 경제적·사회적 지위 향상에 대해 농협법의 목적에 명시된 사항임에도 농민들에게 농업정책과 관련해 불이익이 주어지거나 심각한 정책의 입안에 대해 또는, 농축산물의 가격 하락 등에서 당연히 그 책임을 다해야 함에도 입장 표명만 간단히 해 왔을 뿐이었다. 이러한 농협들이 자체의 수익만을 추구하고 실제적 농정 활동을 하지 못하는 실정에 대해 농민들은 강력히 항의해 왔고, 숱한 마찰을 빚어 왔으며, 그 역할론에 대해 행동은 농민들이 하고, 비용은 농협이 적정선에서 지불하는 형태의 합의를 하고 집행해 왔었다.

이번 고속도로 점거 투쟁도 심각한 농민 사회의 최대 불안 요소로써 연대 보증으로 인한 줄도산의 위기 상황을 극복하기 위해서는 정치적 결단 없이는 극복하기 어려운 농촌 현실을 누구보다 잘 아는 조합장들이었으나, 고속도로 점거 투쟁 이후 야기될 배후의 문제를 책임지기는 어렵다는 것이었다.

지금까지 상주시 농협의 이러한 활동은 타 시·군을 비롯한 전국적으로도 얼마 안 되는 농협 중의 하나로 그나마 농민들의 경제적·사회적 책임을 그 나름대로 다해 온 농협들이었다.

상주시 경찰서도 전반적 상황으로 미뤄 볼 때 도저히 묵인될 수 없는 상황은 자명함으로, 나는 더 이상의 요구보다는 책임자의 약속이 필요함을 강조하고 나섰다. 책임자가 정해지고 그 책임자의 서면 약속이 이뤄진다면 내가 그 비용을 개인 통장에서 선지급하겠다는 제안으로 마찰을 마무리하려 했으나, 농협은 문건으로 남기는 어려움을 호소했다. 결국 농협 시지부의 책임자 한 명과 단위조합장 한 명이 전적으로 책임을 지는 조건과 내가 비용을 대는 방식으로 어렵게 합의를 성사시킬 수 있었다.

돌격대로 편성된 20여 명의 회원은 비밀리에 경부 고속도로로 떠나야 하므로 마이너스 통장에서 당장 필요로 하는 금액을 인출하고, 행동대장을 맡은 전수근에게 자금을 쥐어 주며 주의점을 각인시켰다. 동지를 떠나보내며 어쩌면 동지가 구속될 수도 있다는 생각에 마음이 괴로웠다. 하지만 그들의 흔들림 없는 결의에 찬 모습에서 사나이다움을 느낄 수 있었다.

저녁을 함께하며 김구 선생이 윤봉길 의사를 떠나보내는 한 장면이 자꾸만 떠올랐다. 우리는 막걸리 한 잔으로 결의를 다지며 다시 한번 서로의 역할을 재확인했다.

먼저 20여 대의 차량 인원은 금강 휴게소 호텔에서 자고 다음날 10시경에 추풍령 휴게소 하행선에서 점거하면, 우리는 9시 30분경에 그곳으로 도착해 경찰력과 대치하다 고속도로 점거 해산을 하기 위해 병력 분산이 이뤄질 때 밀고 올라간다는 계획을 세웠다.

우리의 투쟁은 전국 동시다발적으로 이뤄지는 고속도로 점거 투쟁이라 병력 분산이 될 것이라는 판단으로, 서울 상경의 투쟁이 아닌 경북 농민 대회를 빌미로 한, 경북도청이 있는 대구로의 하행선으로 이동하는 역방향의 경부고속도로를 점거할 계획이었던 것이다. 하지만 근본 목적은 서울 상경을 목표로 하는 전국 농민 대회였다.

또한 우리는 고속도로를 점거해 농가 부채 해결의 심각성을 한국 사회에 내던지는 것이 목표였다. 그러나 굳이 서울 상경을 해야 할 필요성이 없었으므로, 농민회 경북 연맹은 대구에 집회 신고를 해 두고 있었고, 우리는 경북 농민 대회 참여를 표면적인 이유의 성립으로 해석하고 있었다.

상주시 농민회는 점거 농성을 두 곳으로 나누어 진행하기로 계획했다. 북부 지역 농민회는 함창 지역 국도 한 곳을 점거하겠다는 의견을 두고 말들이 많았다. 지금에야 말할 수 있지만, 집행부는 농성에 두려움을 지니고 있었다. 위험성을 앞세운 투쟁에 부담을 느끼고 있었기 때문이었다. 그러나 회장의 고집에 바른 소리를 한다는 것은 판을 깨는 행동이었다.

일반도로의 점거 투쟁은 그대로 진행키로 하였지만, 결과적으로 판단할 때 필요 없는 도로의 점거이고 집중력도 떨어지는 참으로 묘한 행동임을 모르는 사람은 아무도 없었다. 이러한 일을 자행하면서 두려움에 떨지 않을 농민이 어디 있겠는가? 그것은 국가 최고의 동맥인 경부고속도로를 막겠다는 미련한 의지였다.

서부의 화동, 모서, 모동 지역은 경부 고속도로 추풍령 하행선에서의 점거를 계획했다. 다음날 400여 대의 1톤 화물 차량이 농로, 마을길, 샛길을 통해 추풍령으로 이동했다. 상주시 경찰과의 마찰을 최소화하면서 고속도로가 있는 추풍령 톨게이트로의 이동을 원활히 하기 위해 샛길을 이용함이었다. 사실 상주 경찰서도 이러한 사실 전반을 정보과 형사를 통해 인지하고 있었지만, 거센 농민들의 집단적 행동에 무리수를 둔 방어망을 형성하기에는 다소 부담이 있었고, 그보다도 농가 부채의 심각성을 정치력으로 해결할 수밖에 없다는 판단을 한 듯 했다. 아는 척 모르는 척 넘어가는 것이 상책이라는 판단 속에 농가 부채 깃발을 단 차량이 샛길을 이용한다면 굳이 막아서지 않을 테니 서로의 불필요한 마찰을 피하자는 경찰과 농민회간의 협의도 있었다. 경찰은 큰 도로에 대충 배치하고는 엉뚱한 방향을 주시하도록 하였고, 농민은 그렇게 옆길을 이동 수단으로 삼았으나 이곳저곳에서 약간의 마찰도 있었다.

　관할 지역이라는 경찰서의 역할도 상당 부분 작용되었다. 추풍령은 충북과 경북의 경계 지역이고, 충북은 영동이, 경북은 김천이 관할 지역이라 상주만 벗어나면 상주 경찰서는 책임의 소재를 벗어나는 것이기도 했다.

　점거 투쟁이 진행됐다. 차량 행렬을 보내고 나는 약속된 금액을 추가로 계좌 이체한 후 뒤따랐다. 추풍령 고속도로 톨게이트에는 막으려는 경찰과 진입하려는 농민들과의 충돌이 이어졌다. 격렬한 몸싸움이 벌어지고 속속 모여든 차량은 추풍령~김천 간 양방향 모두를 채우며 약 2킬로에 이르는 추풍령 고속도로 입구에서 추풍령 면사무소 입구까지 투쟁 차량으로 가득했다.

약속한 대로 행동대가 고속도로를 점거했다는 소식이 전해지자 차량을 그대로 국도에 버려 둔 채 경찰과 대치할 필요도 없이 농민들 스스로 알아서 고속도로를 육탄으로 막아서는 광경이 벌어졌다. 누가 앞서고 뒤서고도 없었다. 아수라장이 된 고속도로 위에서 경찰의 힘도 농민들의 힘을 막을 방도가 없는 듯했다. 농민들은 경찰이 쫓아오면 스스로 알아서 피했다. 그러다 다시 올라서는 반복의 연속. 경찰도, 집행부도, 그 누구도 농민을 제지하거나 행동을 총괄할 사람이 없었다. 모두가 방관할 뿐이었다. 몇 시간이 흐르자 경찰의 마구잡이 연행이 시작되었다. 약 50여 명이 연행되었다. 이대로 그냥 방치해서는 안 되겠다는 판단이 섰다. 나는 방송 차량 진입을 요구했고 방송차가 진입하자 그대로 방송 차량에 올라 흩어진 농민을 확성기를 통해 결집시켰다. 이대로 농성이 계속 진행될 시, 연행된 자들의 석방도 책임질 수 없는 미지수 상황에 불안했다. 전체 대오의 책임성 있는 행동의 필요성이 절대적으로 필요했다. 그 때문에 나는 책임자로 자처할 수밖에 없었고, 다른 누가 그 역할을 할 사람도 딱히 없었다. 나는 방송 차에 올라 선동 연설을 시작했다.

모두가 나를 중심으로 모여 달라는 호소와 함께 이대로 흩어져서는 아무것도 할 수 없다고 했다. 우리가 잘못한 것도 없으며 오늘의 사태는 합법적 집회에 참가하려는 우리를 불법으로 막아선 경찰에게 전적으로 책임이 있다고 했다. 나는 담대하게 연행자를 석방하고 우리가 가고자 하는 길을 열어 줄 때까지 한 명도 흩어지지 말고 나를 믿고 따라 달라는 선동 방송을 하며 단결의 구호를 외치며 농민가를 선창했다.

모두가 나를 중심으로 모여들었다. 다시 방송 차에서 내려 선두에 섰다. 큰 무리의 군중이 형성되며 전경과 농민과의 마찰이 이어지고, 서로의 물리력에 의해 고속도로 진입과 후퇴가 반복되었다. 마침 함창으로 이동했던 북부 지역 농민들과 상행선을 이용해 서울로 향하던 경남 농민들도 합세하면서 추풍령 휴게소와 경부고속도로 상하행선 양방향은 농민들과 경찰들이 서로가 들어가고 빠지기를 반복하며 일대는 치외법적인 상황에 직면했고 경찰의 헬기와 방송국 헬기까지 동원되어 공중과 고속도로가 대 마비 상태를 이루었다. 하지만 나는 두 명의 형사에게 양팔이 꺾여 붙잡히고 말았다. 그러나 군중과 함께 뒤엉킨 사이 순발력으로 나를 붙잡은 한 명의 형사 낭심을 걷어차 겨우 풀려날 수 있었다. 그 후 고속도로 위에서 몇 번의 진입과 후퇴를 반복하면서 선두에서 진행을 맡으며 우리의 요구를 받아 줄 것을 강력히 요구하였고 관할 지역인 김천 경찰서 서장은 협상 상대자로 현장에서 실제 주동자인 나를 선택했다. 추풍령 휴게소 앞 고속도로 선상에서 서로의 팽팽한 기싸움 협상이 결렬되기를 반복했다. 결국, 우리의 요구대로 연행자가 석방되고 차량 이동이 받아들여진 가운데 경찰력이 빠지고 대구로의 이동이 진행되기까지 추풍령 휴게소에서 약 7시간 동안의 점거가 이어졌다. 이것은 실로 긴 시간의 힘든 투쟁이었다.

지리멸렬해질 수밖에 없는 상황을 주도적으로 책임성 있게 진행한 결과이기도 했지만, 경찰들의 무리한 진압의 결과로 더 오랫동안 고속도로 점거가 이루어졌고, 그 책임 또한 경찰이 져야 하는 결과이기도 한 셈이었다.

피곤하고 지친 몸을 이끌고 정양 친구의 도움을 받아 승용차에 편승해 대구로 이동했다. 전국 고속도로 상황이 라디오를 통해 흘러나왔다. 대부분의 고속도로 투쟁은 오후 일찍 끝났으나, 추풍령 지역은 현재 하행선이 막힌 채 농민들이 느린 속도로 대구로 향하고 있다는 방송을 들었다. 우리도 이제는 해산해야 한다는 판단을 하고 선두 차량에 멈추어 달라고 요구함과 동시에 상주 경찰서 정보과에 농민들이 무사히 해산할 수 있도록 조치를 요구했다. 하지만 이미 선두 차량은 김천 톨게이트를 지나고 있었다.

선두는 구미 톨게이트까지 진행해야 하는 상황이었지만, 김천 경찰 소속 경찰차가 역주행해 선두 차량을 회전할 수 있도록 조처를 하고서야 고속도로 점거 투쟁은 9시간의 긴 시간 속에서 연행자 없이 끝이 날 수 있었다.

계속된 농가 부채 해결 요구의 산발적 집회는 전국적으로 진행되었고, 한국 사회의 가장 핵심적 문제로 농가 부채 해결이 대두되며 국회에서는 농가 부채 해결 특별법 제정을 위한 7인 소위가 만들어졌다. 연대보증을 피해 해결 없이 진행하려는 긴박한 순간, 이상배 국회의원이 7인 소위로 활동하고 있었다. 우린 다시 연대보증 피해의 문제를 이상배 의원이 해결하라며 국회의원 사무실 점거 투쟁에 돌입했고 이틀 만에 격한 행동으로 의원 사무실 전체를 파손하고 말았다.

우리들의 요구를 들어줄 수 없다는 이 의원의 입장에 따른 소통 문제였지만, 상호 간의 불신도 존재했던 것은 사실이다.

회장과 국회의원 간의 전화 통화에서 긴박감이 오고 가고 고함 소리가 오고 가는 것이 무언가 험악스러운 분위기가 감돌았다. 통화가 끝나자 회장은 전화 내용을 우리 회원들에게 설명했다. 우리의 주장을 전부 들어줄 수 없다는 것이었다.

7인 중 혼자만 연대보증의 해결을 주장하는 상황이고, 이런 분위기를 혼자 힘으로 어떻게 할 수도 없으며, 7인 소위 한 명의 소임 상 국회의원인 내가 할 수 있는 마지막까지 지켜보고 최선을 다하겠다고 했지만 이를 믿지 못하겠다는 분위기는 더 험악해지고 몇 가지의 집기가 내던져졌다.

얼마 후 겨우 분위기를 진정시켰다. 의원실에 현재 이 분위기를 전했고, 대책이 나올 때까지 조금만 기다려 달라는 나의 제안이 받아들여져 이상배 의원과 통화가 시작됐다.

"현재 점거 농성장의 분위기를 그대로 전달하고 연대보증 해결이 어려우면 마지막 순간은 7인 소위와 같이할 필요가 있느냐? 그렇게 하지 못하겠다는 건 혼자의 고집이고 누구도 그런 상황을 이해할 사람이 없다."

결정하고 답을 달라는 내 제안에 잠시 주춤하더니 그렇게 하겠다는 이상배 의원의 대답이 이어졌다. 그러면 회장과 통화를 하고 약속을 하면 내가 회원들을 설득하겠다고 말하며 전화를 끊었다. 나는 방금 통화한 내용 그대로를 회원들에게 전달하고 좀 믿고 기다려 보자고 말했다. 아울러 회장이 이 의원과 통화하고 약속을 재차 받았으면 좋겠다고 말했다.

회장과 이상배 의원과의 통화 도중 전화통이 땅바닥에 내동댕이쳐진다. 그렇게 하겠다고는 하지만 서면으로 약속은 못 하겠다는 것이 서로 간의 불신에 의한 탓이지만 중재할 겨를도 없이 사무실은 말 그대로 박살이 나고 말았다. 모든 집기는 부서지고, 부서지지 않는 온전한 것은 2층 아래로 던져졌다. 말릴 겨를도 없이, 손과 발이 닿는 모든 집기는 모두 박살이 나고 말았다. 불과 5분도 걸리지 않은 시간이었다. 사무실의 집기 모두가 파손되고 무엇 하나 남김없이 초토화된 국회의원 사무실은 내가 생각해도 어이없는 돌발적 상황이었다.

뭐라고 할 말도 없었다. 지켜보던 국회의원 보좌관도, 정보과 형사들도, 시청 직원도 이건 아닌데 하면서도 할 수 있는 것이 없는 순간이었다.

사람들과 눈도 마주치기 싫고 말도 하기 싫어진 나는 그길로 농민회 사무실로 이동해 이후 대책을 논의했다. 회원들은 어디론가 다 가버리고 집행부 몇몇만 남아 대책 회의를 진행했다.

결국, 예견된 대로 연대보증 피해 대책 없이 농가 부채 특별법은 다음날 국회 통과가 되었고 법안 내용은 이자가 낮아지고 5년 거치 후 원금 상환이었다.

국회의원 지역구 사무실 파괴 다음날, 회장 이하 회원들은 내 말조차도 믿지 못하고 돌발적 행동을 하고는 날 보고 또 해결하란다. 국회 이상배 국회의원 사무실에 나를 대표로 보내기로 했단다. 참으로 어이없는 일이었지만 사건의 부재를 최소화하고 누군가 치러야 할 일이라고 생각했기에 나는 국회 이상배의원실 회관으로 향했다. 국회의원 회관에서 만난 이상배 의원은 그야말로 노발대발이다. 흥분을 가라앉히지 못하고 말 그대로 팔짝팔짝 뛰기 시작했다.

약 한 시간 가까이 흥분된 상태로 이어가는 이상배 의원의 꾸중에 나는 할 말 없이 듣기만하다 이 의원의 흥분이 가라앉은 시점에서 말을 이었다.

"어찌되었든 잘못한 것은 사실이고, 할 말도 없는 것이 우리들의 입장입니다. 여기까지 온 것도 우리에게는 엄청난 용기가 필요했으며, 사회적으로나 개인적으로나 나같이 얼굴 두꺼운 사람도 있어야 되지 않겠습니까. 제 역할에 책임을 느끼고 여기까지 찾아왔지만 혼만 나고 그냥 가라면 갈 수밖에 없습니다. 여하튼 선처를 바라고 그만큼 농민들의 절박함으로 이해를 돕고 싶습니다."

그러자 의원은 몹시 당혹스러운 표정으로 내 말을 받아쳤다.

"그렇게 박살을 내놓고 돈 한 푼 없이 와서 이것이 염치가 있는 놈들이 할 말이냐? 귀 떨어진 한 푼이라도 이게 다라고 이야기할 정도는 되어야 그다음 내가 할 일이 있는 거 아니겠느냐, 이놈들아."

나는 더 이상 할 말도 이어갈 말도 없었고, 이 의원의 당연한 말 한마디가 그 해답을 주고 있다고 판단하고 상주로 내려와 어렵게 이곳저곳에서 보상비라고는 말도 안 되는 금액을 마련해 지구당 사무실을 찾았다. 그러나 사무장은 이런 돈으로는 어림도 없다며 돈 받기를 한사코 거부했다. 하지만 주고 되돌려 받기를 수차례, 한 시간이 넘는 줄다리기 끝에 겨우 내동댕이치듯 지참해 간 돈을 두고 올 수가 있었다. 이후 그 돈도 되돌려 받음과 동시에 더 이상 이상배 의원은 사무실 파괴와 관련해서는 법적 조치나 이의를 달지 않겠다는 언약도 해 주었다. 그러나 이 사건은 농가 부채와 관련한 집회 시위 등과 함께 묶여 경찰서 조사와 재판 과정에까지 이르고 말았다. 공소 사실에서 밝히고 있는 이상배 의원 사무실 집기 파손 비용은 700만 원으로 명시하고 있었다.

　이 사건으로 볼 때 아무리 농가 부채와 관련한 농민들의 절대적으로 필요한 사회적 요구 사안이라 하더라도 농민들의 과격하고 무리한 요구가 따랐는데, 이렇게 이해키 어려운 상황을 더 큰 사람으로서의 모습으로 처리해 준 이상배 의원에게는 더 없이 큰 감사함을 가진다.

　이렇게 농가 부채와 관련한 상주시 농민 사회의 소용돌이 속 한가운데 나는 서 있었고 그 결과로 재판정에 서게 되었다. 경찰 소환 조사에는 상주시 농민회 임원과 면지회장 12명이 응했으며 7명은 기소유예 처분을 받고 회장과 부회장은 징역 1년에 집행유예 2년 6월형을, 나와 주동자 한 명은 각 벌금 100만 원의 약식기소로 마무리되었다.

　농민들의 거센 투쟁으로 이뤄 낸 농가 부채 해결이라는 정치적 결단이었지만 연대보증 해결이 빠진 결과는 이후 사람과 사람이 연대해 만들어진 부채로 인해 한동안 농촌 사회의 혼란을 가져왔고, 많은 농민들이 그로 인해 이농하거나 지금까지도 연대보증 부채를 해결하는 중이기도 하다.

　많은 사람들은 농가 부채 해결로 인해 농민들의 부채가 완전히 해결되고 종료되었다고 보고 있지만, 이자율이 정책 자금 수준으로 낮아지고 5년 거치 후 상환이 주 골자이다. 결국, 지금까지도 상환 중에 있는 농민이 대다수이다.

경상북도 연맹 의장으로
활동하다 1

나는 상주시 농민회 회장직을 사퇴하고 다음해 경상북도 연맹 감사를 맡았다. 그로부터 2년 후인 2003년 1월 20일, 나는 경상북도 연맹 11기 의장으로 선출되었다. 의장 선출은 누구나 출마해 선출하는 방식이 아닌 적합한 평가를 받은 자들 가운데 추대 형식의 선출 방식으로 진행되었다. 물론, 나보다 능력 있고 적합한 자도 많았으나 도 연맹 활동은 경북 전체를 아우르는 일정의 소화 투쟁적 사업의 진행으로, 잦은 회의 등으로 말미암아 농사를 지으면서는 활동하기 어렵고, 경제적 기반이 조금이라도 갖추어진 사람이라야 활동할 수 있는 자리였다. 하지만 나는 제대로 된 경제적 기반도 없었고, 농사를 버리면 살아가기 어려운 형편이었다. 그래서 도 연맹 부의장 자리를 권할 때 거절하기 위해 의장이면 모를까, 부의장은 안 한다고 말한 것이 그만 부메랑이 되어 돌아와 버린 것이었다.

나의 활동비는 고사하고 사무실 운영비, 간사 등의 활동비, 생활비까지 절대적으로 부족한 재정 상황이었다. 하지만 그 책임을 고스란히 의장이 맡아야 하고, 연속된 투쟁의 일정 속에서 명예 따윈 아무런 의미가 없었다. 오히려 그 자리는 여차하면 구속될 수도 있는 위험한 자리이기도 했다. 그러나 난, 아무런 거부도 할 수 없는 상황 속에서 의장에 취임하게 되었다.

의장에 취임한 후, 당면 투쟁 과제는 칠레 FTA 국회 비준 저지였다. 그 시기는 세계 무역 협상 기구인 WTO가 농민들의 거센 반발에도 출범했고, 한·칠레 간 자유무역 협상이 양국 간에 체결, 국회 비준이 남아 있는 시기였다. 더구나 경북은 과수, 과채, 축산이 전국 1~2위의 생산 기반이 있는 지역이라 전국 농민회에서나 경상북도 차원에서 가장 높은 투쟁의 깃발을 들어야 한다는 당연한 요구가 형성되고 있었다.

2월 7일 자유무역 협정 반대 투쟁 선포식을 시작으로 크고 작은 시위 집회를 전국 농민 대회 13회, 경북 농민 대회 12회로 준비하고 진행했다.

가장 큰 규모의 투쟁은 6월 20일 한·칠레 간 FTA 저지를 위한 고속도로 차량 상경 투쟁이었다. 1톤 트럭 924대가 경북의 해당 시·군의 고속도로를 이용해 상경하는 전국 대규모의 투쟁에 1,334명이 참여했다. 하지만 이 과정에서 경북 청송에서 2명의 회원이 구속되고 15명이 연행·훈방되었다. 그렇지만 한·칠레 FTA 투쟁은 온갖 방법을 다 동원한 투쟁의 연속이었다.

찬성 쪽에 선 국회의원들의 지역구 사무실을 점거하고 항의하는 등 장내는 매우 혼란스러웠다. 전국 농민회 총연맹과 민주노총은 사회

단체별로 책임성 있게, 짜인 일정에 따라 모든 행동을 진행했다. 이러한 반대 투쟁과는 달리 재벌과 정부는 온갖 매체를 동원해 한 · 칠레 자유무역 협정을 광고로 연일 홍보하고 있던 터라 반대 측은 온몸으로 맞서야 했고, 언론 등의 아군의 지원 없이 일방적인 행보만을 이어 나갈 수밖에 없었다. 이런 중에 경북 도 연맹은 모금을 통한 한 · 칠레 자유무역 협정 반대의 당위성 광고를 신문 지상에 한번 올려 보자고 전국 농민회 총연맹에 제안함과 동시에 경북 농민회 도 연맹은 우선 농협을 통해 광고의 필요성을 설득하기 시작했다.

우선 중앙회 이사였던 우리 지역 서상주, 이정문 조합장을 설득하고 경북 지역 농협 중앙회 이연창 본부장과의 독대를 요청하고 설득에 나섰다.

"우린 열심히 싸웠고 최선을 다하고 있다."

"우리 역량의 한계는 여기까지인 것 같다."

한 · 칠레 자유무역 협정으로 가장 피해가 많은 경북 지역에서, 농민을 대변하는 협동조합의 수장으로 이렇게 원망이나 듣고 불구경이나 할 수 없는 것 아닌가? 대기업의 광고가 전체 분위기를 상쇄하는 만큼 무엇인가 대책을 강구해야 되지 않겠는가의 나의 물음에 이연창 농협 경북 본부장은 우리가 무엇을 해야 하느냐고 물었고 나는 지역 신문에 대대적 광고를 통해 한 · 칠레 협정으로 인해 야기될 경북 지역 농민의 피해 부분을 실어 달라고 요구했다. 그러나 이연창 본부장은 광고비도 문제거니와 딱히 우리가 할 수 있는 방법이 없다고 했다. 나는 앞이 막막했다. 또한, 각 농민회별로 경북 지역에서 농협과 싸운다면 그 책임은 피해 갈 수 없는 상황이었다.

그렇게 30여 분간 설득과 설전을 주고받으며 단둘만의 자리에서 신문 광고비로 일정액을 지원받는 것으로 합의했다. 명의는 각 시·군 단위 조합장과 경상북도 연맹 명의로 경북 지역 전체 일간지와 한겨레 신문을 통해 한·칠레 자유무역 협정에 반대하는 이유와 그 부당성을 광고하는 것으로 담판 지어졌다.

신문광고가 전격 일간지에 게재된 당일 저녁, 이연창 본부장의 전화를 받았다. 신문 광고 문제로 전후 사정을 이야기하러 우리 집에 온다는 것이었다. 나는 더 물어볼 여지도 없이 전화기도 꺼버리고 자리를 피해 버렸다. 서로가 불필요한 만남이라고 판단했기 때문이었다. 더구나 우리의 주장이나 행위를 이해 못함도 아닐 것이며, 중앙회 또는 농림부 정부 관계자로부터의 압력을 받았을 것으로 판단했다. 그 때문에 공연한 발걸음이란 걸 알면서도 본부장으로 해야 하는 입장을 잘 알기 때문에 내가 피하는 것이 당연하다고 생각했다. 지역 조합장들의 움직임에 소홀한 지도 책임을 혼자에게만 지우는 것은 안타까운 마음이 들지만 그래도 내가 먼저 피하는 것이 상책이었다.

한·칠레 간 자유무역협정이 경북에 막대한 피해를 줄 것이라는 광고가 지역신문에 실리면서 경북에서의 위기감이 조성되었고 농림부 대외협력실장과 경북 농민 단체 간의 토론이 안동 MBC에서 생방송으로 100분간 진행되었다. 나는 토론자로 지정되어 현재 진행되는 칠레와의 협상에서 경북뿐 아니라 한국 농업 전체에 피해가 극심하다고 식량 자급의 위험성을 경고했다.

7월 14일부터 21일까지 농민 연대를 포함, 단식 농성을 5차 각료 회담 저지를 위해 멕시코 원정 투쟁에 7명을 파견, 9월 10일에는 이경해 열사가 자결하는 개방과 관련한 농민들의 거센 반발 가운데 서 있었다.

집회나 시위 등으로 농민들의 의사를 정치에 반영할 수 없다는 인식은 나의 경험적 사실로, 나는 정치 세력화를 통해 농민들의 정치·사회적 지위를 확보해야 한다는 개인적 지론을 가지고 있었다. 또한, 나의 이러한 지론은 뜻밖에 많은 농민 회원들의 공감대를 형성하고 있었다.

6월 5일에 진행된 전국농민회총연맹 정치 위원회에서 제안된 정치 세력화 방안은, 필요성은 강조되었으나 전국농민회총연맹에 정치 세력화 방향을 제시하고 견인해 낼 수 있는 정책위원의 역할이 필요했다.

8월 22일~23일 양일간에 걸친 2차 경상북도 연맹 간부 활동가 수련회에서 정치 세력화 방안이 토론 주제로 떠올랐다. 경상북도 연맹이 책임성 있는 대안을 제시하고 추진하자는 결론을 도출, 최경희 정책 위원장이 정식으로 문건을 전국 농민회 정책 위원회에 제출하면서 본격화된 농민의 정치 세력화를 경상북도 연맹이 안고 진행하게 된 것이었다.

도 연맹별 입장 차이가 워낙 커서 매번 회의 때마다 격한 대치 속에서도 어렵게 정치 세력화 방침의 방향으로 회의는 진행되었으나, 각 도 연맹별 입장 차는 크게 완화되지 못한 가운데 각 정당별과의 교섭이 진행되었다. 전국농민총연맹이 추구하는 진보 정치의 당으로 민주노동당을 선택하고 민주노동당과의 세 차례 실무 협상을 통해 합의문 발표에까지 이르게 되었다. 5개 항의 합의를 전국농민회총연맹과 민주노동당이 각각의 최고 의결기관을 통해 결정하면 민주노동당을 통해 정치 세력화를 적극적으로 추진한다는 합의문이었다. 합의문에 명시된 11월 4일 전국농민총연맹 9기 2차년도 임시 대의원 총회가 대전 평송 수련원에서 오후 2시부터 진행되었다. 재적인원 774명 중 537명이 참석한 회의는 다음날 새벽 3시까지 찬반의 격론 끝에 찬성 337명, 반대 130명으로 민주노동당을 통해 정치 세력화를 결정하게 되었다.

당시 민주노동당의 비례 국회의원 당선 가능성은 다섯 명 정도로, 민주노동당이 당선 순번에 농민 비례 국회의원을 배치하기로 함에 따라 경상북도 연맹에서 한 명을 추천하도록 되어 있었다. 도 연맹에서는 최경희 정치위원장을 추천하였으나 본인의 완강한 고사로 경상남도에서 추천한 강기갑 씨를 비례 국회의원 후보로 추천하게 되었다. 이어 4월 15일 16대 총선에서 강기갑, 현애자 두 명의 농민 국회의원을 당선시키며 농민의 정치 시대가 열리게 되었다.

경상북도 연맹 의장으로
활동하다 2

　우리는 통일 사업도 지속적으로 진행하였다. 김대중 대통령의 통치 철학인 민족 통일을 기반으로 햇볕정책이 활발히 진행됨에 따라 통일 운동은 좌파만이 추구하는 운동이 아닌 국민적 운동으로, 언론을 포함한 통일 정책이 당연시되는 시기였다. 우리는 북한의 어려운 농업 현실을 돕기 위한 비닐 보내기 모금 운동 등도 활발히 진행하면서 2004년 6월 26일~28일 남북농민통일대회에 참석했다.

　강원도 고성은 금강산을 끼고 남북으로 갈라진 군이다. 남과 북이 함께 고성군으로 지명을 그대로 사용하고 있다. 속초항에서 설봉호를 탄 남측 626명의 농민 연대 소속 회원들이 같은 배에 타고 ㄷ자형의 항로를 이용해 북으로 향했다.

　남북이 허가하고 공동 주최하는 합법적 행사에 직항을 이용할 수 없는 것은 남측 군사분계선의 관할이 6.25 휴전 협정에 의해 유엔에서 한미연합사로 넘어오고 실제 작전통제권을 미군이 행사함으로 말미암아 미군 측에 있기 때문에, 미국의 허가 없이 통과할 수 없는 상황이라 ㄷ자형의 항로로 30분이면 도착할 곳을 2시간 30분이나 허비하며 가야만 했던 것이다.

가슴이 뛰었다. 북한에 내가 갈 수 있다는 사실 하나만으로도 가슴이 벅찼고, 또 관광이 아닌 남북 농민 교류 사업으로, 나아가 통일로 연결할 수 있는 서로의 이해가 융합될 수 있다는 것에 감격했다. 또한 직접 만나고 경험하는 남북 농민들과의 만남과 북한의 환경을 볼 수 있다는 기대감으로 우리의 가슴은 부풀어 있었다.

어둠이 짙어 가는 저녁 시간, 북쪽 고성항에 도착해 입국 수속을 마친 우리는 설봉호 침실과 금강산 해상 호텔에 숙소를 정하였고 난 설봉호로 숙소가 배정됐다. 현대에서 하는 금강산 관광 사업은 초기여서 온정리 관광 센터는 숙박 시설이 없었고 고성항 해상 호텔과 설봉호 선상에서만 숙박 시설이 운영되고 있었다.

해가 지고 석식을 마친 고성항 주변은 암흑천지였다. 우리가 들어온 시간도 사물을 분간키 어려운 시간대였기 때문에 주변에는 아무런 시설이 없는 것으로 판단됐다. 아침에 눈을 떠 바라본 고성항 맞은편에는 제법 큰 규모의 도시가 있었지만, 밤은 암흑으로 덮여 있었던 것이었다. 전기를 사용할 수 없는 열악한 경제, 휴전 상태인 남북의 대치 상태로 전쟁 수행 중이라는 지속적 방침에 따른 이유를 들어 밤이면 불빛을 감춘다는 설이 오고 갔다. 하지만 이해할 수 없는 현실을 목격한 것에 모두가 의아한 표정들이었다.

25인승 버스를 이용해 우리는 금강산으로 향했다. 고성군 온정리 농촌 마을의 환경은 참으로 열악했다. 모내기를 마친 지 한 달여에 가까운 논의 벼들은 노란색으로 바닥을 훤히 보이고 있었다. 짙은 녹색으로 바닥이 보일 시기가 아닌데도 말이다. 참석자 모두가 농민들이라 가을의 수확이 눈에 훤히 짐작 가는 모습이었다. 어찌 보면 처참하다 싶었다.

콩밭은 나름대로 가꿔진 모양새였다. 그러나 참외밭 등은 흰가룻병으로 뒤덮여 있었다. 우리가 보는 농작물 모두에서 부족한 양분의 모습이 적나라하게 드러나 보는 이들을 안타깝게 만들었다.

길 아래쪽은 모두 높은 철조망이 쳐지고 이동의 제한을 엄격히 하는 모습이었다. 보초병의 군복은 남루해 보이고 촌락의 모습과 주민들의 활동 모습 또한 그러했다. 가는 길목 두어 군데에는 공중으로 포신을 두고 있는 포들의 모습도 보였다. 금강산은 북쪽의 군사기지가 밀집한 곳이란다. 이러한 곳을 남쪽의 관광지로 허가한 것은 통 큰 지도자의 양보가 있었기에 가능했다는 설이다.

금강산 관광 지구 바로 옆에 위치한 김정숙 휴양소 운동장에서 남북 공동 행사가 진행됐다. 북쪽의 미녀 가수들의 공연과 국악, 농악 공연이 이어지고 남북농민통일대회 공동 선언문이 발표됐다. 운동장 가로는 북한의 미녀 접대원들이 파라솔 아래에서 북한 맥주, 사이다, 콜라를 접대했다.

북측 각 도에서 온 농민과 남측 각 도별 농민 대표들이 한 그룹으로 앉았다. 조별로 다시 분산된 장소에서 남북농민들과의 대화와 교류의 시간을 가졌다. 우리는 경상북도와 함경도가 한 그룹으로, 김정숙 휴양소 좌측 솔밭에서 조별 만남이 이루어졌다. 12시에서 2시까지 점심을 겸한 자리였다. 우리는 북측에서 제공한 도시락으로 사이사이에 섞여 앉아 점심과 환담을 나누었다. 잘 짜인 고급 도시락이 제공됐다. 소고기, 돼지고기, 계란, 생선 등이었다. 우리가 예상한 그림은 북측 대표들이 정신없이 먹어 치우는 모습이었는데 오히려 그 반대였다. 자기들의 음식을 나누어 주며 권하는 모양새에 모두가 의아해했다. 왜 이럴까? 우리가 배정된 도시락으로 배를 채우는 사이 북측의 농민들은 대체로 권하기만 할 뿐, 도무지 도시락을 먹지 않는 모습이었다. 배고픈 옛 시절 아버지께서 잔칫집에 다녀오시며 가져온 작은 봉지 안의 기름진 음식을 생각해 보았다. 저녁 시간 행사가 마무리된 시점에 이르러 해답이 있었다. 가족들에게 이 맛있는 음식을 나눠 주고 싶은 생각에 그랬다는 것이다. 그 이야기를 들은 남측 사람들은 그럴 줄 알았으면 음식을 좀 덜 먹고 남길 것을 하고 후회 아닌 후회를 했다. 그날의 도시락은 우리에게는 너무나도 별것 아닌, 나에게 주어진 도시락 하나였지만 그들에게는 돌아갈 집에 줄 큰 선물이었고 이곳에 다녀온 기념이자 자랑거리로 충분한 음식이었다.

점심이 끝나자 각자 돌아가며 오늘의 소감과 자기소개의 시간을 가졌다. 아울러 장기자랑의 시간이 되었고 지명된 사람이 부르는 노래에 맞춰 합창과 춤을 추었다. 모두가 함께 부를 수 있는 노래와 춤을 통해 한민족이라는 사실을 체감할 수 있었다. 연습 없이도 누가 시키지 않아도 함께할 수 있는 소리와 춤, 50년의 세월에서 또, 분단 이후의 출생자가 함께 느끼는 민족 공동체의 행위들을 뭐라고 해야 올바른 표현으로 설명할 수 있을는지 모를 지경이었다.

    다시 운동장에서 진행되는 체육 시간. 남북 간의 대결이 아닌 그룹별 대회인 만큼 응원도 서로가 섞여 함께했다. 초등학교 시절 응원단장의 구령에 맞춰 했던 응원이었다. 삼삼칠 박수와 응원 구호로 모두가 함께 어우러지는 모습을 연출했다. 옛 운동회의 추억과 함께 북측 응원 단장의 몸짓에 맞춰 잊힌 추억을 재현하는 듯했다. 웃음과 열광, 눈물이 나도록 즐거운 오후의 시간이었다.

    다음날은 금강산 등반 일정이 진행됐다. 북측의 억지 같은 우월감의 표시는 싱겁기 짝이 없었다. 사용하지도 않는 고급 카메라와 비디오카메라를 메고 다니는 모습 하며, 특히 고급 양담배를 가지고 다니며 권하고 피우는 어설픔은 쓴웃음이 날 뿐이고 어색하기 이를 데가 없었다.

    나는 한 젊은 사내에게 말을 건네 보았다.

"어렵지 않으세요?"

"뭐가요?"

"우리가 아는 북측은 경제적 어려움이 있고, 지난해 홍수로 인해 막대한 피해가 있는 것으로 아는데요."

"걱정 마시라요. 우리는 수령님의 영도 아래 미국 괴뢰 도당을 단번에 해치울 수 있음네다."

    나는 더 이상 대화의 필요성을 느끼지 못하고 슬쩍 뒤로 빠지며 60대가 넘어 보이는 인상 좋은 분과의 대화를 시도했다.

"안녕하세요."

"괜찮으세요?"

"우리는 매일 걸어 다니고 활동하기 때문에 괜찮은데 동무는 차로 이동을 하다 걸어서 다니니까 힘들지요?"

"아니요. 우리도 자주 걷고 산도 자주 다녀요."

"차가 몇 대세요?"

"전 한 대구요. 작은 오토바이 한 대요."

"저쪽 동무는 차가 세 대라던데."

"예. 그런 사람도 있고 없는 사람도 있어요."

"어디서 오셨습네까?"

"저는 경상북도 상주시 모동면 이동리에서 왔어요."

"우린 강원도 고성군하고 협동농장으로 통칭하고요. 면·리·동은 사용치 않아요."

"거기서 뭘 하세요?"

"지난해까지 협동농장 장으로 일하다 나이가 차서 당에서 쉬라 하는데 심심하고 해서 일을 달라고 요구하고 있습네다."

"올해 몇이신데요?"

"올해 예순이고요. 우리는 육십이 넘으면 일을 못하게 하고 놀아도 당에서 살도록 해 줘요. 그런데 영 뭐 심심해서리."

"우리는 경쟁이 심해서 남보다 일을 더 열심히 해야 하는데, 북측은 적당히 일해도 다 주니 사람들이 열심히 일하려 하지 않겠어요."

"그런 일 때문에 골치가 아파요. 그런 사람을 설득하고 달래 가며 일하려고 하니 참 힘들지요."

"지난해 흉년으로 참 힘들다던데 어떠세요?"

"내리 3년간 흉년으로 우리가 농사지은 걸로는 부족해서 장군님이 보내 준 식량으로 살려니 수령님께 고맙고 미안하지요."

"지금까지 어떻게 사셨는데요?"

"전에는 우리가 농사를 지어서 먹고 남는 걸 수령님께 드렸는데 지금은 받으니 얼마나 고마워요."

"남쪽 정치를 잘 아세요? 아까 차가 몇 대인 줄도 알고 남쪽에 정치적 사정도 잘 아시는 것 같던데요."

"그럼요. 우리도 공동으로 남쪽 신문도 보고 당을 통해 남쪽의 정치도 잘 알아요."

"어떻게 아시는데요?"

"경제적으로 살기도 좋은데 정치적으로는 미국의 간섭이 심하고 한나라당은 우릴 싫어하고, 민주당은 우릴 조금 이해하는 당으로 알고 있지요."

나는 이분과 이것저것 많은 대화를 나누었다. 나도 마찬가지지만 그분도 정치·사회적 불만에 대해서는 말을 아꼈고 그럼에도 당면한 현실에 대해 솔직히 답하고 물어볼 수 있다는 것이 좋았다.

금강산 구룡폭포까지 다녀와 온정각 아래 계곡에서 자유로운 분위기 속에 점심을 나누었다. 어제부터 북측 농민이 가져와 흔들며 환영하던 민족 대단결이 새겨진 손깃발에 우리 방문단은 여러 북측 농민들의 사인을 받고 있었다. 언제인가 내 자식들이 소중하게 간직한다면 통일이 된 이후 큰 보물덩이가 되리라 기대하면서 기록할 수 있는 간단한 소감과 함께 모든 행사 일정이 끝났다.

'우리 다시 만나요.'라는 노랫소리가 울려 퍼지며 서로가 이별을 아쉬워했다. 오늘 이후 다시 만나지 못할 인연이라는 걸 서로가 너무 잘 알기에 이틀간의 만남이 너무도 아쉬운 여운을 남겼다.

철조망 너머는 남측 현대가 운영하는 관광 지구지만, 38선과도 같이 어제오늘의 무리 중, 어느 누구도 이 시간 이후로는 함부로 오갈 수 없는 분단 지역이 된다. 그 선을 넘지 않으려는 무리가 머뭇거리고 방송은 재촉한다. 반드시 다시 만날 것이다. 시간이 다 되었다. 아쉽지만 어쩔 수가 없다. '우리 다시 만나요.'의 노랫소리와 이별을 서두르는 방송이 수차례 교차하는데도 발길을 돌리기가 너무 아쉬워 서로가 흐느끼며 안고 손을 잡으며 눈물을 훔쳤다. 남측 사람들은 주머니에 들어 있는 줄 수 있는 것은 모두 꺼내어 북녘 동포 아무에게나 전달하는 모습이 보였다. 달러, 귀중품, 라이터, 볼펜, 손수건 등 모두 꺼내어 주고, 받지 않으려 하고 또한 주려고 했다. 모든 것이 너무 큰 아쉬움으로 남았다.

이윽고 철조망을 넘어선 남측과 북측 사이로 무거운 장막 같은 문이 닫히고 한민족은 철조망을 붙들고 아쉬운 눈물의 이별 바다가 펼쳐졌다. 다시는 보지도 만나지도 못하는 인연의 시작과 끝이다. 생소한 동포 간의 만남이 이러한데 친족의 만남과 이별은 어떠할까? 가슴으로 대하는 비극의 현실이었다. 이러한 상황을 만들어 가는 모두를 저주의 적으로 돌리고 싶은 마음이 용솟음쳤다.

정권이 바뀌고 지금은 관광조차 할 수 없으며, 개성 공단도 어렵게 재가동을 하고 있다. 남북의 정치적 상황 속에 교류의 길만이라도 변함없이 영원히 지속되길 바라고 희망했다. 이러한 통일 염원과 북한과의 교류를 위한 행동들을 단순히 종북 좌파로 몰아가는 현실 정치는 언제쯤 종식될 수 있을까? 국민을 믿을 수는 없을까?

다음은 경상북도 연맹 이십 년사에 기록된 11기 1차년도 2003년 1월 20일에서 2004년 2월 1일까지의 평가서다.

2003년은 농민 투쟁의 해였다. 연초부터 시작한 한·칠레 자유무역 협정 저지 투쟁은 농민운동 역사에 유례없는 농민 대투쟁이었다. 영농 발대식을 시작으로, 한 달이 넘는 여의도 아스팔트 천막 농성 투쟁과 농민 우력을 보여 준 고속도로 점거 투쟁, 목숨을 건 한강대교 고공 시위, 여성 농민 회원들의 눈물겨운 삭발 투쟁, 국회의원 한·칠레 협상 반대 서명 받기 운동, 1월 19일 전국 농민 10만 궐기대회, 그리고 연말연시에 계속적인 여의도 국회 앞 투쟁, 일일이 열거하기도 어려울 만큼 고난과 투쟁의 한 해였다.

투쟁은 승리와 함께 시련도 우리에게 안겼다. 구속된 회원이 늘었고 연행은 반복됐다. 또한, 지역에서도 재해보상 투쟁, 협동조합 투쟁, 수입산 고추 건조 저지 투쟁, 학교 급식 조례 제정 운동 등 농민들은 서울에서만 투쟁한 것이 아니라 지역에서도 지속적으로 투쟁했다. 농민회는 농민들의 정치 세력화를 위한 노력도 경주했다. 전국 농민회총연맹 임시 대의원 대회를 통해 결정된 정치 세력화 방침에 아직은 부족하지만 고민과 의견을 나누었으며, 지금도 실천에 힘을 기울이고 있다.

지난 2002년에 이어 2003년 끊임없는 농민들의 투쟁으로 농민회는 지역민들에게 투쟁하는 조직 농민을 대표하는 조직으로 거듭나고 있다.

2003년에 이어 2004년도 역시 마찬가지로 투쟁의 연속이었다. 3.1절 남북 대표자 기념 대회가 힐튼 호텔에서 진행되었다.

내가 남측 농민 대표자 격으로 참석한 자리에서 남측은 중고 농기계 지원을 제의하였고, 북측은 지난해 보내 준 비닐에 대한 고마움을 표시하며 잘 씻어서 보관 중이라고 했다. 덧붙여 농기계는 우리도 있으나 미국의 경제 제재 조치 후 유류 공급의 어려움으로 사용치 못하고 있으므로 지난해와 같이 비닐의 지원을 요청하고 나섰다. 이 요청에 의해 전국농민회총연맹 차원에서 모금된 5억 상당의 비닐 330톤을 4월 9일 온정각을 통해 전달했다.

4월 15일 16대 총선에서 민주 노동당 농민 비례대표에 강기갑·현애자 씨가 당선되었다. 6월 21일 WTO 쌀 개방 반대 농협 개혁 2004 경북 농민 대회를 영주 원당로에서 진행했다. 이날 행사에는 3,500여 명의 인원이 참여했으며, 경북 경찰청과의 사전 협의를 통해 평화 집회를 진행하는 한 경찰이 앞을 막아서는 일은 없을 것이라고 약속받았지만 실상은 농협을 뒤편에 둔 방어망이 아닌, 농협을 앞에 둔 방어망이었다.

평화적인 집회임을 신고하고 내용에 따라 행진 중이었음에도 수천명의 경찰 병력을 배치해 농민 집회자들을 자극하였으며, 가뜩이나 농협에 불만을 가진 농민들에게 농협을 타격토록 유도하는 경찰 행위를 일삼았다. 우린 경찰의 의도를 바로 알아차렸지만 항의하는 것 외에 달리 할 수 있는 것이 없었다.

　수천 명의 전경과의 마찰은 불가피했고 삽시간에 평화적 행진은 깨지고 경찰에 맞은 농민과 농민에게 맞은 경찰, 돌멩이와 몽둥이로 아수라장이 되었다. 또한 경찰이 고의적으로 비워 둔 듯한 농협은 집기가 부서지는 결과를 초래하며 그 과정에서 경찰과의 충돌로 인해 수십 명이 다치고 7명이 연행 및 구속되었다.

　당시 나와 함께 도연맹 조직 국장으로 활동하던 모 서 출신 박동준도 구속되었는데 그는 도연맹 의장으로 활동하는 나를 수행하며 나의 손발과도 같은 사람이었다. 아마도 시군별 구속자의 무리 속에 도연맹의 책임성 때문에 간부 한 사람을 대표해서 구속한 것이라고 우리는 판단했다.

　당초 약속을 깨고 폭력적 사태를 유도한 경찰의 비열한 행위와 아울러, 구속에 항의하는 집회를 영주 경찰서에서 이십여 일간 각 시 · 군별로 책임성 있게 진행했다. 경북 전체 농활 해단식을 통해 전면적 항의 집회를 준비하는 과정에서 경상북도 영주 경찰서에서는 해명과 사과의 차원에서 '한 · 칠레 자유무역 협정에 이어 쌀 개방을 할 수밖에 없는 정부로서는 쌀 개방으로 인한 농민들의 반대 집회를 사전 차단키 위해 경북 경찰청의 의사와는 달리 청와대의 강력한 지시로 인해 사건을 처리할 수밖에 없었다'며 정보계 형사들에게 비공식적으로 밝혀 왔다.

　결국 일곱 명의 회원은 구속되었고, 이들의 석방을 위해 경상북도 연맹과 해당 시 · 군 농민회를 포함한 모금 운동을 통해 변호사비 등을 충당하게 되었다. 결과적으로 일곱 명의 회원은 70여 일간의 구속 상태에서 재판을 통해 집행유예로 풀려 나왔지만, 그들의 일 년 농사는 엉망이 되었고 가족들이 했을 마음고생 등을 생각하면 지금도 가슴이 아프다.

　작고 큰 농민 대회는 이후에도 계속되었고 진행되었으나, 일일이 열거하지는 못한다. 내가 경상북도 연맹 의장으로 재직 시 구속된 회원과 농민만 10여 명에 달한다. 시위 도중 한·칠레 협정을 반대하며 분신을 시도한 농민도 있었으며, '농민은 이대로는 살아갈 수 없다'며 수입 개방을 반대한다는 유서를 남기고 여성 농민회 간부가 자살하기도 했다. 그만큼 국내 정세는 농업 개방과 맞물려 싸우지 않으면 안 될 시대적 요구였다. 십여 년이 지난 지금 돌이켜 본 현재의 농업 위기는 몰락의 절차를 밟고 있다 해도 과언이 아닐 만큼 수입 농수산물은 작은 시골 시장까지 장악해 가고 있고, 소비자는 수입 과일에 입 맞추어 가며 소비를 하고 있다. 더구나 국산 농산물은 과잉 생산으로 가격이 하락함에 따라 농민들은 더더욱 설 자리를 잃어 가고 있다. 정부는 폐원을 장려하고 폐원 지원금도 지원하고 있지만, 폐원으로 줄어든 만큼 수입 산이 그 자리를 메꾸어 가고 있다. 국민의 주식인 쌀은 의무 수입만큼 남아돌고, 쌀 가격은 생산비도 안 되는 수준에 머물고 있다.

　이러한 과정은 세계자유무역 협정으로 인한 결과라고 본다. 쉽게 통과된 우리나라의 첫 자유무역협정인 한·칠레 간 협정 이후 지금까지, 농업의 막강한 나라들인 미국과 중국을 비롯해 많은 나라들과

숨 돌릴 겨를 없이 협정이 진행되었고 개방 대세가 봇물 터지듯 이루어졌다. 힘은 들었지만, 그때 좀 더 확실히 우리 것을 지키지 못한 아쉬움과 책임을 느낀다.

현재 식량 자급률은 25%대로 떨어져 있다. 누가 국민의 생명줄인 식량을 책임질 것인가 하는 문제는 경제적 가치를 뛰어넘어야 가능한 것이다. 경제학자인 요한 갈퉁 교수는 외한 위기 때 우리나라를 방문한 자리에서 한나라의 자주권은 식량, 군사, 에너지 3개가 완벽하지 않으면 어렵다고 단호히 말했다. 당시 정부가 가축에게 줄 사료를 제한해서 보급한 사실을 알고 있을 것이다. 국민의 목숨 줄인 식량을 우리 스스로가 책임질 수 있도록 농업에 대한 올바른 인식이 갖춰진 국민의 공감대가 더없이 중요한 시점이다. 우리가 설정하지 않은 식량 자급의 마지노선도 없이 국민적 합의도 없는 시장 경제의 논리로 농업이 끝없이 추락해 가고 있음을 다함께 고민해야만 한다. 농업을 살리고 지켜야 한다는 소리가 농민만의 이익을 추구하는 한 집단의 목소리가 아닌 국민 모두의 소리로 들려지기를 희망한다.

나는 12월 위암 수술로 임기를 채우지 못하고 부의장 장재호가 대행으로 11기 2차년도를 수행했다.

임기를 마치고 선거에서 낙선한 지 3개월이 지나가던 날 비보를 전해 듣는다. 나와 함께 전국 농민회 경상북도 연맹의 실무를 도맡아 활동하던 이주영 사무처장의 죽음이었다. 그는 젊고 유능한 사람이었다.

강원도 영월에서 태어난 그는 경북대 총학생회 부회장으로 학생운동에 앞장서다 영천에 자리를 잡고 복숭아 농사를 짓는 두 아이의 아빠로 살았다. 나와 함께 민주노동당을 통한 농민 사회의 불합리성을 개선키 위해 선거에 나서기도 하였으며 학교 급식 제정 등 다양한 사회 변혁 운동의 일선에서 주저 없이 앞장서 왔다.

앞으로 할 일이 너무나도 많고 모두가 기대했던 사람이었는데, 교통사고로 인한 사고사란다. 서둘러 간 장례식장 영정 앞에서 나도 모를 오열이 솟구쳤다. 엎드린 채로 한참을 일어서지 못했다. 장례는 전국 농민장으로 치르기로 하고 장례 위원이 구성되었다. 장례는 엄숙하고 성대하게 치러졌지만, 우리가 해 줄 수 있는 것은 슬퍼하는 것 외에는 없었다. 지금도 밝은 모습이 눈에 선한데 말이다.

그를 기리는 마음으로 장례식 날 이중기 시인이 낭독한 조시를 삽입하고자 한다. 우리에게는 정말이지 잊을 수 없는 동지였고 후배였다.

〈조시〉

뜨거운 그의 이름을 부른다
이중기

기러기 저 외기러기 길 떠나네
피투성이 뗏목에 실려 엉거주춤 수정할 수 없는 치욕의 가을 강을
건너네
흰 광목 펄럭이는 깊고 푸른 서정의 가을,

나라는 녹슨 칼 들고 들판에서 슬픈 노래,

최후의 진술을 거부하는데,

붉은 고요의 단풍처럼 천하의 죄를 캐묻는 구나

이주영! 살 떨리게 그리운 이름이여,

궁핍한 시대 치욕의 역사 한가운데

태백준령 저쪽 강원도 사북에서 태어나

혁명의 꿈을 키운 영천의 농 투사여

오늘 우리는 시대의 비망록을 기록하나니

단 한 번의 사유도 뉘우침도 없이 허언의 맹세로 가득 찬

치욕의 한국 농업사에 또박또박 핏물로 새기나니

분노의 화살로 날아가는 농민들의 아픔을 보라

피 흘리는 이 나라의 농업, 농촌을 보라

어두운 시대 고난의 등짐을 지고 먼 길 떠나는 주영아

유세차 축 소리도 애젊어라

그리운 이름이여

슬픈 분노의 그 이름이여

오늘 우리는 나라의 죄를 쌓아 탑을 쌓나니

싸가지 없는 천하의 죄를 캐물어

이승의 마지막 밥 한 그릇을 올리나니

잘 가라 가서 마침내 편히 쉬시라

우리는 그 이름 불러 뜨겁게 목을 놓는다

위암
투병기

나는 그동안 경상북도 농민회 의장으로 경북 지역 농민을 대표하며 농민들의 경제·사회적 지위에 반하는 수입 개방 반대와 협동조합 개혁이라는 시대적 책임감을 가지고 일선에서 열심을 다해 왔다.

나는 개인의 이익보다는 경북 전체 농민의 대표로서 조금의 후회와 망설임 없이 직무 수행을 하려고 노력해 왔다. 식구들의 가난한 생활은 훗날 갚기로 하고 나는 그렇게 하루하루 농민회 일을 추진해 나갔다.

전국 농민회 상무위원으로의 활동도 긍정적으로 평가받아 차기 전농 부의장으로의 추대를 받았지만, 정중히 거절하며 앞으로의 여러 가지 일들을 생각하던 무렵이었다. 갑자기 위의 통증이 심해져 진통제를 먹게 되었다. 나는 위염으로 지난 몇 년간을 고생한 경험이 있다. 그러나 이번 통증은 지난 통증과는 사뭇 달랐다. 진통제를 먹어도 통증이 가라앉지 않는 것이었다. 성모 병원으로 향했다. 내시경을 포함해 종합검진을 받았다.

검진 결과를 앞두고 친목계 모임 일정대로 금강산 여행을 다녀왔
다. 내가 참여하는 친목계는 고향 친구들과의 '일심회' 모임이다. 나
를 중심으로 한 살 위아래 터울로 구성된 사십 년 지기 친구들과의
모임이었다. 우리는 매년 부부 동반으로 두 차례 만나고, 한 해 걸러
한 번씩 명승지 여행을 다닌다. 우리는 정권이 바뀌면 어쩌면 갈 수
없을지도 모르는 곳, 반세기만의 민족 간 교류지인 금강산 여행을 계
획해 왔기에 검사 결과에 대해서는 며칠 미루고 금강산 여행을 감행
했다. 친구들 모두 즐거워했다.

온정리 주민들이 하는 포장마차에서 북한 특산물과 직접 담근 막
걸리를 즐기며 여흥에 겨워 춤추고 노래했다. 그러다 차 출발 시간을
놓쳐 비상사태 일보 직전까지 이르게 되었는데 그래도 친구들과의
여행은 즐거웠다.

그렇게 여행을 마치고 병원을 찾았다. 사실, 여행 도중에도 검진
결과에 대해서는 내심 불안한 마음이 들곤 했다. 나는 보호자와 함께
내원하라는 병원 측의 사전 통보를 받고 묘한 기분이 들었다. 병원
에 들러 검사 결과를 확인했다. 위암이란다. 2기 초 위암으로, 병원
에서는 수술을 재촉했다. 하늘이 내려앉고 땅이 꺼지는 기분이었다.
아내는 펄쩍 뛰며 따지듯 말을 잇는다.
"어쩔 거냐고! 어쩌려고 그래?"
그리고는 침통함 속에 말이 없다. 나도 할 말이 없었다. 그날 나는

어떻게 운전을 하고 집으로 내려왔는지 모른다. 정신이 없었다. 당장에 뭔가를 해야 하겠지만, 방법도 모르겠다. 아내가 내 손을 잡으며 말을 건넨다.

"우리 좀 걸을까?"

"그래, 가자."

"집 앞 방천길 따라 걸으면 기분이라도 조금은 풀리지 않을까?"

방천길을 걷는 내내 아내에게 미안한 마음이 들었다. 내가 농민회로 정신없이 나다닐 때, 불평 없이 밀린 농사일을 혼자 감당하며 아이들 키우고 고생했던 아내. 자신을 돌볼 여유조차 없으면서도 신랑이 남에게 얄보이지 않게 하려고 고급 브랜드 옷으로 입혀 주곤 했던 아내. 그러한 아내에게 고맙고 미안했다. 아내와 손을 잡고 길을 걸으며 그제야 미안하다는 한마디를 던지는 나. 울먹이는 내 손을 꼭 부여잡으며 아내는 나를 위로했다.

"걱정 마. 괜찮을 거야. 시동생도 수술 잘 받고 지금은 건강하잖아. 내일부터 병원 알아보고, 아무도 도와줄 사람 없으니 소문내지 말고 우리끼리 해결하자."

아내의 말이 너무나도 고맙고 미안하다는 생각에 눈시울이 붉어졌다. 그렇게 아내와 나는 서로의 손을 맞잡고 한 시간여를 걸었다.

수술을 앞두고 나는 종종 시련에 빠져들었다. 내가 무슨 죄를 그리도 많이 지었기에 하늘은 무심하게도 나에게 이런 고통을 주는가. 갑자기 나는 죄인이라도 된 듯 남에게 극심한 부끄러움을 느꼈다. 위암에 걸렸다는 형벌은 죄인 된 나에게는 너무나도 가혹했다. 아내와 나는 어머니께는 이 사실을 알리지 않기로 했다. 덕분에 엄마는 돌아가실 때까지 나의 위암 병력을 모르셨다.

동산 의료원과 경북대 병원은 약 두 달 후에야 예약할 수 있단다. 서울 아산 병원으로 문의하니 이십 일 후에야 예약할 수 있다고 한다. 전농과 도 연맹에서 보건 노조를 통해 수술을 바로 할 수 있는 병원을 알아봐 준 덕분이었다. 그 후 동생의 아는 지인을 통해 영동 연세 병원에서 보름 후 수술이 가능하다는 연락이 왔다. 이 병원은 예전에 동생도 위암 수술을 받은 바 있는 병원이었다. 결국, 동생 지인을 통해 예약하고 입원하게 되었다.

입원 사흘 후 수술은 성공적으로 끝났다. 사흘 후부터는 조금씩 걸을 수 있었다. 병원에 있는 동안 많은 사람이 다녀갔다. 쾌유를 빈다는 화분도 병원 복도를 가득 채우고, 도 연맹 식구들은 쌀 개방 반대 투쟁 중에 문병을 다녀갔다. 고향에서는 버스를 전세해 다녀가기도 했다.

내가 오전 9시에 수술실로 들어가 오후 8시에 나오기까지 장장 11시간 동안 사투를 벌이고 있을 때, 수술실 밖에서 11시간을 꼬박 가슴 졸이며 기다려야만 했던 아내는 긴 인고의 시간이었단다. 누가 함께 해 줄 사람도 없이 홀로 긴 시간을 불안한 마음으로 인내했던 아내. 가까운 곳에 살면서 동생(시동생)의 위태로운 상황에 무관심으로 대처했던 형 내외에 대한 서운함을 아내는 훗날 숨을 거두기 전까지 풀지 않았다.

내가 제정신을 차린 것은 마취에서 깨어난 다음 날이었다. 수술 후 통증으로 고통에서 몸부림치는 나 때문에 애태우는 아내의 모습이 나에게는 더 큰 괴로움으로 다가왔다. 그러한 가운데 지루한 며칠이 흘렀다. 쌀 개방 반대 투쟁으로 여의도에서 삼 일째 노숙 투쟁 중인 동지들이 문병을 왔고, 나는 바쁜데 빨리 올라가 보라고 손짓했다. 나의 약한 모습을 보여 주기 싫었고 고통스러움을 참아 내기도 힘들었다. 이런 나의 모습을 보고 울먹이던 동지들의 모습. 내가 앞서 진행해야 할 그 자리를 이렇게 지켜 주는 동지들에게 반겨 줄 수만 없었던 나의 심정. 올라가라는 나의 손짓에 눈물을 훔치며 내 손을 잡아 주던 동지들. 기한 없는 투쟁이었다.

쌀 개방만큼은 기필코 막아야 한다는 대한민국 절체절명의 농민 위기에 맞서는 해당 농민으로서 시대적 책임감이 묻어났다. 쌀 개방에 대해서는 협상을 끝내고 국회 비준만 남은 상태라 긴박하게 돌아가는 정국에 대처하는 동지들이 고맙지만, 병상에 있는 나로서는 어찌할 도리가 없었다. 경상북도 농민의 대표자가 이렇게 암으로 말미암아 무기력해지다니 말이다.

장모님과의
이별

위암 수술 후 삼 일째 되는 날 고향 친구들이 문병 왔다. 문병 온 친구들이 나에게 뭔가를 망설인다. 그러다 한 친구가,

"빨리 회복해야지! 자네 장모 장례는 잘 치렀어."라고 말하는 것이었다.

"무슨 말이야? 장모님 장례라니?"

참으로 기막힌 소식이었다. 내가 병원에 있는 사이 장모님께서 돌아가시다니. 아내를 바라보니 괜찮다는 듯 쓴웃음만 지어 보인다. 아내는 내 일로 말미암아 울 겨를도 없었던 것이었다. 내가 아무리 병상에 있었어도 혼수상태가 아니었는데 장모님 소천 소식을 못 들었다는 것은 나를 대신해 조문해 줄 사람도 찾지 못했다는 뜻이었다. 순간 우리 형제들이 너무나도 무심한 사람들이라는 생각이 들었다. 한숨만 나오고 아무 말도 할 수 없었다.

수술 십이 일째 퇴원 수속을 밟았다. 박동준, 권윤구가 나를 퇴원

시키기 위해 차를 몰고 병원으로 왔다. 한동안 장모님 무덤 앞에 꿇어앉아 울며 용서를 빌었지만 소용없는 일이었다. 장모님 운명도 지켜 드리지 못한 사위가 무슨 할 말이 있을까 자책했다. 아내는 나를 염려해서인지 애써 담담해 하려고 애썼다. 이미 지은 죄를 어떻게 용서받겠는가. 마음으로 하염없이 좋은 곳으로 가시기만을 바랄 수밖에 없었다.

장모님이 나를 봐 주신 건지 수술 후 경과는 좋았다. 다행히 수술 부위에 전이는 없었고, 의심되는 곳이 하나 있지만 크게 염려할 것은 아니라고 병원 측은 통보해 주었다. 그러나 항암은 6개월간 꾸준히 해야 한단다. 퇴원 후 나는 몸 관리를 위해 매일 아침 6시면 기상해 인근 국사봉으로 등반했다. 정상에 오르면 가부좌를 틀고 명상과 함께 항문 쪼이기를 하고 도라지 등 수십 가지의 순과 뿌리를 채집해 오곤 했다. 이렇게 채집한 건강식들을 가져가면 집사람은 그것을 강판에 갈아 즙으로 만들어 주었다. 나는 냉·온욕을 수시로 하며 대체의학에 근거해 운동과 생수 마시기를 삼 년 가까이 반복했다.

다음 해 8월 15일 청송 조현수가 석방되었다는 소식을 들었다. 조현수는 2003년 내가 의장으로 있을 당시 한·칠레 자유무역 협정 저지 차량 상경 투쟁에서 지난 농가 부채, 고속도로 점거 농성 시 받은 집행유예 기간 중이었음에도, 청송농민회 간부로 앞장서서 다시 한·칠레 자유무역협정 반대 투쟁을 함께한 죄로 가중처벌을 받아 2년 6개월의 징역 생활을 하고 석방된 것이다.

나는 조현수로부터 옥중 서신을 두 번이나 받았지만 답장도 못해 줬다. 그런 조현수를 맞이하는 날이라…… 꼭 만나고 싶었다. 자신의 위험을 모를 리 없었겠지만, 나서지 않는다면 안 된다는 판단이 섰을 것이다. 그렇게 그는 모든 어려움을 피하지 않고 당당히 몸으로 부딪혔다. 그의 당당함에 고개가 숙여진다.

조현수가 구속되었을 때 청송에 사시는 그의 부모를 위로 차 방문했는데, 두 분은 오히려 이 시기 농민으로서 당연히 나서야 하는 게 아니겠냐며 구속된 자식을 대견해했다. 자칫 현수 때문에 우리의 활동이 중단되는 일이 없도록 해 달라며 오히려 우리를 다독여 주던 현수 아버님의 모습은 지금도 잊히지 않는다.

나는 투병 중이었지만 아내와 함께 그를 만나고 오는 길에 결혼 후 처음으로 백암 온천에 들러 단둘의 오붓한 시간을 가졌다.

재물을 잃으면 조금 잃는 것이고, 친구들을 잃으면 좀 더 많이 잃는 것이요. 건강을 잃으면 모든 것을 잃는다는 말이 떠올랐다. 모든 일상의 초점이 나의 건강 회복에 맞추어 돌아갔다. 식구들도 예외는 아니었다. 희망도 건강 회복이요. 첫째도, 둘째도 건강 회복이 우선이었다. 식구들 모두가 내 앞에서는 감정 조절을 하는 듯 보였다. 혹 기분 나쁜 일이 있어도 내 염려 때문에 내색도 못하는 듯 보였다.

항암 치료는 다행히도 한 달에 한 번 약물과 정맥 주사로 부작용 없이 마칠 수 있었다. 나는 그 후로 철저한 건강관리와 검진으로 5년의 완치 판정을 받았다.

민주노동당
시의원 출마

위암 수술을 받은 지 1년 6개월이 지난 시점, 나는 다시금 꿈틀거리기 시작했다. 몇 년 만 더 살면서 내가 그동안 못 다한 일을 정리라도 할 수 있게 해 달라고 기도하기도 했고, 아내나 아들에게 가장 역할 조금이라도 더 할 기회를 준다면 무엇이든 하겠노라고 서글픈 마음에 염원하곤 했었다. 하지만 어느새 나는 건강을 회복해 민주 노동당을 상주에 창립하고 농민의 정치 세력화를 위해 내 한 몸 바치기로 각오를 다졌다.

상주시 농민회의 활발한 활동력과 농민 주유소의 경제력을 바탕으로 농민의 정치 세력화의 요구도 활발하게 이루어지고 있었다. 이것은 거부할 수 없는 시대적 요구라고 생각했다. 농민의 정치 세력화는 전국 농민회 차원에서는 전국적으로 진행되었고 민주 노동당의 국민들 인기도 12%를 웃도는 수준이었다. 더군다나 내가 경북도 연맹 의장으로 있으면서 주도적으로 진행한 농민의 정치 세력화를 민주 노동당을 통해 국회의원 두 명을 배출하는 성과로 이루어 놓았으니 더욱 그러했다.

나의 결심이 농민회 동지들에게 전해지자 마치 기다렸다는 듯 농민회 식구를 중심으로 창당이 진행되었다. 이어 3월에 민주 노동당 상주시 위원회를 창립, 나는 위원장으로 추천되었다. 적십자 병원 앞 2층 건물에 현판을 걸고 후보자 세 사람이 입후보했다. 두 명은 선출직 후보, 한 명은 비례대표 후보였다. 하지만 예상보다는 어려움이 많았다. 진보적 성향이 있는 것 같았던 회원 중에서도 한나라당 지지자가 많았고, 우리의 본심을 농민의 정치적 세력화보다는 한 개인의 출세 야욕으로 치부해 버리는 회원들도 상당수 있었다. 그로 말미암아 농민회 결의를 받아 내기란 어려운 부분이 많았다. 출마자 모두가 등록비를 자비로 부담하면서까지 출마할 수 없는 경제적인 이유도 있었다. 더구나 출마자 대부분이 사적 야욕과는 거리가 먼 농민 운동가로서, 출마 자체가 농민 운동 차원에서 조직의 부름에 부응하는 자세로 임하는 것이니 회원들이 서로 다른 의견을 가지고 나뉘면 출마 자체의 공신력도 모호해지는 것이었다.

등록비를 마련하는 과정에서 선출직 후보는 각 지역 또는 개인이 부담하는 선에서 출마하고, 비례대표 후보는 농민회와 농민 주유소 모금을 통해 자금을 마련키로 했다.

내가 속한 바 지역은 모동, 모서, 화동에서 두 명의 시의원을 선출하는 선거다. 모동에서 다섯 명, 모서 한 명, 화동 두 명, 총 여덟 명의 후보가 두 명의 시의원을 선출하는 선거였다.

나는 모동, 모서, 화동의 농민 회원들이 농민의 정치 세력화의 필요성을 인식하고 조금씩만 협조하면 당선은 무난할 것이라는 판단이었으나, 선거는 학연과 지연으로 얽혀 있는 문제라 확실한 이념을 가진 회원이라 하더라도 한나라당의 기본 정서가 자리매김한 곳에서의 이력이나 이념은 전혀 고려 사항이 아니었다. 또한, 금품을 이용한 선거 조직의 활동을 뛰어넘을 수도 없었다. 이러한 정서에서 선거 경험이 많은 사람의 활약이 필요함은 당연한 이치인데도 우린 운동가 차원에서의 인적 구성을 통해 선거를 치르려 했고, 농민회 회원은 당연히 도와주리란 믿음이 패배의 원인이 될 줄은 몰랐다.

　모동 농민회 회장은 내가 출마 선언을 하기 전, 이미 타 후보와 형제 의를 맺고 선거에 출마하도록 권유까지 해 둔 상태였다. 결국, 농민회 회장이라는 직책을 문제 삼으며 그 후보와의 관계를 정리하고, 농민회로서 우리 선거운동에 동참하라는 요구는 농민회 내에서 강하게 작용하며 퇴진을 요구하는 과정에 이르렀다. 결국, 선거를 며칠 앞두고 회장 퇴진이 결정되고 말았다. 그러나 선거가 끝나고 한참이 흐른 지금에서야 그것이 무모한 행동이었다는 것과 개인적 관계마저 강요당하는 어리석음이었다는 것을 깨닫고 있다.

　'선거는 부드러운 이해와 설득이 우선'이라는 전제를 뒤엎음으로, 한 사람에게는 깊은 상처를 줬고 나도 도덕성에 큰 상처를 입게 되었다. 많은 사람이 돌아섰다. 금전으로 뿌리 깊은 선거 조직의 활용은 할 수도 없었고 하고 싶지도 않았다. 그런 와중에도 남광식, 황재웅, 오순심은 부족한 선거 자금에도 최선을 다해 줬다. 그들은 농번기라 한창 바쁜 시기임에도 선거 기간 내 하루도 빠짐없이 사무실 현장으로 뛰었고, 밤으로는 모임을 주동, 내일의 일정을 점검하는 데 최선을 다했다. 뜻을 함께한 회원들과 친족, 친구들도 정말 열심히 뛰었다. 나아가 활동 경비가 부족한 회원들에게는 경제력 여유가 있는 회원이 도움을 베풀기도 했다. 반면에 정말 믿고 있던 친구들의 배신적 행위가 여실히 드러나기도 했다. 지금도 남광식, 황재웅, 오순심의 수고로움에는 변함없이 미안하고 죄송스러운 마음이 있으나 갚을 길을 찾지 못하고 있다. 특히 경리를 책임진 오순심은 멀리 30여 킬로 떨어진 곳에서 출퇴근했는데 식구의 반대로 따뜻한 밥 한 끼 집에서 해결해 주지 못했다. 식구는 나의 선거 출마를 강력히 반대했고 어떻게 해서든 출마를 포기시키려 하였다. 이유야 당연히 내 건강 문제였고 출마 자체가 못마땅한데 함께하는 사람들이 좋아 보일 리 없던 터라 그 사람들에 대한 고마움보다는 미움이 앞서 있었다. 강요할 수도 없는 상황을 잘 아는 오순심은 정양에 있는 아는 교인의 집에서 점심 신세를 지곤 했다. 사무실 경비로 충당하라고 했지만 부족한 선거 자금에 밥 한 끼 조차의 경비도 줄이려는 걸 잘 알기 때문에 더 이상 권하지 못했다.

오순심이 2킬로 거리인 교인의 집으로 점심을 먹으러 가던 중, 차가 전복되었다. 차는 폐차가 되었지만, 다행히 사람은 다치지 않았다. 당연히 새로 구입하려는 중고차도 내가 교체해 줘야 함에도 그러지를 못했다. 당선되고 좀 형편이 좋아질 때 갚으려 했지만, 선거는 낙선되었고 지금까지 갚을 길 없이 지내고 산다.

나는 낙선 후 선거의 충격에서 벗어나지를 못했다. 고마운 사람, 미운 사람, 적개심, 질투심 모든 것이 교차했고 남에 의해 판단된 내 자신의 평가와 결과를 겸허히 받아들이라는 충고도 나를 견인하지는 못했다. 선거 사무실에 걸린 현수막과 사무실 집기의 정리는 내가 두문불출하는 사이 사무장이 정리하고, 선거 등록비의 환급 등도 알아서 각자가 처리했다.

선거 평가를 해야 하고 상주 지역 위원회 평가 결산 모두가 어떻게 이루어지는지 회의 주재 및 평가를 내가 진행하였음에도 모든 것에 기억이 없다. 선거를 통해 상주 지역에 진보 정당의 뿌리를 내리고 정착의 기틀을 마련하려던 의지와 투지, 희망과 꿈도 송두리째 앗아간 결과였다.

농민회는 선거 결과의 책임을 물어 왔고 농민의 정치 세력화에 앞장섰던 회원들은 힘없이 주저앉았다. 농민 회원들 간의 반목도 거듭되면서 깊은 수렁으로 빠져들었다. 한편, 농민회는 세대교체로 이어지는 결과를 맞이하고 있었다. 민주 노동당 또한 노동 세력과 민족 계열이 분열 양상을 보이며 경상북도 당도 심각한 지경에 빠져들었고 농민 노동자의 정치 세력화는 끝을 맞이하는 것 같았다. 나는 모든 운동의 전선에서 물러서고 홀로 은퇴를 결정했다.

한국 농민들이 권익과 경제적 · 사회적 약자에서 벗어나 단일 목소리를 사회에 반영하게 만들고자 했던 꿈이 연기처럼 사라져 갔다. 반면 함께 경상북도 농업 문제를 고민하고 활동하던 한국 농업경영인회 박노욱 회장과 경북도청 임광원 농수산 국장은 새누리당의 공천으로 봉화 군수, 울진 군수에 당선되어 3기째 군수직을 수행하고 있다. 경북 지역에서의 진보 정당의 진출 자체가 어려운 상황에서 나의 선택은 무리수였던 것이다.

언제쯤 우리 농민들은 스스로의 작은 틀에서 벗어나 농민이 필요로 하는 각종 정책과 협상에서 당당하게 사회에 발언할 수 있는 조직체를 완성해 갈 수 있을까? 길거리에서 일 년에 한 두어 번씩 사회에 화풀이 정도로 치러지는 집회 문화에서 벗어나, 농업정책 대안을 만들어 내고 한국 농업의 자주적이고 독립적인 식량 생산의 주인으로 거듭날 수 있는 농민들의 모습. 그것이 내가 꿈꾸는 농민의 참모습이었다.

어릴적 아버지로부터 이야기 듣고 기억하던 곳 아버지가 백화산의 경관과 역사를 통해 세상에 알리려 하였던 곳 난 농민운동을 하면서 지금까지 살아오며 그때 이후 그대로 멈춰선 백화산 속의 역사 문화 경관을 언제인가부터는 내 몫이라 생각하며 살아왔다.

많은 사람들과 함께 많은 일도 해냈다. 처음 시작할 때 이루기 어려우리라 여겨졌던 일들이 하나둘 이루어지고 있고 내가 다하지 못한 일들은 다시 역사속에 남겨두면 또 다른 후배가 이 일을 해 나갈 수 있도록 하기위해 노력하고 있다.

옥동서원은 국가사적이 되었고 관요지는 발굴조사되어 그 당위성을 확보했으며, 금돌성은 내년도 사적 승격을 위한 학술조사 용역비를 확보중에 있다. 임천석대는 명승지 지정을 위한 논의가 다각도로 진행중에 있다.

백화산자락의 상주민중들의 호국정신과 역사적 가치는 그대로 멈춰서서도, 감추어서도 안될 역사적 깊은 의미를 가지고 있다. 이러한 곳에서 태어나 자란것도 양대에 걸쳐 바로 세워 나가는 것도 자랑스럽다.

이러한 일들을 상주시가 아닌 민간인들에 의해 견인 된다는 사실에 상주시는 부끄러워해야 할 일 일 것이다.

셋째
마당

백화산을 사랑하는
상주 시민으로 남다

백화산을 사랑하는 사람들의 모임 창립
/항몽대첩비 추진 위원회를 발족하다/백화산 둘레길
조성/백화산 역사 · 문화 융성 위원회 창립
/백화산 문화제/옥동서원의 국가 사적 신청

백화산을 사랑하는 사람들의
모임 창립

낙선의 아픔, 선거 후유증은 쉽게 가라앉지 않았다. 만나는 사람들마다 어색함을 표했고 부자연스러움이 연출됐다. 선거 때 함께했던 동료들 또한 지역 내에서 어두운 운신의 폭이 형성되는 것 같았다. 선거 중, 농민회 내에서 엇갈린 지지를 보낸 회원들 간 분위기는 차가운 얼음만큼이나 싸늘했다.

나는 2006년 새해 첫날 해맞이를 계획했다. 그동안 함께했던 사람들과 묵은 세월의 흔적을 떨쳐 내고, 새해 부푼 소망을 안고 일곱 명의 지인과 한성봉으로 해맞이 등반을 했다. 새벽 5시에 헤드라이트를 켜고 오르는 산행이었다. 이정표도 없는 산길이었다. 나는 이십 년 전에 이곳 등반을 한 적이 있는데 그때 기억으로도 정상으로 향하는 길은 찾기 어려웠다. 결국 우리는 산속 어두운 숲을 헤치며 겨우 도착한 장군봉에서 2006년 새해를 맞이했다. 나는 2006년 새해의 첫 태양 아래서 선거에 힘써 준 동료들에게 감사의 마음을 전했다. 우리는 준비해 간 술과 과일로 간단한 다과의 시간을 나눴다. 새해를 맞으며 가슴속 독한 기운을 털어 내고 힘차게 함성을 질렀다. 우리는 서로의 손을 맞잡고 각자의 다짐을 가슴에 비축했다.

2016년 1월 1일 해맞이.
이 사람들이 백화산을 사랑하는 모임의 시작점이라 하겠다. 10년이 경과한 이 모임은 백화산의 옛 역사 문화를 바탕으로 새로운 지역 문화를 창조하는 데 정진하고 있다.

잠시 후 나는 등반 코스를 한성봉을 거쳐 내려오는 것으로 제안했다. 백화산의 역사와 문화를 새롭게 알고자 했으며, 상주인들의 기상을 이곳에서 동료와 함께 나누고 싶었다. 백화산은 삼국 통일 시기

김유신 장군이 백제를 침공하기 15년 전 상주 대장군으로 있을 때 여기에 금돌성을 쌓고 나당 연합군으로 백제를 침공할 때까지 만반의 준비를 해 왔던 곳이다. 660년 백제를 침공할 때에는 태종무열왕이 이곳 금돌성에 진주해 전방으로부터 전해 오는 전투 상황에 따라 군사, 물자, 외교 등을 감당하였고 의자왕이 항복할 때까지 후방의 안전과 전쟁 전반을 수행했다. 또한, 이곳에서 백제가 항복하자 소부리성으로 달려가 의자왕의 항복을 받은 곳이기도 하다. 고려 대몽 전쟁 시 자랄타이가 이끄는 몽골군을 저승골로 유인해 절반을 사살한 순수 민중들에 의한 저승골 대첩의 지명이 저승골, 방승제, 한성봉, 전투 강변으로 구전과 기록으로 전해져 오며, 임진왜란 때에는 의병 조직인 상의군을 창설, 형제급난도, 우곡 이야기 등을 남기며 활동해 온 유례가 깊은 곳이다. 이산으로 들어오는 입구에는 황희 정승을 배향한 옥동서원이 있으며 이곳은 고려에서부터 시작해 조선말까지 수많은 인재를 키워온 곳이다.

나는 이러한 백화산을 둘러싸고 있는 순수 민중들의 호국 정신과 선비들의 호연지기로 엮어 내려오는 역사를 바로 세우고 알리고 싶었다. 또한, 우리 아버지 세대들은 역사 문화를 바탕으로 백화산에서의 이러한 선조들의 역할을 알리기 위해 도립공원 청원을 하려 하였다. 이 청원 운동에는 지역 유지들을 비롯해 상주의 향토사학자, 지식인 사회단체가 동참하였으며, 석학들은 백화산의 역사 문화와 개발 타당성 관련 논문을 발표하기도 하였지만, 도립공원 청원이 어려워지자 현재까지 그대로 멈춰 버렸다. 그 이후 백화산에는 다른 산에는 흔한 이정표 한 점 없었고 유사 이례 그대로 잠든 채로 사람들

의 기억 속에서 사라졌다. 나는 아버지께서 도립공원 청원 추진 위원
장을 맡으면서 자연히 이 산의 중요성을 익히게 되었다. 그로 말미암
아 언젠가는 내가 해야 할 일이라고 다짐했고 농민운동과 사회 활동
을 해 오면서도 줄곧 가슴에 묻어 왔다.

나는 관광 활성화를 통한 지역 발전, 문화 활동, 체력 단련 시설 조
성으로 백화산 바로 알기 활동을 해 보자고 모두에게 제안했다. 나의
제안에 모두가 동의했다.

먼저 한성봉에서 찍은 해오름 사진을 확대·인화했다. 그러나 디
지털카메라의 화소 부족으로 선명한 사진을 출력하지는 못했다. 아
쉬운 대로 50여 개의 액자를 만들어 백화산을 가꾸어 나가자는 취지
로 배포했다. 하지만 나의 이러한 활동에 대해 곱지 않은 시선도 많
았다. 다음 선거를 위한 준비, 선거 사전 활동으로 보는 이들이 더러
있었던 것이었다. 그로 말미암아 계획했던 활동 외에도 어려움이 따
랐다. 나는 서른 명의 회원과 준비 위원회를 구성, 첫 사업(비영리사
업)으로 백화산 등산로 이정표 달기 사업을 제안했다.

나의 계획은 이러했다. 집을 지을 때 쓰고 남은 송판 조각을 25센
티 가로로 일정하게 잘라 글씨에 재능을 가진 회원이 백화산의 역사
와 경관 등의 문구를 쓰는 것이다. 이렇게 유성 펜으로 글씨를 쓴 송
판에 니스를 입혀 1차분 말목 250개를 제작하는 것이었다. 이 밖에
명소에는 가로 60센티, 세로 20센티, 두께 3센티의 말목을 제작해
등산로에 거치하는 작업이었다. 다행히도 목재는 넉넉했다.

백화산은 지난 이십여 년 간 이정표나 푯말 하나 없이 방치되어 있었다. 우리의 취지는 백화산 살리기 운동이나 다름이 없었다. 낮에는 바쁜 농사일을 하고, 밤이면 모여 말목을 제작하며 바쁜 나날들을 보냈다. 우리는 이 사업을 위해 해당 지역 편의 시설 설치와 아울러 두 번에 걸쳐 급류로 인해 사망자가 발생한 지점에 대한 대책 요구를 상주시 행정에 요청하기 위해 탐사 대원을 소집, 나름의 활동을 전개하면서 백화산의 지명 전체를 숙지했다.

　말목이 완성되자 1차로 250여 개를 달고, 백화산을 사랑하는 모임 창립총회에서 이권 회장을 포함, 47명의 회원이 참여하는 시산제 및 창립 준비 등반 대회를 통해 해당 등산로에 300여 개의 말목을 추가로 부착했다. 백화산을 찾는 등반객과 내방객들을 위한 명소 안내판이 지역민에 의해 부착되게 된 것이다. 총회를 통해 이권 씨를 초대 회장으로 모시고, 나는 사무국장으로 사무 전반을 맡게 되었다.

　난 조직의 허리 역할을 내 스스로 선택했다. 그만큼 명예보다는 조직의 역할에 내 역량을 다하고 싶었다.

　첫 사업으로, 저승골 신화가 경북대 권태을 교수와 공주 사범대 윤용혁 교수에 의해 정리된 몽골 승전비를 세우자는 공론에 따라 항몽대첩비를 건립하기로 하고 준비 작업을 시작했다. 이 사업은 지난 1254년 상주의 순수한 민중이 몽골의 11차 공격을 받아 금돌성에 피난한 상주 민중이 자위적 항쟁으로 침략군 몽골 병사 절반을 죽인 세계사적인 사건을 기념하고자 하는 취지로 진행되는 것이

2007년 4월 26일 백화산을 사랑하는 사람들의 모임의 발대식 및 시신제
옆에 보이는 건 당시 제작한 백화산의 이정표와 표시판

었다. 하지만 대승첩에도 불구하고 역사적 기록이 짧아 다양한 사료 발췌가 이뤄져야 하는 사업이었다. 우리는 이와 함께 국립정보지리원에 의해 밝혀진, 지명에서 사라진 백화산과 옛 봉우리 이름인 한성봉을 되찾자는 결의에 따라 우선적으로 백화산 지명 제정과 현재 명칭인 포성봉을 옛 명칭인 한성봉으로 바꾸자는 것을 제안했다. 또한, 항몽대첩비 건립을 추진하자는 의견에 따라 지명 제정 서명 운동을 함께 전개했다. 이러한 활동은 우리의 역할을 홍보하며 존재를 알리는 하나의 방편도 되어 여러 가지로 유익을 준 것이 많았다.

사업을 진행하는 과정에서 정의선 씨의 이론적 확립과 절차적 문제, 향후 계획에 관련된 제안들이 다양한 지식과 사회 경험을 통해 여과 없이 채택되곤 하였다. 돌이켜 보면 이 사업에 대해 처음 구상한 나는 여러 가지 경험과 지식의 부재로 무모한 도전을 감행했던 것이라면, 정의선 씨는 백화산을 사랑하는 사람들의 모임의 전반적 지략을 스스로 통제하고 있었던 것이었다. 현재는 어떠한 사연으로 말미암아 서로가 비켜서 있는 부분이 있지만, 그래도 나는 이분께 많은 도움과 보탬을 받았다고 생각한다. 모든 것에 감사할 따름이다. 정의선 씨가 없었다면 지금의 백화산도, 그 모임도 많은 어려움 속에 헤매고 있을는지 모른다.

　백화산의 명소와 풍경을 사진에 담아 전시할 수 있는 것은 황창하 회원의 솜씨가 발휘된 것이다. 또한, 전시회를 진행할 때는 백화산 주변 유적을 비롯해 각종 기록물과 논문 등이 함께 전시되었다. 이러한 사료들은 270여 명의 서명과 함께 상주시 지명위원회, 경상북도 지명위원회를 거쳐 국립정보지리원에 접수되어 지난 2007년 12월 27일 백화산과 한성봉에 대해 지명 제정을 한 바 있다.

　백화산과 한성봉은 왜정시대 이전까지는 그 명칭을 그대로 사용해 왔다는 기록이 있지만, 이후 일제의 민족말살정책에 의해 명칭 표기가 사라졌다는 것이 확인되었다. 이곳은 삼국 통일의 전초기지인 금돌성을 비롯해 대몽 항쟁의 승리, 고려에서 조선으로 이어지는 유교의 학업이 이어져 온 천하촌, 임진왜란 시, 의병 활동과 교전이 벌어져 국가를 일으키고 지키려 했던 민중의 호국성지였던 곳이다. 일제는 당연히 이러한 곳을 의식했을 터이고, 이곳에 일제는 백화산의 이름을 지도상에서 삭제하고 지명조차 남기지 않았다.

지금까지 백화산의 이름은 국립 정보지리원에 등재되지 않은 무명의 산으로 남아 있었다. 산봉우리의 원래 이름인 한성봉은 몽골 장수 차라대가 군사 절반을 잃고 물러가며 한이 서린 성이다 라고 한 것에 유래를 두고 있으며, 일제가 이 성을 사로잡았다는 의미의 포성봉으로 개칭해 지금까지 불리어져 왔다. 백화산은 지명 제정을, 포성봉은 한성봉이란 이름을 되찾은 것이다.

고 시

국토정보지리원 고시 2007-719호

측량법 제58조 제3항의 규정에 의하여 2007년도 중앙지명위원회에서 심의·결정한 경상북도 상주시 모동면, 화북면 지명의 제정 및 변경사항을 다음과 같이 고시합니다.

번호	행정구역	지명종류	경도	위도	제정지명(한글)	제정지명(한자)
1	상주시 모동면 수봉리	산	127-54-10	36-18-00	백화산	白華山

2007.12.26 국토지리정보원장

번호	행정구역	지명종류	경도	위도	제정지명(한글)	제정지명(한자)
1	상주시 모동면 수봉리	산	127-54-10	36-18-00	포성봉(捕城峰)	한성봉(漢城峰)

일제에 빼앗긴 무명의 산
경 백화산 지명 제정. 포성봉을 한성봉으로 지명 변경 : 국토정보지리원 축
백화산을 사랑하는 모임 cafe.daum.net/imodong 서상주 농협

백화산과 한성봉의 이름 재·개정은 100여 년 만에 이뤄진 쾌거이다. 이러한 여력을 몰아 우리는 '항몽대첩비 추진 위원회' 발족과 '한성봉 정상석 세우기' 활동에 착수키로 했다.

우리는 상주시 산림과에서 백화산 등산로 확보를 위한 예산 1억을 확보하고 그 예산 중 일부를 정상석 예산으로 사용키로 했다. 아울러 문화재과에서는 백화산, 한성봉 고유제 비로 200만 원을 확보했다. 여기에 맞춰 우리는 항몽대첩비 추진 위원회를 구성, 추진 위원회는 고병헌 케프 회장, 이권 백사모 회장, 김철수 문화원장, 이정문, 서상주 농협 조합장, 이춘하 모서 농협 조합장 다섯 명을 추진 준비 위원장으로 위촉해 통장을 개설했다. 모금하기 위한 상주항몽대첩탑 추진을 알리는 통지문은 3,000여 장을 만들어 상주 사회 각층과 모서, 모동 재향인들에게 발송하였으며, 수차례에 걸친 회의와 진행 방안에 대한 논의 끝에 5월 3일, 백화산 고유재와 상주 항몽대첩비 건립 추진 위원회를 창립하기로 협의했다.

고유재를 지내기 전 백화산 정상석을 세워야 하는데 백화산에서 쓸 만한 돌이 없어 은척 성주봉에서 구해 온 높이 2.5미터에 폭 1.5미터의 돌에, 세로로 큰 글씨로 백화산, 그 옆에 작은 글씨로 한성봉이라 하고 그 뒷면에는 유래의 내력을 권태을 교수가 작성해 오석에 새겨 넣었다.

백화산 유래비 문 해설

백화산 한성봉

백화산은 백두대간 지맥의 영산으로 영남과 호서를 눌러앉은 옛 고을 상주의 진산이다.

신라 태종무열왕이 삼국통일의 첫 꿈을 실현(660년)한 대궐터와 금돌성, 고려승홍지가 몽고의 대군을 격파(1254년)한 대첩지 저승골, 조선 임란(1592년) 구국의병의 충혼이 서린 고모담은 다 백화산의 역사 현장이다.

옛(1727년전)부터 이 산 주봉을 한성봉이라 불렀으니 큰(한) 성이 있는 산의 제1봉이란 뜻이다. 일제가 성을 사로잡다는 뜻으로 포성봉이라 개칭한 것은 저들의 흉계인데, "백화산을 사랑하는 모임"에서 청원하여 옛 이름을 되찾음(2007.12.26)은 백화산의 영기가 발현됨이다.

(문학박사 권태을 찬)

4월 27일 정상석을 세우고 백화산 전역에서 모동면 기관 단체 모두가 참여하는 정화 활동을 하기로 했다. 백화산의 유사 이래 이동 수단이 없어 방치되어 오던 쓰레기를 상주시에서 운영하는 산불 방지

백화산 한성봉 정상석을 헬기로 제자리에 어렵게 앉히고 기념사진

헬기를 이용해 정상석도 세우고 쓰레기를 옮겨 오는 대대적인 정화 활동이었다. 하지만 당일 비가 많이 오고 난 후라 안개와 바람 때문에 헬기 운항이 어려웠다.

회원들 모두는 강행키로 하고 진행했다. 백화산 전역의 정화 작업은 가능했지만, 헬기 운항이 불가한 상황이라 힘들여 올라선 한성봉 정상에서 모두 그냥 내려와야 했다. 열네 명이 7시간을 허비한 것이다.

다음날 다시 한성봉에 올라야 했고 함께 해야 할 필요 인원이 부족한 가운데 여덟 명만 함께 정상석을 세워야만 했다. 헬기로 운반된 2.5톤의 돌을 여덟 명이 함께 제자리에 앉히기에는 역부족이었다. 헬기 프로펠러로 인한 바람으로 먼지가 많이 일었다. 줄에 묶여 내려

온 돌은 움직이지 않았다. 우리가 힘에 부쳤던 것이었다. 여러 번을 시도했다. 결국, 기장으로부터 헬기 연료가 떨어져 가니 마지막 시도 후 돌아가겠다는 통보를 받았다.

마지막에 이르러 결국 정상석을 세울 수 있었다. 먼지투성이가 된 모습에서 지칠 대로 지친 모두의 얼굴에 함성이 터지는 순간이기도 했다. 이렇게 백화산의 제대로 된 이름을 표기한 정상석이 백화산을 사랑하는 사람들의 모임을 통해 순수 민간인에 의해 세워지는 역사적 기록을 남기게 되었던 것이었다.

상주의 행정은 '백사모'를 창립한 지 십 년이 다 되어 가고, 백화산의 고적조 조사에서 시작된 지 46년, 도립공원 청원 30여 년이 지나도록 이렇다 할 역사적 역할을 제대로 한 적이 없었다. 하지만 이러한 역사적인 일을 진행하면서 나는 가슴에 무한히 벅차오르는 감격을 느낄 수 있었다.

백화산을 사랑하는 모임에서 2013년 진행한 백화산 역사성 재조명을 위한 학술 대회 자료집이다. 2번째 학술 대회지이며 올 12월에 국가지정문화재 지정을 요구하고 있는 금돌성, 관요지, 임천석대와 옥동서원의 배경인 천하촌을 중심으로 준비 중이다.
이러한 학술 대회는 상주 박물관의 도움으로 전액 백사모 회비와 시민들의 후원금으로 진행되고 있다.

항몽대첩비 추진 위원회를
발족하다

지난 2008년 5월 3일, 항몽대첩비 추진 위원회 창립과 백화산 고유
제를 준비하기 위해 나는 바쁜 나날들을 보냈다. 고유제란 새로 짓고

개정된 백화산과 한성봉의 이름을 천지신명께 고하고 세상에 알리고 선포하는 행위이다.

회원들과 나는 수차례의 회의와 아울러 통지문 발신, 초청자 선정, 정상석을 세우고 정화 작업을 시행했다. 5월 3일 우리는 노인들을 태워 백화산을 둘러볼 헬기를 준비했다. 이러한 행사는 상주 시청과 문경 시청에서 공동으로 운영하는 산불 방지 헬기의 지원(백사모가 청원)을 통해 지명 재정 후, 감격적이고 역사적인 새로 세운 백화산 한성봉의 정상석과 경관을 등산이 어려운 노인들에게 보여 주기 위함이었다.

백화산 정상석과 경관을 둘러본 뒤 내리고 타고 있다

이렇게 시작된 항몽대첩비 건립 추진은 많은 우여곡절을 겪으며 지난 2013년 5월 10일 건립 준공식과 아울러 탑 제막식을 거행할 수 있었다. 우리는 이와 함께 상주성에서 이뤄진 대몽 항쟁은 금돌성이 아니라는 주장을 잠식시키기 위한 학술 토론회도 진행해야만 했다.

　고려사에 기록은 간략하다. "몽고장수 차라대가 상주성을 치거늘 황령사의 승 홍지가 제4관인을 사살하고 사졸의 죽은 자도 과반수에 달하여 드디어 (적이) 포위를 풀고 퇴거하였다"라는 간단한 기록이지만 몽고의 최고 장수 차라대와 상주의 순수 민간인들에 의한 20일간의 전투에서의 승과를 기록한 사실이고 백화산의 그날의 벅찬 승리의 함성이 저승골, 전투강변, 방승재, 한성봉의 지명으로 750여 년간 입으로 전해져 내려오는 곳이다.

　이러한 기록을 두고 학자들은 순수 민중에 의한 침략군의 과반 사살이라는 것은 세계사적으로도 보기 드문 기록이다, 라고 평하고 있다. 이 기록에 상주산성이 백화산의 성이 맞느냐 하는 논쟁에서 공주대 윤용혁 교수는 상주성 한곳에서 전투를 하였다고 단정할 수는 없으나 기록에서 말하는 상주성은 백화산이다, 라고 단정할 수 있다고 발표하였다.

　하지만 가장 큰 힘과 저돌적 용기를 북돋아 주던 두 명의 추진 위원이 교통사고로 사망하고, 공시지가의 배를 상회하는 땅 매입 과정 등의 준비 기간 5년여 동안 많은 사태가 발생하곤 했다. 더구나 처음 이 사업을 시작할 때에는 대첩비였지만 진행되는 과정에서 탑으로 변모되어 그 과정에서 많은 난관에 봉착하기도 했다. 결국, 많은 이들의 보이지 않는 활동들이 보태져 750년 전의 순수 대몽 항쟁의 대승전 기념탑이 민중에 의해 현실의 대지 위로 떠오르게 된 것이다. 물론 탑으로써의 당위성에 부재도 있었다. 하지만 학술 위원 중 한 분이셨던 박찬선 시인의 한마디로 말미암아 탑에 대한 당위성은 인정되었다.

일인당 십만 원 이상의 추진 위원 243명이 동참하여 모금 총액 4,508만 원과 시비로 확보한 총 3억4천5백여만 원으로 부지를 매입하고, 비를 세우기 위한 2011년 7월 26일 최종 학술 위원들의 회의에서 박찬선 시인은 이렇게 발언했다.

"백화산의 저승골 승전은 돌로 표현될 만큼 작은 승전이 아닙니다. 반드시 조형물로 세워져야 합니다. 지금 우리가 어렵다는 이유로 돌에 새긴 비석으로 세워 버리면 훗날 후배들이 조형물로 세우려 해도 우리가 세운 돌이 오히려 방해물이 될 것이며, 지탄을 받게 될 것이기 때문에 무리수가 따른다고 해도 반드시 조형물로 표현되어야만 합니다."

이 한마디 의견에 지금까지 진행해 오던 모든 일정과 공사는 중지되었고 탑 건립을 위한 추가 재원 확보에 주력할 수밖에 없었다.

어려울 줄로만 알았던 대첩탑은 강영석 도의원이 2억 원을, 성백영 상주 시장이 2억 원을 확보해 줘 총금액 7억5천만 원으로 상주시의 항몽승전탑을 세우게 된 것이다. 이후 5년의 경과 과정을 담은 항몽 대첩과 백화산이라는 활동 기록지도 함께 발간했다. 또한, 케프 고병헌 회장의 그간의 활동 기록과 자료집 발간비 전액 기부로 276페이지 분량의 책자 700부를 발간해 각계 인사들과 추진 위원들에게 배포하기도 했다. 배포된 책자에는 그간의 상세 경과 내용을 비롯한 추진 위원 명부 등이 상세히 기록되어 있다. 편집 후기에는 나의 후기도 게재되어 있다.

많은 분들이 동참한 가운데 고유제를 알리는 축문이 읽혔다. 이날 자리에는 유명 정치인보다 모동 김원식 노인회장이 헌관으로 봉행했다. 행사는 간소한 공연과 함께 성대하게 진행되었다. 특히 헬기를 통한 백화산 항공 관람은 지역 노인들에게 평생 잊지 못할 이색적인 경험을 안겨 주었다.

2013년 5월 20일 750년의 대몽 항쟁 민중 승리의 탑을 세우다

상주 항몽대첩탑 건립 기념비

백화산 이곳은 1254년 몽고 차라대군이 상주산성에서 절반의 군사를 잃고 패하였다는 고려사의 기록과 구전으로 전해져 오는 곳으로써, 외세 침략에 대항한 순수 민중에 의한 항몽승첩지이다.

백척간두에 선 나라를 구한 호국영령의 넋을 기리는 비를 세우자는 취지에서 "백화산을 사랑하는 모임"에서 뜻을 세웠고, 2008년 5

월 3일 "항몽대첩비건립추진위원회"를 발족하고 243명이 동참하여 추진하였다. 그러던 중 백화산의 항몽 승첩의 규모나 전과로 미루어 반드시 탑으로 세워야 할 승첩지였다는 주장에 찬동하는 많은 사람들의 요구와 노력으로 백화산 항몽기념탑 건립이 추진되었다.

참여자 모두가 함께

이 비문은 내가 작성한 것으로 하단부에 위치해 있으며 현 시기를 표현하고 있다. 750년 전 항몽 당시를 한 계단당 10년씩으로 계산해 75계단으로 저승골의 대승을 표현하였다. 계단 상단 광장에 탑이 있으며 계단 쉴참은 6.25 임진란 등으로 구분하고 있다.

숭고한 선현들의 호국의 얼을 기리고 지난날 이곳에서 삼국통일의 꿈이 실현되었듯이 남북통일의 위업을 달성하는 성지가 되는 기념비가 되기를 희망하면서 이 비를 세운다.

2013년 5월 20일

항몽대첩비 건립 추진위원회

일동(글 사무국장 황인석)

항몽대첩 탐 기록지 편집 후기

황인석

글 편집위원장

내가 백화산을 알기 시작한 것은 한창 사춘기 시기였다. 아마도 단국대 정영호 교수님이 상주 지구 고적 조사를 할 즈음이다.

서울에서 유명하고 대단한분들이 백화산 금돌성 조사를 하러 온다고 좋아라하시며 백화산을 다녀오시면서 가져온 소시지와 샌드위치의 맛과함께 잊혀지지 않던곳이 백화산이었다.

그 후 백화산은 도립공원 추진위가 구성되었고 두 번의 지표 조사가 이루어졌으며, 1992년 상주IC에서 창간호로 상주라는 소책자를 만들어 전체 백화산의 문화 유적을 수록하기도 했다. 또 상주의 향토 사학가들에 의해 백화산의 문화 역사 유적 총서인 "호국영산 백화산"이란 책이 2001년에 발행되어 출간되었고 충남대 윤용혁 교수에 의해 "1254년 상주 산성의 승첩"이란 한 편의 논문이 발표되면서 저승골 항몽의 신화가 사실로 확인되었다.

백화산의 문화 유적은 1500여 년간 꾸준히 숱한 학자들에 의해 기록돼 왔으나, 백화산의 문화 유적을 가꾸고 보전하는 역할은 전무했다. 그렇게 모든 유적이 폐허 수준에 이르고 있던 상황에서 2007년 "백화산을 사랑하는 모임이" 결성되면서 백화산을 가꾸고 보전하고 홍보하는 역할을 시작하였다. 항몽대첩비 추진위가 이 기구에서 출생되기 시작하여 "상주 항몽대첩탑"이 완성되고 "항몽대첩과 백화산"이란 활동 기록지를 발간하는 마무리 단계에 왔다.

　　이 책이 완성되면 개인적으로는 아버지 무덤 앞에 바치며 한참 동안 무언의 대화를 나누고 싶다. 힘들었지만 참 만족한 생의 순간을 보낼 수 있었던 것에 감사를 드린다고.

　　무식하면 용감하다고 겁도 없이 뛰어든 '백화산을 사랑하는 모임'과 항몽탑 추진을 돌이켜보면 무모하기 짝이 없는 행위의 결행이었다. 이를 믿고 함께해 준 집행구성원들 모두의 이름을 하나하나 다 기록하지는 못하지만 제 가슴과 머리에는 단단히 각인되어 있다. 이 지면을 빌려 모두에게 감사하고 또 감사하다는 말씀 전할뿐이다.

　　백화산을 호국영산이라 하는 것은 이름 없는 민초들이 구국의 충혼을 불태웠던 산이기 때문이었다. 이 핑계를 삼아 꼭 거론하고 싶은 명예를 민중의 이름으로 대신함도 이해를 구한다.
　　오늘 이 책의 편찬을 마무리하면서 백화산의 역사 문화를 가꾸고 보전하고 홍보하였던 기록지를 역사 이래 처음 남길 수 있었던 것에 무한한 감사를 보내며 함께한 모든 민중에게 영광을 돌린다.

　이 기록지를 편찬하는 과정에서 편찬위원들이 농사일에 전념할 수 있도록 3개월 가까이 성심을 다해 주신 문희탁 님에게 모두를 대신해 감사를 드립니다!

백화산
둘레길 조성

    백화산의 역사 · 문화 · 경관 조성의 꿈은 우리 세대들만의 허망한 바람이 아니라고 생각했다. 상주시에서는 고적조 조사가 지난 1969년에 처음으로 단국 대학교 정영호 교수에 의해 이뤄졌다. 첫 번째 조사 목적지는 백화산 금돌성이었다. 이것은 상주시의 대표적인 역사물이라는 증거이기도 했다. 이때까지만 해도 식민지 사관의 대표적 인물인 이병도에 의해 금돌성은 괴산의 백화산으로 규정되어 있었다. 하지만 조사 후 상주의 금돌성으로 확인되었으며, 45년 전에 이미 개발 타당성이 확인된 곳이었다. 부친께서는 이곳에 대해 조사의 필요성을 요구하셨고 조사단이 파견되기도 했다. 당시 조사단장인 정영호 박사도 몇 번이고 아버지의 함자를 각종 보고서에 언급한 바 있다.

    지난 1978년에 국가 유적 보수 작업으로 금돌성 80여 미터가 복원되었고, 경상북도 문화재 자료 131호로 지정되어 1982년에는 도립공원 추진 위원회가 설립되기도 했다. 또한, 1989년도에는 녹차 황 오 선생 시비가 상주시 문인회 중심으로 모금을 통해 설립되었고, 백화 산이라는 590페이지에 달하는 단일본이 발간되기도 했다.

당시 상주 대학교 교수들의 모임인 향토사학회(현 향토 문화 연구소) 가 최초로 연구 발표한 역사·문화 관광지에는 백화산에 관련된 논 문들이 수록되곤 했다. 이 잡지는 '상주'라는 잡지였는데 제목만 상주 이지 표지에서부터 내용은 모두 백화산에 대한 내용들로 가득했다.

당시 토목학 교수였던 김철수(현 문화원장) 교수는 백화산 종합 개발 의 설계 그림을 설계 잡지에 게재하기도 했다.

상주의 시민사회단체와 함께한 저승골과 임천석대를 연결하기 위한 섭다리 놓기 행사
이러한 노력의 결과로 얻어진 둘레길이다

반세기에 이르는 세월 동안 백화산의 역사와 문화, 경관 조성의 꿈은 상주 시민의 오랜 숙원 사업이었다. 이렇게 진행되는 모든 사업은 상주시 최초의 역사적 사업이었다. 하지만 시는 이러한 의지에 적절하게 부응하지 못했다.

섭다리를 설치한 장소에 놓인 출렁다리 앞에서의 호국의 길 준공식

더구나 이상배 도지사는 백화산의 도립공원 청원을 부당하다고 판정했다. 대신 본인 고향인 은척 성주봉과 경천대 관광 활성화를 위해 투자하였고, 지금까지 상주시는 그러한 곳을 중심으로 한 일반적인 투자 관행에서 벗어나지 못하고 있었다. 이는 국민이 바라는 시대적 요구에 부응하지도 못할 뿐만 아니라 상주시의 화려한 1500년의 옛

역사와 문화를 대·내외적으로도 활용치 못하는 큰 잘못이었다. 나는 지금까지도 그 흐름을 차단하지 못하는 이유를 납득할 수 없다.

온천 관광이 사양길이고, 온천으로 부흥된 도시가 유령도시로 바뀌어 가고 있음에도 상주시는 은척면 산골에 관광객 유치 차원에서 대형 목욕탕을 설치·운영할 만큼 아둔한 졸속 행정을 야기하고 있다. 이런 중에 우리는 행정자치부 주관 둘레길 조성 공모에 백화산 둘레길을 공모·신청하게 되었고, 결국 당첨되어 12억5천만 원의 국·도·시·비를 확보할 수 있었다. 그로 말미암아 구수천을 중심으로 옥동서원에서 반야사까지 둘레길을 조성하게 된 것은 상주 시민 모두의 바람이 이루어진 첫 사업이 된 것이다.

당시 백사모의 활동은 상주시 전체에 큰 귀감이 되었다. 이러한 기류 형성에 도움을 준 것은 모동면사무소 직원들의 적극적인 동참이었다. 하지만 민주 노동당과 농민회 핵심 구성원들로 시작된 백화산을 사랑하는 사람들의 모임에 대해 경계의 눈빛도 역력했다. 그러나 우리는 역사·문화 세우기에 모든 역량을 집중하며 상주 시민, 사회단체와 공조해 나갔다. 당시 이 길은 옥동서원에서 시작해 6킬로에 이르는 산길로, 산속으로 빨려 들어가는 물줄기는 여덟 구비를 돌아가며 여섯 군데의 물길을 건너야 했던 터라 통행이 어려운 곳이었다. 이곳 자연경관의 아름다움과 역사적 이야기들은 통일 신라에서 고려 조선에 이르기까지 지명과 함께 전해 오는 곳이다. 옛 어른들이 이 길을 걸으며 지은 한시만 현재까지 남아 있는 자료로 296여 수가 넘으며 구수천 팔탄이라 부르며 한 구비 돌 때마다 경관의 아름다움과 선비들의 덕목인 호국과 충절 정신을 노래해 왔던 곳이다.

우리는 이 길을 우선적으로 알려 내고 개발하기로 했다. 그 첫 번째 사업으로 '구수천 물길 연결 섶다리 놓기 체험 행사'를 상주 시민, 사회단체와 함께함으로 계발 타당성과 필요성을 대내외에 알리면서 이 길을 상주의 대표적인 둘레길로 만들어 내고자 했다. 이러한 과정에서 우리는 모동 바로 알기 학습 동아리 활동도 함께 진행했다.

당시 산업계장으로 있던 모서가 고향인 김학열 산업계장이 상주 시청 요직으로 자리를 옮기게 되었다. 그로 말미암아 2011년 친환경 생활공간 조성 공모에 선정, 지급된 사업비 12억 5천만 원으로 본격적인 사업을 할 수 있었다. 또한, 앞서 언급한 경상북도 백화산 둘레길 사업에 12억이 추가 편성되어 25억으로 지금의 백화산 호국의 길을 완성할 수 있었다.

현재 호국의 길은 시민에게 좋은 평가를 받고 있으며, 교육부와 교육청에서 생태 체험 및 역사 알기의 장으로 적극적으로 활용되고 있다. 더구나 꾸준히 탐방객이 찾아드는 것은 매우 좋은 현상이다. 경북도에서 시작된 이 길은 다시 충북 영동에서 길을 이어 가고 있으며, 마지막 종착 지점인 충북 영동의 반야사까지 연결되어 있다. 며칠 전 충북 일보에 의하면 23억을 들여 다시 월류봉까지 6킬로를 연결해 총 길이 12킬로의 체류형 둘레길 조성 사업을 시작하기로 했다고 한다.

지금까지 경북에서 충북도 경계선까지 놓은 이 길은 6킬로의 물길을 따라 걸으며 두개의 징검다리, 80여 미터의 출렁다리. 두 개의 개량형 농다리로 물길을 건너고 물소리를 따라 숲길을 걸을 수 있다. 또한 한여름에도 시원함과 함께 사람과 동물들만이 이 길을 걸을 수

있도록 차량의 통행이 완전히 차단되었다. 당초 이 길은 '천년 옛길'로 명명하였으나 이 길의 역사적 의미를 더해 '백화산 호국의 길'로 명명하였다. 그러나 호국이라는 이미지가 둘레길을 찾는 분들에게는 좋지 않은 선입감을 줌으로 인해 길 이름의 개명 필요성을 지적받고 있기도 하다. 이밖에도 백화산 융성위가 추진하는 국가 지정문화재로 금돌성, 자기소, 임천석대가 지정된다면, 옥동서원과 더불어 국가 지정문화재를 4곳 이상이나 지정받은 백화산은 국가적으로도 중요한 곳으로 인식될 것을 확신하고 있다.

경상북도 도청, 해양, 환경, 산림국장으로 재직했던 상주 출신의 김남일 국장은 백화산의 역사와 문화에 대해 그동안 상주 시민이 추구해 온 과정과 현재 백사모 활동 등을 파악하고, 백화산 산림 레포츠, 생태 관광권 개발 타당성 및 기본 구상 용역비를 확보해 주었다.

또한, 2008년~2009년 3월까지 대구·경북 연구원에서 백화산 계발 가능성에 대해 연구·발표토록 하였다. 결국, 이 용역 보고서는 상주시 산림과에서 과업으로 추진하기에 이르렀다.

용역 보고서는 총 계발 사업비 2,800억 원이며 집단 시설 지구, 역사·문화 공원 지구, 생태 탐방 지구, 그린 관광 지구, 산악 레포츠 지구, 자연 휴양림 지구, 구수천 생태 공원 지구 모두 7개 지구로 편성한 계발 타당성 조사 연구 보고서다. 이 보고서는 234페이지로 작성되어 지난 2009년 3월 백화산을 사랑하는 사람들의 모임, 백화산 발전 위원회가 지켜보는 가운데 시청 소회의실에서 발표된 바 있다. 그러나 상주시의 무관심으로 말미암아 용역비만 낭비하는 결과를 초래했다. 이후 이정백 시장이 재선되면서 시장 인수 위원회를 통해 이 사업이 재론되기도 했지만, 현재까지 별다른 추진 효력을 발휘하지 못하고 있는 실정이다.

용역 보고서 발표 이후 김남일 국장은 상주시에 실망을 표하기도 했지만, 백화산 백리길 조성 사업의 명분으로 12억 원의 예산을 시·도로부터 지원받아 백화산 둘레길 조성 사업을 완성할 수 있었다.

백화산 역사 · 문화 융성
위원회 창립

　백화산을 사랑하는 사람들의 모임을 창립한 지 7년 차에 접어들었다. 그동안 우리는 많은 노력을 경주했고, 백화산 한성봉 명칭 재개정과 정상석 설치, 항몽탑 건립 둘레길 조성 사업 등 다양한 사업을 진행해 왔다. 이러한 사업들은 그 예산만 40억 원에 이르는 규모가 큰 사업이었다. 그 후로 백화산 문화 축제는 6회를 거듭 진행해 왔다. 처음 사업을 개최할 당시에는 사회단체 보조금 200만 원으로 시작했으나, 어느덧 문화 축제는 4~5천만 원 규모의 축제로 자리매김하기에 이르렀다. 나는 지난 2013년 백화산을 사랑하는 모임의 창립에서부터 6여 년간 맡아 오던 사무국장을 사임하고 부회장으로 일했으나 상주시 역사 · 문화 발전 방향의 큰 틀을 백화산으로 이동시키지 못한 아쉬움의 오기가 여전히 나의 가슴속에 남아 이글거리고 있었다. 도대체 상주는 왜 이래야만 하는가? 수없는 회의감 속에서 부정적인 선입견을 지니곤 했다.

'백사모'는 각종 학술 대회 등에서 타의 모범이 되어 왔고, 각 지역 자생 단체들에 있어 벤치마킹되곤 했다. 이렇듯 백사모는 상주에서 자리매김하며 각종 문화 활동에 적극적으로 참여해 오고 있었으나, 상주의 오래되고 화려한 역사 · 문화가 배제된 채로 은척의 성주봉과 경천대 관광 개발의 프레임에서 현재까지 벗어나지 못하고 있다.

박근혜 정부의 삼대 국정 지표의 하나인 문화 융성과 시장, 시 · 도의원 선거가 맞물려 돌아가는 시기였다. 나는 이러한 때에 백사모도 무엇인가를 제시하고 공약으로 받아내야만 역사 · 문화 활성화라는 큰 틀에서 구심점 역할을 할 수 있다고 판단했다. 하지만 백사모 구성원만으로는 부족함이 많았고, 모동면 전체와 상주를 아우르는 모임이 절실히 요구되는 실정이었다. 이 시기에 나는 개인적으로 내 생의 돌이킬 수 없는 아픔을 이겨 내야 하는 슬픔과 무섭게 엄습해 오는 외로움, 고독의 아픔을 견뎌내야만 했다. 그것은 바로 아내의 죽음 때문이었다. 아내의 죽음은 나에게 견디기 어려운 하루하루를 선사했다. 혼자서 차려 먹어야 하는 식사, 마음으로 밀려드는 외로움에 나는 눈물이 마르지 않았다. 내가 느낀 외로움이라는 것은 혼자인 외로움이 아닌, 가여운 아내에 대한 그리움의 연민이었다. 하지만 아내를 떠나보내고 세월만 한탄하기에는 내가 해결해야 할 일들이 너무도 많았다. 무엇인가는 해야만 했다. 시간은 기다려 주지 않는다는 말이 떠올랐다. 시기를 놓쳐 버리면 그동안 추진해 온 백화산 개발의 방향이 다른 곳으로 이동할 수 있다는 판단이 들었다. 낙심을 털고 일어서 다시금 도전해야만 했다. 내가 아니면 할 사람도 없다는 사실을 직시했다. 아울러 나는 백화산 역사 · 문화 융성위를 범시민 활동으로 확대 · 재편 창립해야 한다는 제안을 백사모로 하여금 승인받아 발기문을 작성, 그동안 논의되어 온 금돌성, 옥동서원, 관요지를 국가 지정문화재로, 임천석대를 국가 문화재인 명승지로 해야 한다는 의견을 담은 안을 제출하고 승인받아 첫 번째 주요 사업으로 배치했다.

나는 관광 · 개발 부분에 있어 지금까지 꾸준히 요구해 오던 사업들을 배치한 3대 요구안을 작성, 상주 시민들의 활동을 반세기로 규정하고 반격의 논리를 제시하기 위해 단국 대학교 정영호 박사의 도움을 받아 백화산의 역사 · 문화 · 융성 자료를 모으고 집약해 나갔다. 이 사업에는 우선 모동 중요 기관 · 단체장 일곱 사람을 공동 위원장

2014년 모동의 7개 기관 단체가 동참한 백화산역사문화융성위원회

으로 발족, 각 기관 단체별로 할당된 인원이 공동 발기인과 사무국을 구성할 것을 합의했다.

  우리는 지난 2014년 8월 5일 150여 명의 상주시 여론 주동층과 함께 창립 대회를 성대하게 개최했다. 또한, 창립 대회와 아울러 앞서 언급한 요구 사항의 문안도 여과 없이 발의·채택하였으며, '백화산의 역사·문화'라는 64페이지의 책자도 2,000부가 발간되어 상주시 요로에 발송되었다. 이 책자에는 가톨릭 대학교 부총장을 역임하고 현재 상주 문화·융성 시민 모임 회장을 역임하고 있는 정환묵 회장의 상주 백화산 웰니스 창조 관광 모델이 수록되어 있다. 또한, 창립 대회 당시 김철수 문화원장은 백화산의 역사·문화 발굴 시기의 경험담과 향후 발전 방향에 대한 특강을 진행해 많은 공감대를 불러내었다.

  국회의원, 시장, 도의원, 시의회 의장 등 모두가 백화산 발전이 상주시 정책에서 시급한 문제라는 것에 동의했다. 시작은 성대했고 기대 또한 컸다. 하지만 면민들의 참여도는 낮았고, 모금도 저조했다. 그 이면에는 보이지 않는 곳에서의 비아냥거림이 전체 흐름의 방해 요소로 떠올랐다. 제2의 백사모가 나로 말미암아 만들어지고 있다는 소문이 무성했다. 사실, 이러한 부분에서 나를 모함하며 사람들에게 혼돈의 양상을 주동해 온 인물이 있었으나 언급하지는 않겠다. 그는 우리와 당연히 함께해야 할 사람임에도 만 원짜리 추진 위원에도 가입하지 않았으며, 학자들이 6개월간의 연구 결과를 발표하는 범시민적 백화산 역사성 재조명을 위한 학술 대회 행사에도 참석지 않고 그

귀중한 시간에 타 행사를 진행하며 아내를 잃은 지 한 달이 조금 지난 나에게 모든 것을 떠넘기는 비겁한 행동도 서슴지 않았다. 이후 나는 백사모의 잘못된 모든 것은 나로 말미암아 만들어진다는 누명까지 써야만 했다. 결국, 백화산 문화 제는 중단의 위기에까지 이를 뻔도 하였다.

나에게 씐 올가미는 나를 압박했다. 하지만 큰일을 두고 눈에 보이지 않는 실체와 대립하며 시간을 낭비할 필요는 없었다. 이러한 중에 이충후 시의원이 백화산 개발 용역비로 6,000만 원을 확보했다. 어느 방향으로 용역비를 사용할 것이냐는 연락이 왔다. 나는 도청 김남일 문화 체육국장과 상의했다. 그는 국립공원 타당성 조사를 하면 지정 가능성이 크다고 귀띔하며 적극적으로 도움을 주겠다고 밝히기도 했다.

백화산 융성 위원회의 승인과 절차를 거쳐 일을 진행하려고 했다. 하지만 상주시는 백화산이 국립공원으로 지정되면 모든 권한이 국립공원관리공단으로 백화산이 귀속되고 상주의 역사 · 문화 개발은 어려워질 수 있다는 난관에 부딪히게 되었다. 시의회에서 백화산 융성 위원장, 부시장, 박물관장, 시의원이 참석한 2015년 예산을 다루는 자리에서 나는 이렇게 주장했다.

"우리는 시의 행정을 믿고 국립공원을 포기할 의사가 없으며, 백화산 융성 위원들을 설득할 논리도 부족합니다. 앞으로 무엇을 어떻게 할 것인가에 대해 분명한 견해를 밝히십시오."

이렇듯 대치하는 상황 속에서 나는 문화재의 승격과 지정을 지속적으로 요구해 나갔다. 결국 구두로라도 약속은 받아 냈지만, 문건으로 이행 안을 정확히 해 달라는 요구는 시의원의 중재로 받아 내지 못했다. 그렇게 한발 물러서는 선에서 합의가 이뤄졌다.

2015년 예산은 편성되었다. 박물관에서 관요지를 발굴, 세종실록에 기록된 곳이 확인되면 사적 지정으로 가닥을 잡아 나가기로 했다. 우리는 백화산의 역사·문화를 총괄하는 책자 발간비와 관요지 발굴비로 3억 원을 확보했다. 또한, 2015년 관요지 발굴 성과가 좋아 2016년 또 다른 곳의 선택지를 조사·발굴하기 위한 예산도 확보된

상주 박물관의 요지 발굴 현장 설명회
지난 2015년도에 이어 2016년 발굴한 상판 관요지 현장. 세종지리지에 최상품의 자기소 4곳이 기록되어 있다. 그중 절반인 두 곳이 상주목 중모현 이미외리와 추현리이다. 그러나 이 지명을 알 수 없었다.
이번 발굴을 통해 사선 순 대 정 등의 명문 자기가 발견되었는데 1400년 초 사선은 임금의 순은 세자의 수라간에 납품되던 것으로 판명되어 세종지리지에 명기된 곳임이 확인되었다.

완성품은 없으나 귀중한 유물들이다. 분청사기로 빚어진 베개, 의자, 매병 등 왕 또는 버금가는 고관대작이 아니면 사용할 수 없었던 귀중한 자료들로써, 문양의 섬세함과 아름다움은 국내 자기 전문가들이 감탄할 정도의 유물이란다. 한국도자사에 기록될 소중한 자료로 상주시장은 향후 국가사적 지정을 위한 준비를 하라고도 하였다.

상태다.

옥동서원은 이미 내가 국가 브랜드 위원회가 주관하는 9개 지정 서원을 세계문화유산에 등재하려 할 때, 옥동서원이 누락된 것은 잘못된 것이라며 국가 신문고에 이의 제기를 한 바 있다. 그 결과로 상주시로부터 사적 용역 조사 용역비를 옥동서원에 부담하는 조건으로 2015년 사적(532호) 국가 지정문화재로 확정·고지된 바 있다. 앞으로의 과제로는 금돌성의 사적 승격과 임천석대의 명승지 지정이 남아 있다.

금돌성의 위상을 격상하는 문제는 그동안의 각종 토론회와 모임에서 체면 불고하고 요구해 온 것이 받아들여져 2017년도에는 예산 확보

백화산역사문화융성위에서 상주 박물관에서 개최한 학술 세미나

가 가능할 것으로 전망하고 있다.

백화산을 사랑하는 사람들의 모임이 십 년이라는 세월의 노력 끝에 결실을 이루어 가고 있다. 그와 더불어 나 또한 인생의 큰 보람을 느끼며 생활하고 있다. 아버지로부터 2대에 이

백화산역사문화융성위원회 창립지에는 발기문 등 백화산의 중요성과 50여 년간 상주 시민이 성역화하기 위해 노력해 온 이력등과 당위성이 수록돼 있다.

어진 결과물이기도 하다.

이 회고록 또한 지난 십 년의 일상을 정리하는 것이지만, 내 삶의 새로운 출발을 의미하는 것이기도 하다. 내가 믿고 사랑하며 살아온 아내 김진자. 두 해 전 세상을 떠나보내고 지금 나는 새로운 아내를 만나 살아가고 있다. 이 책은 새로운 아내와 함께 살아갈 인생을 맞이하고 준비하기 위한 정리이기도 하다.

백화산
문화제

　지난 2009년 8월 29일, 백화산 진산제를 진행했다. 문화가 소외되어 온 지역 정서는 말 그대로 열악했다. 문화생활이라고는 오로지 TV로만 접할 수 있는 지역인데다 일하고 자고 먹고, 시간이 나면 술과 도박으로 농한기를 보내는 이들에게 건전한 놀이 문화가 정착되고, 문화라는 터울에서 축제가 자리매김한다는 것은 결코 쉬운 일이 아니었다.

　예전에는 이곳에도 가설극장이 있었고 쇼 공연도 열리곤 했다. 하지만 지금은 문화 혜택이 전무하다.

　나는 지난 이십 대 시절 친구들과 함께 면민 노래자랑을 개최한 적이 있다.

　물론 시설은 열악했다.

　노래 반주기도 없었고 오로지 확성기 하나로만 행사를 진행했다.

　하지만 면민들은 자신의 목소리, 자신의 노래가 확성기를 통해 메아리치는 것 자체만으로도 행복을 느끼는 것 같았다.

나는 기타 반주를 했고 사람들은 노래를 부르기 위해 돈을 내고 신청곡을 접수하곤 했었다. 돌이켜 보면 부끄럽기도 하지만 나에게는 중요한 의미를 시사하는 경험이었다. 당시 노래자랑 대회에서 상이라고는 대상에 양은 솥, 차상으로는 일반 냄비가 전부였다.

그렇게 진행한 행사 수익금으로는 동네 청년 활동 기금으로, 꽃동산 및 도서관을 만드는 것에 사용했다.

나는 그러한 행사를 진행하면서 처음으로 보람이라는 것을 경험했다.

친구들과 호연지기를 키우며 뜻을 모았던 그 시절. 우리는 이러한 옛 경험을 바탕으로 백화산 축제를 기획했고, 시로부터 200만 원의 지원금과, 서상주 농협으로부터 300만원의 지원으로 백화산 문화제를 열기로 하였다.

부족한 예산은 회장을 비롯한 임원 간부들의 십시일반으로 모아 충당키로 하였다.

우선, 진산제를 처음으로 배치하고 각 공연은 학교별로 요청을, 그밖에 다른 공연은 각 기관 단체들에게 도움을 청했다.

여성 단체로는 농가 주부 모임과 임원 및 간부 부인들이 먹고 마실 것을 준비했다.

공연 배치와 축제 전반의 진행은 경험이 많은 한국 예총 상주시 지부 사무국장인 민경호 화가의 적극적인 도움과 동참으로 적은 예산으로 공연자를 섭외할 수 있었다.

우리는 한 번도 진행해 본 적이 없는 행사였지만, 지역민들인 백사모의 힘으로 이 모든 것을 해냈던 것이다.

　어려운 줄만 알았고, 남들이나 하는 것으로 생각해 오던 축제를 우리 힘으로 이뤄 낸 것이었다. 그것은 실로 말할 수 없는 기쁨이었다.

　시골 아이들이 학창 시절 한 번 서 보기 어려운 좋은 무대를 만들어 대중 앞에서 공연을 펼치는 모습은 정말로 축제의 신선함을 더해 주었다. 나는 생각했다. 이렇게 흥겹게 시민들을 위해 열정적인 공연을 선사하는 우리의 아이들은 당당함을 잃지 않는 멋진 사회인으로 성장하게 될 것이라고 말이다.

　더구나 우리들의 이야기에 교장 선생님과 각 학교 교사들은 적극적으로 동참해 주었다. 당시 행사에는 국회의원, 시장을 비롯한 상주시 기관 단체장들이 대거 참석한 가운데 성대히 제1회 백화산 문화제를 치를 수 있었다.

　백화산 진산제는 고유제로, 예로부터 상주의 진산은 백화산이라는 것과 상주의 역사·문화의 대표적인 호국 영산으로 당연히 치러야 할 진산제를 백사모가 치르는 것이었다. 그것이 중요한 의미였다. 행사는 엄격한 유교의 예법에 따라 진행되었다. 헌관으로는 유명인도 많았으나 지역 노인회장으로 정하고 제집사는 향교 사무국장인 강경모 씨가 선정되어 진행했다. 당시 기억으로, 모두가 흥분된 상태에서 경이로운 진산제를 거행했다.

　모든 조명이 꺼지고 촛불이 객석을 가득 밝혔다. 헌관과 제관 객석 관람객은 숨소리를 죽이고 고유제 홀기에 따라 진행되는 모든 식순을 관조했다. 홀기 해설이 차분히 읽혔다. 축을 불사를 때 객석에서는 준비된 백지 소지에 본인 소망을 불어넣어 함께 사르는 의식을 진행했다.

제1회 백화산 진산제 및 문화제에서 진산제를 지내고 있다

진산제가 끝나고 아이들의 공연에 이어 다양한 공연과 풍물과 함께하는 한마당을 끝으로 모든 행사가 종료되었다. 참석자 전원이 성공의 술잔을 들고 서로 자축하며 제1회 백화산 문화제 진산제를 마무리했다. 이날 함께한 인원은 모두 1,000여 명에 이르렀고, 성금도 많이 모였다. 이렇게 시작된 주민에 의한 백화산 문화 축제는 지난해까지 7회 차가 진행되었고, 현재까지 그 규모는 상당한 발전을 거듭해

왔다. 지난해에는 예산 5,000만 원으로 2박 3일의 축제를 무사히 마치기도 했다. 참여 인원도 2,500여 명에 다다랐다. 그러나 상주시의 백화산 문화 축제는 지역 축제라는 이유로 시장에게 정식 예산 편성을 번번이 거절당해 왔고, 자체적인 모금의 한계와 농사철 바쁜 농민이 행사의 전반적인 주관자가 되어야 한다는 점에서 다소 어려움이 많았다.

행사 6회 차부터는 백화산 문화제, 황희 정승 이야기 축제, 포도 축제를 함께 엮어서 진행해 왔으며, 동별 대항으로 고인돌 옮기기 대회와 원시 고기 굽기 등을 추가해 시민들에게 많은 인기몰이를 하곤 했다. 또한, 고인돌을 축조해 3등까지 작은 기념비를 세움으로써 회 차를 거듭할수록 늘어가는 고인돌 수도 훌륭한 볼거리를 제공할

7회 문화제부터 시작한 고인돌 옮기기 동별 대항

지난해 7회 때 동별 대항시 옮긴 기록과 3등까지를 새긴 기록물이다
계속적으로 늘어나면 고인돌 공원을 만들어 함께 설치할 예정이다

것으로 판단하고 있다.

축제 첫 회에 참가한 아이들은 이제 모두 성인이 되었다. 당시 함께했던 아이들은 축제를 통해 서로 간의 화합을 배우고 익혔을 것이라 믿는다. 또한, 대중 앞에서 행했던 경험으로 충분한 유희를 간직하게 되었으리라고 생각한다. 이 아이들이 남다른 경험을 통해 다른 지역보다 승화한 지역의 문화를 이끌어 나갈지는 모르는 일이다. 하지만 나는 분명히 확신한다. 상주시 문화의 높은 비전을 말이다.

2005년도 백화산 문화제 7회. 모동 초등생들이 가야금 병창을 하고 있다. 매회 빠짐없이 관내 초등학생들과 중고등학생들이 함께하고 있다

　지역 놀이 문화도 상당히 많은 발전을 거듭했다고 생각한다. 특히 여성들의 여가 활용이 풍물, 에어로빅, 민요 합창, 요가로 변신해 외부 공연 초청 없이 시간을 배정할 수 있는 단계에 올라섰다. 물론 어려움도 많았다. 이·동장 협의회의 이해 못할 보이콧 하며, 제6회 차의 중단 위기는 나에게 또 다른 시련을 주기도 했다. 그러나 행사에 도움을 준 이들도 많았다. 축제 지원금을 정식 예산에 편입해 주려고 노력하고 여의치 않으면 엉뚱한 예산으로라도 꾸준히 지원해 준 강영석 도의원, 경상북도 도청 김남일 문화체육국장, 케프 고병헌 회장 등, 이러한 분들은 지역 축제 발전을 위해 헌신적으로 발 벗고 나선 고마운 분들이다. 하지만 이러한 분들이 우리와 함께하는 가운데

시청은 냉담했다. 지난 4년간을 그렇게 매달려 사정했지만, 지역 축제를 부활하면 지역 읍·면·동의 예산 편성에 차질이 생겨 행정의 어려움을 겪게 된다는 이유로 우리의 의견을 무시했다.

김구 선생이 하신 말씀이 떠오른다.

"나는 독립된 우리나라가 세계에서 가장 부강한 나라가 되는 것을 원치 않는다. 나는 우리 조국이 세계에서 가장 앞선 문화를 지닌 국가가 되기를 진정으로 원한다. 그 문화로 내 사랑하는 인민들이 즐거워하고 행복해지기를 바랄 뿐이다."

지역 문화 축제 예산 배정에 너무나도 인색했던 성백영 시장에게 크게 실망하고 돌아서던 내게 정만복 부시장은 이런 말을 건넸다.

"지도자는 모두가 건너려고 하지 않는 강을 건너야만 따르는 사람이 생기고 그 소신의 일을 진행할 수 있는 것입니다."

포기하려고, 낙담하려고 하던 나를 바로 세워 준 정만복 부시장의 한마디 말.

첫 회 사회단체 보조금을 지원해 주고 낙선 후 재선이 된 이정백 시장은 일반 예산 1,500만 원을 배정해 지금은 다소나마 안정적으로 축제를 진행하고 있다. 그러나 지역민이 스스로 일궈 가는 지역 발전에 이바지하려는 노력을 애써 평가절하 하는 시 행정은 안타까울 따름이다. 시민 스스로가 노력하고 화합해 이루어 나가려는 뜻을 왜 굳이 외면하려고 하는지 알 수 없다. 그것은 내가 알 수 있는 일은 아닐 것이다. 하지만 우리의 것, 우리가 만들어 가는 소중한 것에 이유는 없다.

옥동서원의
국가 사적 신청

　그동안 살아오면서 내가 태어나고 자란 곳은 방촌(황희 정승) 할아버지와는 굳이 상관없는 것으로 여기며 지내 왔다. 그분의 혈통으로 이어지는 이곳에서 600여 년간의 전통이 그대로 세습되어 오며 나를 형성시켜 온 곳이란 것을 피부로 느껴 오지 못했던 것이다. 하지만 백사모를 시작하면서 옥동서원의 귀중함을 알고, 몸소 느끼며 배워 왔다. 방촌(황희 정승)의 생애에 대해서도 새롭게 정리하고 익혀 왔다. 이러한 과정 때문에 나의 행동과 발언도 조심스러울 수밖에 없었다.

　백화산을 사랑하는 모임이 황가들의 이용물로 전락할 수 있고, 알게 모르게 전해져 오는 옥동서원과 백화산은 다른 영역이라는 이상한 궤변으로 나를 곤경에 처하게 하는 일도 자주 있었으나 옥동서원은 백화산과 피할 수 없는 위치에 자리 잡고 있을 뿐만 아니라, 아주 귀중한 모동 상주 지역의 문화유산이었던 것이다. 이를 제대로 활용치 못하는 것은 모동과 상주의 큰 실책이라는 내 주장에 동조하는 사람도 많았다. 하지만 괜한 시비로 나를 황가로 묶어 두려는 분위기에는 자유로울 수 없었다.

우선 옥동서원은 대원군의 서원 철폐 시 미훼철 서원으로, 남북을 합쳐 47개 서원 중 하나이다. 무인을 모신 사원을 빼면 36개이고 문인 배향 서원은 남한 내 23개 서원 중의 하나였다. 여기에 배향된 분이 방촌 황희 할아버지이며 역대 최고의 정승으로 추앙받는 분이셨다. 더구나 방촌 할아버지께서는 조선 초기 불교를 억제하고 유교를 숭배하며 세종과 함께 유교를 정착시켜 온 분이기도 했다.

그는 조선조 전체를 아울러 세종을 최고의 성군으로 만들어 준 참모장이었으며, 세종조를 총괄해 왔다고 할 수 있는 대 관료였다. 이러한 분을 모셔 온 옥동서원이 상주에 있으면서도 상주의 유림이나 시 행정 모두가 무슨 이유인지 이분을 도외시하고 있었다. 참으로 통탄스럽고 이해 못할 일이었다.

상주의 이러한 기조는 김대중 정권의 유교 관광 활성화 사업에서도 나타났다. 당시 옥동서원은 완전히 배제된 채 엉뚱하게도 훼철되어 복원된 지 30여 년을 겨우 넘기고 있는 도남서원을 이보다 더 앞세웠다. 상주시는 미훼철 서원이자 경북 지방 문화재인 옥동서원과 흥암 서원이 배제된 가운데 사업 전반을 엉뚱한 곳에 투자했고, 십 수 년이 흐른 현재는 영남 제일의 유림이 존재한다는 상주의 자부심마저 내주고 말았다. 그 후 안동 영주의 배속된 유림으로 전락하자 퇴계의 학맥으로 이어져 온 사실마저도 거부하며 상주학 계발에 나서는 우스운 모양새를 취하고 있다. 그러던 중, 국가 사적으로 지정된

9개 서원을 세계 문화유산으로 등재한다는 국가브랜드위원회와 지자체별 활동이 자주 언급되던 시기였다. 옥동서원의 중요성과 배향 인물인 방촌 황희가 유교 국가인 조선에 미친 영향, 1518년 서원의 효시인 횡당의 존재 등을 부각하고 옥동서원이 한국 내 유교 사업 정책에서 배제됨은 부당하고 지금까지 국가 사적으로 지정하지 않고 배제해 온 이유를 바탕으로 옥동서원이 세계 문화유산에 등재됨이 옳지 않은가라는 이의 제기를 국가 신문고에 내고야 말았다. 이 문건이 받아들여져 처음에는 내가 낸 이유서가 문화재청에 접수되더니 경북 도청으로 이관되어 상주시로 그 답을 요구해 온 듯했다. 민원에 답이 왔으나 해답은 없었다. 단지 해명이라고나 할까? 국가브랜드위원회의 이번 세계 문화유산 등재는 사적으로 지정된 9개 서원을 중심으로 하고 있으며, 옥동서원의 지위 문제는 해당 지자체에서 해야 한다는 답변이었다. 이후 상주시에서는 흥암서원과 옥동서원을 사적으로 지정받기 위해서는 사적 조사 용역을 맡겨야 하는데 그 용역비를 서원에서 부담하라는 것이었다. 참으로 웃기는 일이 아닐 수 없었다. 일년에 6,000억의 예산을 편성해 시시콜콜한 일까지도 챙기는 시장과 시의원들이 상주에 하나밖에 없는 사적을 더 늘려 그 위상을 높이려는데 3,000만 원의 예산이 없어 해당 서원에 부담시키다니 웃지 못할 졸속 행정이 아니던가. 아마도 옥동서원의 중요성을 제대로 파악 못하는 현 지도자들의 한계라고 여기며 속앓이할 수밖에 없었다.

하지만 담당 문화재 계장의 말은 현재 문화재 심의 위원 중 옥동서원의 중요성을 제대로 아는 위원이 있을 때 사적 신청이 되어야 그 위원이 중심이 되어 타당성을 설명할 수가 있다는 것이다. 그렇게 되어야만 유리한 상황에서 심의를 받을 수 있으며 예산을 신청하고 시의회 승인을 받기에는 기간 상 불리함이 따르기 때문이라는 것이었다. 하지만 옥동서원은 이에 쾌히 응해 주었고 용역은 시작되었다. 그러나 너무 빈약한 증거 자료가 문제였다. 동산 문화재로 등록된 6개 중, 존재하는 것은 3개뿐이었고 등록된 문서와 중요한 서적들은 몇 회에 걸친 도둑으로 분실되어 있었다. 옥동서원의 전신이라 할 수 있는 방촌의 살아 계실 적 화상인 600년 된 영정은 웃어른들의 무지로 국립중앙박물관에 사정하듯 기증된 상태였다. 이러한 영정의 소중함을 누구나 다 알지만 훼손되어 가는 것을 방지하기 위한 수단으로 삼고자 행한 과오라고 판단했다. 논의 과정 없이 주관자의 동의도 없이 몇 분에 의해 이루어진 과오였다. 그 부당함을 주장하는 젊은 층과의 심각한 대립도 이어져 오고 있었다. 잘못되었다는 인정만 해 줘도 되돌려 받을 수 있는 방법이 존재하지만 도무지 설득되지 않았다. 겨우 잘못된 지정이니 돌려 달라는 문건을 문화재청에 접수했지만, 그것마저도 허사였다.

흩어진 목판을 모으고 여기저기 존재하는 모든 관련 서적을 다 모으며 어렵사리 용역 보고서가 3년간에 걸쳐 수정 · 보완 · 작성되어 접수되었다. 결국, 2015년 9월 국가 사적 지정 예고를 거쳐 11월 10일 국가 지정문화재 사적 532호로 등록되었다.

상주에서 뒷전으로 밀려오던 옥동서원이 국가로부터 인정을 받게 되었던 것이다. 우리나라 서원 중 11번째로 국가 사적으로 지정된 쾌거였다. 진작 옥동서원 문화유산의 가치를 존중하는 안목 있는 문화가 상주에 존재했더라면 상주는 앞서 언급한 영남 제일 유림의 존재

도시로 발전할 수도 있었을 것이다. 상주는 임진란 이전의 유학을 중심으로 되돌려 연구 발표되어야만 그 위상에 맞는 역사 문화의 도시로 거듭날 것인데도 임진란 이후 경상도 관찰사가 옮겨지는 시기 이후부터의 역사 인물을 찾고 있지는 않는지 심사숙고해 봐야 할 것이다. 하지만 이것 또한 굳이 상주인이라야 한다는 편견에서 벗어나지 않는 한 영남학을 중심으로 굳건한 자리를 지켜 내고 있는 안동과 영주의 틀에서 벗어나지는 못할 것으로 본다. 이것은 도남서원의 유교 문화 사업으로의 복원이 가져다준 심각한 후유증이자 뒷걸음이다. 상주만의 독특한 문화를 찾아내고자 한다면 기존의 모든 틀에서 벗어나지 않는 한 어려울 것이다.

  어찌 보면 공무원을 탓하고 있지만, 공무원의 탓만 하기에는 시민 의식의 부족도 한몫한다고 본다.

  새로운 발전의 가닥을 잡아내고 추진하려는 공무원의 뒷받침이 되어 주어야 한다는 시민 정신이 발휘되지 않는 한 기존의 틀에서 벗어날 수는 없다. 그들을 지켜 주지 못하면서 공무원인 그들로부터 무엇을 바라고 희망하겠는가? 제자리 지키기에 바쁜 공무원들, 공무원이 가장 두려워하는 새로운 방향의 제시가 서슴없이 발의될 수 있는 분위기를 시민에 의해 만들어지기를 희망한다. 특히 문화 관광에서 하루빨리 방향 전환이 필요하다고 본다.

문화제청 사적고시 자료

종 목	사적 제532호
명 칭	상주 옥동서원 (尙州 玉洞書院)
분 류	유적건조물 / 교육문화/ 교육기관/ 서원
수량/면적	4,545㎡
지정(등록)일	2015.11.10
소 재 지	경상북도 상주시 수봉2길 29 (모동면)
시 대	조선시대
소유자(소유단체)	옥동서원
관리자(관리단체)	옥동서원

상주 옥동서원에 대한 설명입니다.

ㅇ옥동서원은 축옹 황효헌(1490~1532)과 유촌 황여헌(1486~1566)

두 형제가 호당에 선입되어 향리인 중모현(中牟縣, 현 경북 상주시 모동면, 모서면)에서 호당의 독서당(讀書堂)인 횡당(黌堂)을 1518년에 세워 방촌(厖村) 황희(黃喜) 선생의 영정을 봉안한 연후 사가독서를 마쳤고, 이후에도 독서당을 폐쇄하지 않고 지속하면서 백화서원(白華書院)이라는 이름의 현판을 걸었던 것이 효시가 되었다. 한편 상주목사(尙州牧使)로 부임한 신잠(申潛, 1551~1554)은 상주 지역의 학문 진작을 위해 18개의 서당을 건립하였는데, 그 중 하나가 백화서당(白華書堂)으로 황효헌 형제가 건립한 횡당을 모태로 한 백화서원과 동일한 것이다. 과거 횡당에서 시작된 백화서원(白華書院)은 백화서당(白華書堂)이란 명칭과 혼용되기 시작하나 이는 당시 서원과 서당에 대한 구분이 명확치 않았던 시대적 과도기에서 나타난 것으로 보인다. 그러므로 황여헌(1486~1566)의 신덕정사 팔영에서 나타나는 것과 같이 횡당에 편액을 걸고 '백화서원'이라 불러왔던 것도 사실일 것이다. 그러나 서원으로서 구성을 제대로 갖추게 된 것은 1580년(선조 13) 황희 선생의 영당인 백옥동 영당을 새로이 건립하면서였을 것으로 짐작된다.

그러나 1593년(선조 26)에 임란으로 인해 서원 건물이 전소되었고, 반간 황뉴(1578~1626)에 의해서 영당을 중건한 이후에야 다시 영정을 옮겨와 춘추향사를 봉행할 수 있게 되었다. 이 영당이 1714년(숙종 40)에 사림들의 중론에 의해 서원으로 승격되었으며, 황희 선생을 원위로 하고 사서(沙西) 전식(全湜)을 배향하였다. 이듬해 1715년(숙종 41)에는 신덕리에 위치해 있던 황희 선생의 영당을 수봉리에 위치한 현재의 자리로 이건하였다. 1786년(정조 10)에 축옹(畜翁) 황효헌(黃

孝獻)과 반간(槃澗) 황뉴(黃紐)를 추배하여 4현이 배향되었고, 1789년 (정조 13)에는 영남 사림들이 사액(賜額)을 청하는 상소를 올렸다. 이에 조정에서는 승지(承旨) 박천형(朴天衡)을 보내어 치제(致祭)하고 비로소 옥동서원이라 사액하였다. 이 서원은 고종 연간 흥선대원군(興宣大院君) 집권기에 있었던 전국적인 서원 훼철령에도 사액서원 중에서 봉향 인물 한 사람을 위한 서원은 하나만 남긴다는 '일인일원(一人一院)'의 원칙에 따라 황희 배향 서원으로서 비훼철 사우(祠宇)로 남게 되었다.

아내의 제문을 쓰고 난 후처럼 이 장을 다시 읽어보지 못했다. 주최하기 어려운 감정이 먼저 눈 앞을 가리고 목과 눈 가슴을 내가 감당키 어려워서 차마 다시 읽을 수가 없었다

어머니!
세상에서 가장 아름다운 말
이제 세상에서 가장 슬픈 말
복이 터져라 불러도
듣지 못하는 엄마의 대답
가슴 속으로 이제 부를게요
어머니 죄송합니다
그리고 사랑 합니다

둘째 은하가 카카오 스토리에 올린 글이다
목이 잠기고 눈물이 흐른다
되돌릴 수 없는 사실에 가슴이 메어진다
나뿐만이 아닌 자식에게까지 사무치는 그리움으로 남아야 하는
현실에 내가 무너진다

사랑하는 아내를
가슴에 묻다

아내와의
영원한 이별

    10월 초하룻날 토요일이었다. 10대조 묘사를 가기 위해 개량 한복에 검은색 두루마기를 걸치고 여느 때처럼 아내와 단출하게 커피 한 잔씩을 나누었다. 아내는 전날부터 속이 안 좋은 상태였다.

    묘사는 3시간이 경과하고 탑골 식당에서 점심을 한 후, 집으로 돌아왔다. 집으로 돌아와 아내에게 시사 음복을 전해 주자 아내는 음복이 푸짐하다며 누가 제물을 차렸고, 점심은 무엇을 먹었는지 나에게 물었다. 아내의 물음에 대충 대답하고 피곤함에 지친 나는 낮잠을 청했다. 나중에 일어나 보니 유독 기력이 없는 아내의 모습이다. 나는 아내에게 어제 약국에서 지어 온 약을 먹었느냐고 묻고는 약사의 지시대로 끓여 놓은 흰죽을 확인했다. 죽이 줄지 않은 것을 봐서는 아내가 식사를 안 한 것 같아 내심 걱정이 앞섰다. 죽을 왜 안 먹었느냐고 묻자, 아내는 옆집 보살님 댁에서 뭘 간단히 먹었다고 했다. 그날은 초하룻날이라 불공을 드리러 백화산 장군봉 제단에 가야만 했다.

서울과 부산 등지에서도 방문객이 참석할 예정이었다. 아내는 몸 상태가 좋지 못해 참석하지 못했다.

오후 3시가 되니 홀연히 담배 생각이 났다. 천하촌 펜션에 가면서 아내에게 거짓말을 했다. 나는 흡연을 반대하는 아내의 눈을 피해 이런 식으로 줄곧 2년 가까이 담배를 피워 왔다. 위암 수술 후, 6년간 피우지 않던 담배를 안 피우는 척하고 아내 몰래 피워 왔던 것이었다. 내가 위암을 앓지 않았다면 아내는 흡연에 대해 뭐라고 나무랄 성품은 아니었다. 그 때문에 아내의 흡연 제재는 정말 진실하고 간절한 아내의 마음이었던 것이다. 하지만 나는 그러한 아내의 속마음을 외면한 채 아내 몰래 담배를 숨겨 놓은 장소만 집에 무려 열 곳이 넘을 정도였다. 아내는 매번 마실을 나가는 내 뒷모습을 보며 내가 담배를 태우러 나가는 것을 알면서도 눈감아 줄 때가 많았다. 하지만 내 뒤를 밟아 담배가 숨겨져 있는 장소를 발견하면, 나 몰래 그곳에서 담배를 꺼내 버리거나 태워 버리곤 했던 아내였다. 아내는 그렇게도 나를 위해 많은 애를 썼다. 잠깐 한 모금의 담배를 태우고 들어오는 나를 향해 아내는 경멸에 찬 눈빛으로 바라보고는 뒤로 돌아누워 잠을 청하곤 했다. 나는 이러한 아내의 마음을 잘 알았기에 담배를 태우고 집에 들어올 때면 소화제를 먹거나 껌을 씹곤 했다.

그날 밤 나는 밖에서 저녁을 먹고 있었다. 아내에게 전화가 왔다. 몸에 통증이 있다는 것이다. 집에 들어서자 아내는 아까보다는 조금 괜찮다고 하면서 병원에 가기 위해 머리를 감고 있었다.

9시 경이었다. 다시금 통증이 오는 듯했다. 나는 아내를 진정시키고 통증을 가라앉히기 위해 암씨롱 한 알을 권했다. 아내의 체한 것 같은 통증에 나는 아내 등을 두드리고 손발을 따며 조심스럽게 행동했다. 손발을 따고 나서 아내는 통증이 사라졌는지 안방에 누워 잠이 들었다. 나도 아내가 혹 깰까 싶어 조용히 베개도 없이 옆 맨바닥에 누워 잠을 청했다. 한참이 지났다. 이상한 느낌이 들어 눈을 떠 보니 아내가 옆에 없는 것이다. 방문을 열고 거실로 나가자 아내가 거실 마루에 엎드려 있는 것이었다. 그러면서 아내는 "내가 왜 이러지?"라는 말만 연발했다. 아내는 무릎을 꿇고 두 손을 바닥에 대고 고통이 심하다며 나에게 등을 두드려 달라고 부탁했다. 나는 아내의 부탁대로 한참 동안 아내의 등을 마사지했다. 통증의 부위가 정확히 어디인지를 묻자 잘 모르겠고 명치끝과 식도 부분이 타들어가는 듯하다고 아내는 말했다. 순간 걱정이 앞섰다. 진통제로도 효과가 없는 것을 보니 식은땀이 흘러내렸다. 아내는 다시 안마 의자에서 안마하고 안방에 와 누웠다. 내가 아내의 손발을 마사지하고 몸 이곳저곳을 마사지하자 아내는 잠들었다. 나도 함께 잠이 들었다.

새벽 4시 30분경, 이상한 느낌이 들어 잠에서 깼다. 거실에서 아내가 아픔을 호소했다. 스님을 불러 손발을 따 보고 싶다고 호소했다. 하지만 너무 이른 새벽 시간이었기에 누구를 부른다는 것은 어려운 일이었다. 아침 일찍 병원에 가 보자고 아내를 다독였다. 그러자 아내는 지금 병원을 가자고 한다. 식체로만 판단한 우리는 그날이 월요일 새벽이라 응급실은 생각도 못했고 혈액 용해제 투여도 서로가 생각지 못했다. 나는 이렇게 무지했다. 바로 아내를 데리고 병원으로 달려갔어야 하는 것을 마사지하고 손발을 따며 귀중한 시간을 허비했던 것이다. 아내의 상태는 촌각을 다투는 시급한 상태였다.

사실 아내는 전초 증상을 호소하곤 했다. 항상 가슴이 쓰리거나 통증이 있다고 말해 상주에 있는 종합병원에서 진단도 받았었고 응급실에도 두어 번 실려 가 혈관 심장 검진도 해 봤었다. 그때마다 정상 판정을 받아 왔으나 아내의 통증의 원인을 정확히 알기 위해 나는 그동안 다니던 상주시 한 개인병원에서 상담한 후 큰 병원에서 진료를 받아보고 싶다고 의사에게 자문한 적이 있다. 나는 의사에게 확인서를 요청했다. 의사는 한 번 진료를 받아 보는 것도 좋지만, 자신의 경험으로 볼 때 90%는 심장이나 혈관 관련 증상은 아니라고 말했다. 만약 이러한 질환이었으면 벌써 탈이 났을 것이고, 통증도 이런 식으로 나타나지 않는다는 것이었다. 의사는 분명히 위와 연관된 질환이라고 나에게 설명해 주었다. 나는 아내를 데리고 대전 을지 대학 병원을 찾았고, 특약으로 권위자라는 교수를 찾아 진료를 받았다. 아내의 증상을 이야기했고 진료도 받았지만, 그 의사도 상주 개인 병원 의사와 똑같은 진단을 내리는 것이었다. 나는 그동안 아내의 경과에 대해 설명했다. 그러자 의사는 그 정도의 상황에서 중병으로 의심된다면 이미 큰일이 났을 것이라며 혈관조영술을 해 보자고 권유했다. 나는 아내를 응급실로 데리고 가, 시술 절차를 마쳤다. 다음날 병원 측은 혈관조영술과 혹, 심장에 이상이 있으면 스프링을 삽입하는 시술을 겸하여 해 보자고 통보했다.
수술은 다음날 오후로 잡혔다. 나는 우선 집으로 오고 둘째 아들이 아내 곁을 지켰다. 은하에게로부터 전화가 왔다. 별다른 이상이 없어 스프링 시술은 하지 않고 약물치료를 한다는 것이다. 교수는 일반 조영술을 해 봤으나 별다른 이상이 없었고 약물 스트레칭 결과는 한 곳 정도 약간의 이상 소견은 있으나 그리 심각한 문제가 아니어서 약물치료로도 충분해 스프링 시술은 하지 않았다고 했다.

아내는 그렇게 약 한 달 반 정도 을지 병원에서 약을 타다 먹었다. 그리고 한사코 상주 병원으로 옮겨 약을 처방받겠다고 억지를 부려 나는 아내를 설득하지 못하고 요구를 받아들였다. 우리는 의사의 말을 믿고 심장은 아내의 질환과는 관계가 없는 것으로 여기며 안심했다. 더구나 아내가 위급 시 먹으려고 준비해 둔 비상용 혈액 용해제조차도 서로 애써 먹이거나 먹으려 하지도 않았다. 우리의 이러한 행동, 나의 이러한 행동은 너무나도 무서운 결과를 초래할 것이라는 걸 진정 몰랐다. 나는 아내가 겪는 고통을 식체의 증상으로만 알았고, 담당 의사와 교수 탓으로 돌릴 수는 없지만 이렇게 무식한 대처 속에서 방관하게끔 만든 의사와 교수를 죽이고 싶을 정도로 원망했다. 하지만 결과는 이미 돌이키기 어려운 지경으로 치달았다.

나는 통증을 호소하는 아내를 안방에 눕혀 놓고 배꼽 밑으로 천천히 마사지하며 아내를 돌봤다. 아내의 안색을 살피며 조심스럽게 손과 발을 마사지하기를 몇 회. 그리고 3분 정도가 지났을까? 아내의 안색이 변하더니 갑자기 경련하기 시작했다. 팔다리에 힘이 들어가며 몸을 뒤틀기 시작하는 아내였다. 순간 두려움 속에 다급한 무엇인가를 느꼈다.

"진자야, 왜 그래?"

아내가 호흡을 멈춘 듯했다. 나는 가슴 압박을 하며 고함을 질렀다. 누군가 달려와 주기를 간절히 희망했다. 다급한 마음으로 119에 전화했다. 급하다는 말과 함께 빨리 와 달라며 간청했다. 전화를 끊고 다시금 아내의 가슴을 압박했다. 그래도 아내는 미동이 없었다. 아내에게 숨을 불어넣었다. 내 숨이 아내 기도에 걸리는 것을 느꼈다. 나는 다급한 나머지 옆집 스님을 모셔 와 아내의 손발을 따게 했다. 다시금 119에 전화해 독촉했다. 전화한 지 얼마가 지났는지도 모르는 시간이 흐른 것 같다. 119 대원들이 도착해 아내 가슴에 패드를 붙였지만, 전기 충격이 필요 없다고 하며 심장마사지만 계속하라고 했다. 나는 응급차에 올라타 아내의 팔다리를 계속 만지며 조금만 참아 달라며 들리는지 못 듣는지도 모르는 상태의 아내에게 계속 말을 건넸다. 응급실로 들어서자 보호자는 나가 있으라고 한다. 뭔가 늦었다는 불길한 예감이 들었다. 그러나 아내가 깨어나 주기를 간절히 바라는 마음으로 나는 기도했다. 119 대원이 응급실에서 나오며 아내가 손발이 차다며 아내의 죽음을 암시하는 말을 했다. 하지만 믿을 수가 없었다.

간호사가 나를 호출했다. 보통, 이 정도 상태로 응급실에 들어온 환자는 20분 정도 심폐소생술을 해 보고도 효과가 없으면 사망 진단을 내리는데 아내는 아직 젊으니까 10분을 더 해 보겠다는 것이다. 그것이 아내와의 마지막이었다. 나는 이렇게 아내를 영원히 내 곁에서 떠나보냈다. 다시는 돌아오지 못할 길로 말이다. 임수와 은하에게 연락을 해 아내의 일을 알렸다.

　참으로 많은 사람들이 아내를 애도했다. 나는 텅 빈 공간에서 솟구쳐 오르는 울음을 애써 참으며 그렇게 슬픔의 시간을 보냈다.

49재 기간의
일기

　나의 아내는 경주 김씨 김진자이다. 아버지 김욱식, 어머니 이호철로 출생일은 지난 1961년 6월 23일이다. 고생스러운 한 세월 살다가 지난 2003년 11월 4일 오전 6시 9분에 저세상으로 떠났다. 아내의 기일은 음력 10월 1일이다. 향년 54세.

　다음은 장례 날부터 49일간의 나의 일기다.

　11월 6일

눈물이 흐르고 또 흐른다. 가슴이 아프다. 많은 사람이 다녀간 새벽녘에 지난 세월을 회한하며 제문을 쓴다. 모두가 잠든 시간, 아내의 영전 앞에서 마지막으로 이 글이라도 바치고 싶다. 잠이 오지 않는다. 모두가 잠든 새벽, 아마도 4~5시는 되었으리라. 오늘이 장례

일인데 난 어떻게 해야 하나. 오늘이 내 아내의 육신은, 이 세상에서의 형태는 마지막인데 나는 108배를 올린다. 그냥 있을 수 없어서.

한 줄도 고치지 않은 만사이다. 원래 이 제문은 노제에 바치려 했다가 그리 못하고, 다시 반환제에 올리려 했지만 다시 삼오 날로 미루어진다. 장례는 다행히도 잘 마쳤다. 750여 명이 부의록에 올라 있다. 임수와 은하의 친구도 많이 왔다. 아내가 이 모습들을 생전에 봤다면 얼마나 대견해하고 행복해할까? 아쉽다. 모든 것이 말이다. 김 여사의 영전 앞에서.

11월 7일

새벽 5시 30분, 알람 소리에 깬다. 내가 나에게 약속한 대로 108배를 올린다. 김 여사가 숨진 자리 안방에서. 그리고 다시 잠을 청하지만 잠은 오지 않는다. 다시 일어나 담배를 피운다. 식구와 자주 걷던 추억을 음미하며 걷고 싶다. 내가 암 선고를 받았을 때 함께 울며 손잡고 걷기 시작해 8년간 걷던 길이다. 숨 가빠 하던 김 여사를 채근해 가며 깔깔거리며 웃기도 하고 손잡아 끌기도 하고, 늦은 걸음 기다려 가며 걷던 길에 식구가 그렇게 싫어하던 담배를 한 개비씩 버리며 끊기를 맹세한다. 세찬 바람 천둥과 가끔 비가 내리는 날의 길 위에서.

11월 8일

삼우제 날이다. 새벽 5시 30분 알람이 울리지만 6시 30분에야 일어나 108배를 한다. 어제 비가 와 걷지 못한 길을 걷는다. 삼우제를 8시 30분경 지내고 아들, 누나, 형 당숙 9명이 식구 무덤 앞에 꿇어앉아 있지만 목이 메어 초성이 나오지 않는다. 얼마 동안 숨 고르기로 진정을 했건만, 울음과 함께 섞여 나오는 소리로 겨우 읽어 내렸다. 눈물 범벅이 된 채로 말이다. 모두가 나를 걱정하며 김장, 밑반찬 등을 만들어 주며 분주하다. 아내와 함께 농사지은 콩, 서리태, 덤불콩을 자기들끼리 분주히 수확한다. 식구의 예금 통장 정리를 시작했다.

11월 9일

동생 내외와 누나도 돌아간단다. 갑자기 비워질 집안을 생각하니 두려워진다. 내일이면 49재 중 초재인데 쓸쓸해질 분위기는 싫지만 감내해야 할 내 몫이라고 생각한다. 아내가 생각난다. 모든 아내의 모습이 지워지지 않는다. 싸늘한 모습으로 해대던 잔소리가 듣고 싶다. 스님을 비롯한 은하, 임수랑 많은 이야기를 나누고 들었다. 죽음을 암시하는 행동들에 미처 대처하지 못한 나를 질책해 본다.

11월 11일

오늘은 49재 7재 중 첫 재이다. 역시 108배를 올린 후, 산책을 한다. 밀린 집 청소를 했다. 극락암으로 가는 차 안에서 나는 말없이 창밖만 내다본다. 또 한 번 아내의 죽음에 미리 대처 못한 자신을 질책하며, 답답하고 서글픈 마음만 맴돈다. 극락암 스님은 언제나 들어도 목청이 참 좋다. 염불 기도에 지극정성이 묻어난다.

임수와 은하에게 이제 너희를 돌봐 줄 사람은 없다는 것을 인식하고 흔들림 없이 굳건한 마음을 가지고 세상사에 임하라고 일러둔다. 임수가 가고 은하도 내일이면 간다. 벌써부터 외로움이 밀려오고 두려움이 느껴진다.

11월 18일

49재 중 2재일이다. 여전히 영정 속 아내의 모습은 곱다. 정성을 다하는 스님의 염불 소리는 모두에게 편안함을 준다. 우리 삼부자와 형 내외, 진아 엄마, 진영이 모두에게 고맙고 감사하다는 마음이 든다. 영정을 대하고 절할 때 울컥함이 치솟았다. 하지만 남들 앞에서 차분한 평정심을 유지하기 위해 노력했다. 아내가 먼 곳, 두려움과 아쉬움 없는 곳으로 평안히 잘 가 주기를 바라며 이 시간을 정성을 다해 노력한다. 한 번도 부처님 앞에 절 한번 해 본 적 없고 나무아미타불조차 불러본 적 없는 내가 지장보살을 불러댄다. 천당으로 안내하는 보살님이라고 하기에 말이다. 모두 다 가고 혼자다. 용준이와 용택이가 저녁을 먹자고 한다. 아내가 죽은 후 처음 바깥출입이다.

11월 21일

새벽 3시쯤에서야 잠이 든다. 왜 이리 잠이 오지를 않는지 힘들다. 스산한 적막감에 아내에게 잘못한 지난날들이 두려움으로 밀려오는 듯하다. 그때마다 지장보살을 외워댄다. 지장보살을 많이 외면 아내의 영가가 좋은 곳으로 간다는 스님의 말씀에 이렇게라도 해서 내 마음의 죄도 씻고 좋은 곳으로 아내가 가 주길 바라는 마음이 크다. 어디를 가서 뭐든 하고 싶어진다. 안 좋은 마음을 먹다가도 서성이다 주저앉기를 반복한다. 애꿎은 담배만 피우고 있다.

11월 24일

나에게 희망이라는 것이 있을까? 아내와 함께 지내 온 지난날 같은 그런 시간들이 다시는 없을 것이라는 체념에 빠져 나는 서서히 희망을 잃어 갔다. 순간 울컥 밀려드는 쓸쓸함에 마음은 더욱 서글퍼진다. 답답함도 떨칠 수 없다. 집을 나선다. 며칠째 보지 못한 햇빛을 보니 기분이 좋아진다. 오래된 나무, 오래된 건축물, 상현리 반송과 상오리 칠층석탑, 견훤 산성을 찾아 나섰다. 이곳은 평소 가까운 거리에 두고도 한 번도 와 보지 않던 곳이다. 아무도 없다. 혼자라 다행스럽다. 나를 누군가에게 보여 주고 싶지 않다. 견훤 산성 위에 올라 한참을 멍하니 내려다보고 올려다보기를 반복하다 내려온다. 또다시 아내 생각이 나 아무도 없는 산길에서 홀로 울먹인다. 보고 싶다. 함께하고 싶고 이야기 나누고 싶다.

11월 25일

49재 3재일이다. 오늘은 쓸쓸하지 않을 것 같다. 누나가 오고 형님

내외, 진아 엄마 모두가 다 빠짐없이 참석해 줌으로 고맙고 감사할 따름이다. 언제부터 내가 울보가 되었는지 오늘도 아내의 영전 앞에 눈물짓는다.

장보러 가는 길에 아내의 무덤을 들러 돌아본다. 아내가 선조들의 산소가 가득한 곳에 누워있으니 고운 젊은 며느리 잘 보살펴 주리란 믿음을 가져 본다. 아내가 마지막 숨을 거두던 모습이 스치면 오싹한 잘못에 죄인처럼 지장보살을 외치곤 한다. 아내가 두려움에 떨지 말고 지장보살이 인도하는 그곳으로 가 영면하기를 바라며 매일 수백 번씩 암송한다.

11월 28일

온 세상이 흰 눈이다. 밤새 자다 깨다를 다섯 번은 더 한 것 같다. 아침은 7시가 되기 전 먹어 치운다. 오전 내 앉았다 일어섰다 서성거리기를 반복한다. 성명자 씨에게도 문자를 보내려고 작성하다 지우기를 반복했다. 박물관 김진영 학예사로부터 학술 대회 메일을 확인했다. 12월 2일 백화산 역사 문화 재조명을 위한 학술 대회를 나에게 떠밀고는 한 번도 챙기지 않고 오히려 같은 날 사무실 개소식으로 보이콧을 하면서도 그런 게 아닌척하는 모습의 그였다. 아내를 잃은 자의 슬픈 가슴에 못을 박으려 하면서도 그게 아닌척한다는 것. 혼자 보내는 공간은 늘 우울했다. 지랄 같은 세월이라고 생각했다. 모든 것을 포기하고 싶었다. 담배도 많이 피웠다. 오히려 나 자신이 걱정이 될 만큼 말이다.

중령이가 왔다. 모든 것을 잊고 술 한잔하면서 잊어 보자고 한다. 고맙지만 사양했다. 49재 기간만큼은 추모의 마음으로 보내고 싶다고 겨우 달래 보냈다. 나를 위로하기 위해 애쓰는 중령이가 고마웠다.

12월 1일

49재 4재일이다. 임수는 아래부터 와 있지만, 은하는 야근을 마치고 퇴근해 참석 못함을 죄송스러워 했다. 오늘은 좀 쓸쓸하겠구나 싶었는데 앞집 보살님이 동참해 주신다. 아내의 영전 앞에만 서면 울컥거리는 서러움이 차올랐다.

대구 대수 형님 다섯 식구가 왔다. 김장 한 통과 다른 반찬을 챙겨와 건네주었다. 아마도 내 걱정을 하며 만든 반찬 같았다. 고마웠다.

내일은 어렵게 진행하는 백화산 역사 재조명을 위한 학술 대회가 있는 날이다. 백사모가 주최하고 박물관이 주관하는 약 8개월에 걸쳐 준비해 온 학자들의 토론 자리이다.

준비가 잘되어 가는지, 지금껏 회장에게 모든 것을 맡겨 두고 내 생각만 한 것 같아 죄송스러운 마음이 많다. 여러 가지를 점검해 본다. 모두가 떠난 집안은 무서울 만큼이나 적막하고 외롭다.

12월 5일

모처럼 만에 나들이 시간을 가졌다. 동네 선후배 모두 합쳐 12명이다. 아마도 나의 다른 모습을 지켜보는 모두의 마음이 담긴 여행이라고 여겨진다. 함께하는 동안 많이 웃고 떠들었다. 아내와의 여행은 항상 뒤로만 미뤄 왔었는데 이제는 아쉬움과 안타까움만 남는다. 도착한 여행지에서 나는 싱싱한 해물들을 사려고 했다. 이렇게 살아갈 수가 없다는 생각이 들었다. 아무것도 변한 것은 없었다. 음식도, 가구도, 집안의 모든 것도, 그리고 나도.

음식을 차려도 먹어 줄 사람이 없다. 사고 싶어도 허사라는 생각이 들었다. 돌아온 집은 깜깜한 적막에 묻혀 있다. 아내가 없는 빈 공간에 언제쯤 적응할 수 있을까?

12월 8일

오늘은 49재 5재일이다. 임수는 어제 늦게 오고 은하는 야근을 마치고 잠 한숨 못 자고 참석했다. 법당 영가전을 꽃들로 채우고 노잣돈을 듬뿍 놓은 것이 잘했다 싶다. 진아 엄마가 지금까지 봐 온 49재 중, 우리가 가장 소홀하게 49재를 치른다는 말에 이렇게라도 할 수 있어 좋다고 생각했다. 나는 49재라는 것을 한 번도 본 적이 없고 눈여겨 본 적도 없으니 그냥 이렇게 하면 되는 줄 알았다. 하지만 분위기도 중요하고 해당 가족이 정성을 들일수록 스님의 공이 더해진다고 한다.

12월 10일

지금까지 새벽 5시 30분마다 올리던 108배는 40일 동안 하루도 빠진 적이 없다. 알람이 울리면 일어나 세수하고 절을 했다. 지장보살을 연이어 부르며 마음속으로 아내의 명복을 빌었다. 잠시 명상에 잠기면 30분이 소요됐다. 오재를 끝낸 다음부터는 비교적 잠도 잘 오고 못 견디어 목울음 하던 것도 약간은 줄어든 듯했다. 왜일까? 오재가 끝난 다음부터 안정이 찾아드는 느낌. 정말로 진아 할머니가 전하는 아내의 요구가 받아들여지고 좋은 곳으로 갈 수 있었기 때문일까? 믿고 싶지는 않다. 그러나 허구라 하더라도 믿고 싶다.

머리가 텅 비고 가슴이 휑하게 뚫려진 상태는 여전했고 의욕도 상실해 가는 무기력이 지속됐다. 먹고 싸는 것 외에는 별로 할 일이 없는 것 같았다. 정기룡 기념 사업회에서 진행하는 상주의 임진왜란 학술 대회에 다녀왔다.

12월 15일

오늘이 6재일이다. 재를 지내려고 가는 차 안은 침묵이 흐른다. 눈 때문에 마련치 못한 꽃을 스님이 잘 간직하다 영가전을 장식했다. 오늘 49재 중, 가장 많은 사람이 참석해 주었다.

나는 여전히 아무 생각도 없이, 별다른 활동도 없이 맥없는 나날들을 보낸다. 다음 막재에는 영가 옷을 사 와야 하고 아내에게 하고 싶은 말들을 정리해 오라는 스님의 말씀에 그래, 잘해 보자고 하면서도 걱정이 앞선다. 제대로 읽을 수 있을는지……. 임수와 은하에게도 따로 일러둔다. 엄마에게 하고픈 마지막 말 하라고.

12월 16일

　외숙모가 돌아가셨다. 이제부터는 아침으로 운동을 해야겠다. 정신적으로 시달리고 늘어져 있는 것도 운동 부족인 듯 했다. 모처럼 펜션에서 문 단장과 함께하는 시간을 가졌다. 점심을 혼자 먹으며 막재에 올릴 제문을 떠올리는 순간 걷잡을 수 없는 슬픔에 눈물이 난다. 혼자 살기 위해 차려 먹는 점심도 결국 포기하고 말았다. 아무것도 먹고 싶지 않았다. 면장실에서 2014년도 해맞이 행사 준비 관련 논의를 마치고 돌아와 제문을 쓰기 시작했다. 몇 번을 감정에 북받쳐 쓰다 말다를 반복하다 겨우 초안을 작성했다. 49재 막재일이 지나고 나면 이 눈물도 마를 수 있을까? 제발 쓸데없이 감정에 묻히지 말기를 희망했다.

12월 21일

　49재 막재일이다. 처가 식구들도 모두 참석해 주었다. 오전 10시 정각에 시작된 재는 아내의 영전에서 시작해 본전 지장불로 이어지고 제문을 읽으려 앉아 목을 가다듬으려 노력해 보지만 감정은 더 요동쳤다. 몇 번의 숨 고르기 끝에 읽기 시작한 제문은 울먹임으로 인해 중단되었다. 몇 번을 읽고 쉬기를 반복해 겨우 마무리했다. 정말 차분하고 분명하게 아내에게 내 마음을 전하고 싶은데 잘되지 않았다. 임수와 은하도 짧은 글을 준비해 왔지만 제대로 읽지를 못했다. 아내가 죽으며 남긴 보험료, 부의금, 저축금 모두를 합한 돈은 제법 큰돈이었다. 제문에 밝힌 그대로를 임수와 은하에게 주겠다는 내 나름의 의식으로 통장도 태우려 했다. 가져가진 못하더라도 내 약속과 내 마음과 금액 정도는 알리고 싶어 내가 쓴 제문 두 통도 함께 태웠다. 한지에 내 나름의 정성을 다해 쓴 글이었다.

12시 50분, 막재를 모두 마쳤다. 우리가 보이지 않을 때까지 배웅하는 스님의 모습이 기억에 남는다. 그분 때문에 내가 얼마나 다행스럽게도 많은 위안을 받았는지… 참 고마운 분이다. 감사하다. 스님은 아침으로 108배를 계속 하라신다.

여기까지 이제 그만하련다. 당분간 쉬면서 생각하련다. 우리 집 깜둥이는 보이지를 않는다. 어디를 갔을까? 그러고 보니 어제부터 보이지 않는다. 모두들 찾아 나서 보지만 행방이 묘연하다.

12월 31일

이제 조금 후면 2013년 계사년 한 해가 멀리 간다. 내 평생 잊지 못할 통한의 한 해를 마무리하는 것이다. 순간의 선택이 아내의 생과 사를 가르고, 회한의 마지막 한 해의 시간을 마무리하고 있다. 화북에 사는 친구 부모의 평화로운 가을걷이를 보며 우리도 늙으면 그렇게 살자며 나에게 약속을 받아내던 아내의 평범한 행복론을 이룰 수 없는 현실 속에서 나 혼자만이 우두커니 시간을 보내는 중이다. 아내의 유품을 찾아보려 하지만 귀중품은 없다. 어머니가 남겨 준 유품 몇 가지는 있지만 아내의 것은 없다. 나와 임수, 은하에게 모든 것을 남겨 주고 간 아내를 생각하면 숙연해지고 가슴만 답답하다.

2014년 해맞이 준비 차 백사모 모임에 다녀왔다. 계사년 해맞이 행사를 아내랑 의논하며 준비하고 총회, 항몽탑 준공, 백화산 문화제를 함께 준비하며 의논하곤 했었다. 올 농사의 좋지 않은 결과에 대해 아내는 내년에 잘하면 된다며 위로해 주곤 했다. 그랬던 사람은 가고 없고 혼자서 한 해를 보내며 슬픔을 맞이하는 나 자신이 미워졌다. 쓸쓸함만 이 밤을 가득 메울 뿐이었다.

내년 농사 계획도, 꿈도 희망도 지금으로써는 없다. 내 생의 행복은 지난날들뿐, 앞으로는 없을 것만 같다. 철없이 날뛰며 음치로 목청껏 노래하고 춤추고, 웃음을 일부로라도 만들어 주던 사람. 함께 춤추자고 손을 내밀고, 하릴없이 나를 업고 거실을 헐떡거리며 돌기도 하고 비행기를 태워 달라며 다리 끝에 몸을 맡기던 28년간의 공간이 멈춰 선 11월 4일, 그리고 오늘이다. 이제는 생각도, 느낌도, 추억도 함께 아득히 멀어져 가겠지? 아쉽고 그리운 아내의 모습을 잊지 못하는 한 해가 저물어 간다. 임수와 은하가 밤늦게 도착했다. 내일 소망지에 경주 김씨 진자 여사 극락왕생, 임수와 은하 건강 기원이라고 써야겠다.

까치

눈 덮인 하얀 창 넘어
감나무 위 까치 한 마리.
먼 산 하늘 하얀 산봉우리에서 날아와
창문 앞 감나무에서

내 눈길 기다리다
그리운 님 생각,
가득 찬 마음 위로하고,
하늘 향해 날아간다.

보름날

내일이 보름이다.
부름도 없고 찰밥도 없다.
해마다 잊지 않고 먹어 오던 보름날 특식.
이제는 먹지 못한다.
먹고 안 먹고의 문제가 아닌,
혼자라는 사실 속에 가슴과 목이 서럽다.
한 번도 경험하지 못한
보름달을 앞에 두고
내일의 희망을 찾으려 한다.

제사

제사를 지낸다.
한 번도 생각지 못한
큰놈이 헌관이고 난 집사이다.
처음 지내는 내 집에서의 아내의 제사이다.

제사 음식을 마련해 준 형수에게
느끼지 못한 정을 가진다.
나도 모르게 흐른다.
눈물은 애들이 슬퍼할까 봐
꿀꺽 넘겨 삼킨다.

공간
모두 제집으로 가고
거실을 서성인다.
지루하고 무기력한 공간보다
텅 빈 공간을 잠시 데우던
훈기 떠난 자리가 싫다.
생각 없이 일할 수 있었던
공간이 깔끔하고 신선하다.

어머니 소리
세상에서 가장 아름다운 말.
이제 이 세상에서 가장 슬픈 말.
목이 터져라 불러도
듣지 못하는 엄마의 대답.
가슴속으로 이제 부를게요.

어머니 죄송합니다.

그리고 사랑합니다.

은하가 카카오 스토리에 올린 글이다. 다시 목이 잠기고 눈물이 난다. 되돌릴 수 없는 사실에 가슴이 메어진다. 나뿐만이 아니라 내 자식에게까지 사무치는 그리움으로 남아야 하는 현실 앞에 내가 무너진다.

아내는 친구 안사람들과 모임을 만들고 그 중심에 서서 계를 운영해 왔다. 곗돈을 넘겨줘야 하기에 내가 그 자리를 요청해 만들어진 자리이다. 식구가 바라던 대로 서로가 즐겁게 친목을 도모해 달라는 내용과 함께 통장 금액에 조금 더 보태 전달하고 식대는 은하가 지불했다. 계에서 조의금을 전달하려 했으나 의미가 없으니 아내 영전에 올려 달라고 부탁했다.

아내의 영전에 올리는
제문

엷은 미소를 띤 고운 모습의 자애로운 눈빛을 지닌 당신의 영정 앞에서 당신을 지키지 못한 못난 남편이 제문을 지어 당신에게 바치려 하오.

이게 웬일이오. 당신과 내가 해야 할 일들과 약속하고 기약했던 일, 내 가슴으로만 간직했던 당신과의 약속이 모두가 허사요, 공염불이구려. 이렇게 내가 당신을 그리워하고 사모하는 심정으로 제문을 짓게 될 줄을 누가 알았겠소.

여보 김진자 여사, 목이 메어 제대로 읽을 수 있을지도 모르겠소. 여기가 당신과 내가 28년을 살아온 터전이요. 내가 당신을 위해 지은 집인데 다 키운 우리 아들 임수, 은하를 두고 이별을 고해야 하는구려.

당신의 마지막 부탁이 내 가슴을 후벼 파고 있소. 나에게 조금만 더 채근하지 그랬소. 조금만 더 아픔을 표현하지 그랬소. 욕이라도 시원스럽게 하며 말이요. 그래서 나와 우리 아들 임수, 은하에게 한 번만 더 기회를 줄 수는 없었소? 당신이 없으면 아무것도 할 수 없는 존재라는 것을 이제야 알고 뉘우치는 못난 당신의 남편이오.

당신의 모든 생각과 행동들이 현명했고, 아름다운 마음이었다는 것을 이제야 알고 회한의 눈물을 흘리고 있소. 28년간 나로 인해 고단했고, 그 고단함을 잘 아는 임수, 은하에게 찾아가며 행복해하던 당신의 그 고단한 육신을 내려놓았으니 이제 가볍게 먼 길 잘 가시구려. 당신이 다하지 못한 일들은 내가 잘 마무리하리다.

좋은 마음만 가지고 당신이 원하던 곳으로 훨훨 잘 가시오. 내 아픈 육신 7년, 시어머니 수발, 가난한 유가의 체통과 가통을 지키고 우애를 돈독히 하며 절약해 모은 돈 한번 제대로 써 보지 못했던 당신을 기억하오… 그 돈들은 헛되게 쓰진 않으리다. 우리 삼부자가 약속했소. 49재 동안만 애도의 공간으로 삼고 먼 길 좋은 곳 찾아가는 당신의 영혼에 짐 되지 않으려 말이오.

당신의 죽음에 애도하는 사람들이 참으로 많소. 당신과 나 우리 아들들이 알고 있는 모든 이가 당신을 떠나보냄을 안타까워하고 한 마음으로 슬퍼했소. 부디 좋은 곳 찾아가기를 빌고 있소. 누군가 그 길을 잘 인도하리라 믿고 있소. 참으로 많은 덕을 지니고 실천했기에 당연히 그러하리라 믿고 있소. 당신의 정성이 담긴 물건과 생물이 당신의 손길을 기다리고 있지만, 연연해하지 마시고 가볍게 잘 가시구려.

당신이 곁에 있어서 난 너무 행복했고 기쁘고 좋았소. 살아 있는 동안 이 말들 다하지 못함도 부끄럽고 안타까울 따름이오. 우리 임수와 은하도, 못난 당신의 남편도 당신의 뜻, 당신의 삶과 철학 속에 흐트러짐 없이 살아갈 것이오. 먼 곳에서라도 가끔 한 번씩 지켜봐 주시오.

고맙소. 행복했소. 당신이 있어서 난 너무 즐거웠소. 그리고 사랑하오. 이 모든 것 심장에 새기며 살아가리다. 한 번만 더 부르겠소. 경주 김씨 진자 여사. 잘 가시오. 행복했소. 사랑했소. 많은 것 남겨주고 떠나는 당신 영전에 감사와 고마운 마음으로, 부끄럽고 작은 마음으로, 이 제문을 지어 바치는 바요. 부끄럽고 작은 마음 받아 주시구려.

장례 날 0시 30분, 당신을 사랑했던 못난 남편 황인석 올림.

49재 중 막재 일인 12월 21일 사용한 내용으로, 15일 6재에 극락암 주지 스님의 제안으로 12월 16일 밤에 쓰고 19일 오후에 옮겨 적음.

제문

삼가 김진자 영전에 이 제문을 올립니다.

여보 김진자 여사, 오늘이 49재 중 막재 일이구려. 이 못난 남편이 아내인 당신에게 무엇인가 할 수 있는 마지막 공간이구려. 당신을 그렇게 이 세상 떠나보낸 후 나의 모든 생각과 행동은 정지된 가운데 오늘을 맞이하고 있소. 내가 조금만 더 세심한 배려를 했었더라면 하는 안타까움과 후회로 가슴을 치고 땅을 치며 울어 봐도 당신이 없는 텅 빈 공간 속에서 무섭도록 닥쳐오는 외로움과 쓸쓸함, 그리움의 공간은 채워지지 않는구려. 내가 먹을 밥상을 내가 마련해 차려 먹으며 슬픔에 잠겨 울며 배를 채우는 나에게 김진자 당신이 남기고 간 아름다운 추억과 소중한 유·무형의 수많은 내용은 내가 감내하기 어려운 그리움으로 몸부림치고 있소.

당신과 내가 만나 살아온 지 28년, 둘이서 공들여 마련한 물질적, 사회적 지위가 보장된 가운데서 누려야 할 꿈을, 더는 함께하지 못하고 떠나는 당신이야말로 얼마나 억울하고 원통하며 슬프겠소. 당신이 이 세상에서 가장 아끼고 사랑하는 임수, 은하의 모든 지인과 나와 당신이 인연 맺은 천여 명의 사람들이 당신이 떠나감을 안타까워

슬퍼하고 진심으로 당신의 명복을 빌고 있소. 당신이 떠난 후 하루도 빠짐없이 새벽에 올리던 108배가 당신이 가는 멀고 어두운 저승길에 조그만 등불이 되어 주기를 빌고 또 빌었소.

　아무것도 가진 것이 없으면서 빚을 내 결혼 비용을 충당해야 했던 나의 가정 형편에 당신이 가지려 하던 다이아몬드 반지를 험한 모습으로 반대하던 나. 부모 형제들이 지어 놓은 빚도 많았기에 난 당신에게 할 말도 없는 처지였으련만, 오히려 가통과 체통의 짐까지도 당신의 가냘픈 작은 체구에 맡겨 두고 사나운 형제들의 우애까지도 당신의 몫으로 감당할 것을 요구했던 나였소. 하지만 당신은 불평 없이 실천해 왔고, 해결해 왔소. 하지만 이제 당신은 우리 형제들의 보답을 실천할 기회마저도 주지 않고 떠나는구려. 그 흔한 결혼 금가락지마저 궁핍한 살림살이에 팔아서 보태야 했던 당신. 당신 시어머니 병시중에 어머니가 미안하고 감사해 당신에게 쥐어 준 금비녀를 내 며느리에게 넘겨준다며 그렇게 좋아하더니 그마저도 두고 가는구려.

　내가 집안일보다 농민 사회의 불합리한 권익을 외치며 권력과 맞서 싸워 갈 때, 난 당신의 그러한 노력도 뒤로하고 당신의 바른말들을 걸림돌로 치부하며 맹렬한 투쟁을 해 가다 얻은 위암으로 생명의 위협을 받기도 했소. 하지만 당신과 절망을 함께 나누며 울며 손잡고 걷던 그 길 위에서 다시 완치 판정을 받은 후, 당신은 내 손을 잡으며 이제 새로운 삶을 살자고 했지요. 난 그때 당신과의 약속을 그리워하며 그 길을 이제 홀연히 혼자 걸어야 하는구려.

　내가 "세상에서 그 어떤 사람도 무섭거나 겁나지 않는데, 세상에서 가장 무서운 사람이 당신 김진자요."라고 하던 말은 당신의 그런 행동과 마음에 진정으로 답하던 말이었소. 나에게 당신은 불사조 같은 사람이었고, 부드러우면서도 강한 사람이 당신이었기에 당신이 죽을 수 있다는 것을 나는 조금도 의심하지 못했소. 그러나 당신은 약한 여자였다는 것을 이제야 알게 되었소.

28년의 고된 삶을 오로지 나와 당신 아들들만의 행복을 바라며 살아온 당신의 수고로움 하나만으로도 나는 감사하고 고마워할 따름이오. 당신이 마련하고 만들어 놓은 거액의 돈과 나와 함께 마련한 터전의 모든 것들은 당신이 평소 소원하던 곳에 한 치의 차질 없이 쓰일 수 있도록 내 생명의 마지막까지 약속 지켜 가리다.

여보, 사랑하는 내 마누라 김진자 씨. 이 글을 쓰면서도 흐르는 눈물 때문에 몇 번을 멈추다 쓰기를 반복하고 있지만, 이 시간 이후부터는 다시는 당신 때문에 울지 않으려 하오. 당신이 운명한 날부터 지금까지 멈춰 선 내 삶의 시곗바늘을 다시 돌리려 하오. 그래서 당신이 바라고 희망하던 모든 것들을 생각하고 실천하며 이루기 위해 노력하며 살아가리다.

이제 이별을 고해야 할 시간이 된 것 같소. 그동안 우리 가족과 함께 살아오며 고달팠던 육신과 욕심들은 훌훌 털어버리고 가벼운 마음으로 멀고 먼 저승길 편히 잘 가시오. 당신의 육신이 묻힌 그 산자락에는 당신의 15대조부터 묻혀 있는 곳이라 당신의 수고로움을 잘 아는 당신 선조들이 잘 보살펴 주리라 우리는 믿고 있소. 어둡고 험한 길 두려워하지 말고 잘 가시오. 그리고 정말 고마웠소. 그리고 사랑하오. 여기 남은 우리 가족 임수와 은하, 그리고 나. 당신으로 인해 감사하고 행복했고 즐거웠소. 사랑하고 그리운 김진자 여사. 나와 함께 살아 줘서 고맙고 감사했소. 부디 영면하시오. 경주 김씨 김진자 여사 잘 가시오. 나와 정말 잘 살아 주었소. 당신은 진정으로 내가 사랑한 내 아내이며 여자였소. 감사하오.

49재 막재 일에 당신이 사랑했던 못난 남편 황인석이 이 제문을 지어 경주 김씨 김진자 영전에 바칩니다. 2013년 12월 21일 파름산 하 극락암에서.

아내의
낙서들

    지난 28년을 함께 살아오면서 한 번도 내 아내가 무슨 생각으로 살아가고 있는지, 무엇을 희망하고 가지고 싶은지 생각해 본 적도, 느껴 본 적도 없는 나였다. 나는 아내에게 내 생각과 내 행동, 내 인생 철학에 맞추어진 삶과 생각을 가지라 요구하고 강요하며 살아온 것 같다. 이러한 것을 느끼기 시작한 것은 아내가 떠난 후 아내의 재취를 느끼고 싶어 찾아보고 둘러본 자리에 아내의 귀중품이 아무것도 없다는 것이었다. 그 흔한 금가락지 하나 남겨 두지 못했던 아내. 이것이 너희 어머니가 남겨 놓은 유물이다, 하고 내 자식 며느리들에게 물려줄 수 있는 그 무엇이 아무것도 없었다. 돈 2억……. 그것도 죽음의 대가로 받은 보험금, 조의금뿐이다.

    식구의 손때 묻은 인간적인 유품이 없다. 별것 아니라 생각할 수도 있지만 나에게 너무나 소중한 사람이었다는 것을 자각한다. 미칠 듯이 그리운 그 사람이 후대에게 물려줄 그 무엇조차 없다는 것은 나에게는 큰 충격이자 아내의 빈자리를 더 없이 황량하게 한다. 그리고 찾은 것이 이 낙서장이다.

지난 92년도부터 이것저것 기록해 놓은 것이 대부분이고 기분 내키면 일 년에 몇 장씩 써 놓은 글귀와 낙서들은 나로 하여금 가슴을 후벼 파게 만든다. 진작 아내의 생각을 알았더라면 하는 아쉬움이 남는다. 그래서 나는 이 낙서를 통해 내 아들들이 엄마가 살아온 삶의 고단함을 알고 느끼며 나와 같은 우를 범하지 않기를 바라는, 일종의 큰 정신적 유산이 될 수 있도록 희망한다. 또 이 글을 읽는 독자가 있다면 깨우침이 있기를 바라면서 아내의 낙서를 이 책에 게재한다.

1992년
낙서장 첫머리

그대는 나의 인생, 살아온 지난날이 행복하네요.

좋은 일 궂은 일 함께하면서 당신을 사랑합니다.

난 맹세하리라. 고생 많은 당신께, 못난 내게 일생을 바쳐 주고 이 세상 다하도록 당신만을 사랑하리라.

세월은 약이라 했나요?

우리가 만난 지 10년이 지나가는군요.

동반자

당신과 함께 살면서 즐거운 날도 많았고 짜증나는 일도 참으로 많았소.

당신 만나 살아가는 인생의 의미를 알았소.

1991년 12월 23일

마음은 텅 빈 창고와도 같다. 해를 거듭하면서 와 닿던 마음은 초조해지고 뜨거운 햇볕에 그을린 얼굴과 손.

이런 보상은 어디서 찾아내야만 할까?

날이 가고 달이 가고 일 년이 가는데 만족치 못하고 부족함만 채울까.

아니다.

이럴 수는 없다.

92년도에는 좀 더 노력하고 열심히 부지런히 살자.

어차피 시골에 정착한 몸 마음도 몸도 시골 그 자체로 허황된 도시의 꿈을 버리고 내 환경에 맞춰서…….

1992년 1월 9일

너무 너무 속상하다.

별것 아닌데 화를 내며 신경질적으로 말하는 임수 아빠.

별로 잘못한 것도 아닌데 쓰레기 치우고 일꾼 새참 준비하느라 정신없이 바빴는데 술이 조금 부족할 수 있는 것이고, 또 얼른 가서 사왔지 않았는가?

그래서 화가 나 꼬락서니 보기 싫어 쳐다보지 않았는데 저녁 먹고 누워 텔레비전 보고 있는데 뭘 잘했다고 따지고 들기에 듣기 싫고, 말하기 싫고, 쳐다보기 싫어 외면한다고 라이터를 집어던지고 욕하면서 미친놈처럼 날뛰는 모습. 지금도 생각하면 가슴이 저린다.

1992년 4월 18일

남편이 영동에서 정원수를 사 왔다. 정성 들여 심어 놓고 꼭꼭 다져 보는 뿌리의 의미.

추억 속에 흘러간 그리움 생각하네.

세월은 흘러 어느새 영락없는 시골 아지매.

야속한 바람아.

눈가에 이슬 맺힘.

파란 하늘가에 부딪히고

당신의 은혜는 하늘보다 푸르고 넓어

아픈 마음 달래려 한없이 한없이 백화산만 바라본다.

1992년 11월 4일

아침에 기분이 좀 상했다.

진아 엄마가 상주 시내로 파마하러 가자며 전화가 왔다.

나 돈 없어. 어제 전기세 달달 긁어 맞춰내고…….

어떻게 한번 해 보세요.

임수 아빠, 상주 파마하러 가게 돈 좀 주세요.

2만 원 있다고 가지고 가려면 가고 말려면 말란다.

아무리 남편이라도 무심하기 짝이 없다.

모처럼 아내가 외출하려는데 기분 한 번 맞춰 주지 못하는가 생각하니 야속하다.

약속했기 때문에 상대방 생각해서 꾹 눌러 참고 다녀왔다.

1992년 2월 31일

92년을 마무리하면서 기쁜 일도 많았고 부족한 일도 많았다.

어렵고 힘들다고 말하기에는 아까운 시간만 흘러가고 있다.

92년도는 우리가 살아가는 데 인생을 좌우하는 한 해였던가 싶다.

8월 초에 송아지 3마리를 잃고, 나는 많은 인생 공부를 터득한 듯하다.

자신을 바로 알기에 인색한 우리네 인생인지는 모르지만 어둡고 긴 터널이 생각보다 길게 느껴진다.

농협 부채만 늘어가는 것을 생각하면 한숨만 나온다.

여기부터는
지운 글

93년도에는 임수 아빠랑 노력하고 연구하면서 건강도 생각하고 개구쟁이 우리 두 아들 건강하게 키울 다짐을 했다. 이제는 농협 부채도 좀 청산하고 97년도에는 계획대로 아담한 보금자리를 다시 짓겠다.

바람 앞에 선 백송보다 물결치는 갈대가 아름다워 보일 때까지 노력하겠다.

1993년 6월 14일

전쟁했음.

간단하다.

아마 우리 둘이 한바탕 싸웠나 보다.

1993년 1월 22일

한해를 여는 닭 울음소리가 유난히 크게 들리던

계유년 새해를 맞이한 지도 20여일이 지나가고 있다.

아쉬움 속에 92년도를 보내며 새로운 결의와 각오를 다지지만,

시간이 지나고 세월이 흐를수록 내 가슴은 그리움으로 치닫는다.

살아가는 미래의 365일……

1993년 1월 30일

아무도 돌보지 않는 대지 위에 나의 존재 의미는 무엇일까?

어느 만큼의 가치를 가지는 것일까?

흘러내리는 땀 한번 훔치고 큰 숨이나 한번 쉬어 보자.

1993년 4월 3일

밖의 날씨도 화창한 만큼 내 마음도 후련하다.

축협 일반 대출을 벼르고 벼르다 오늘에야 갚았다.

기분이 무척이나 좋고 발걸음도 가볍다.

 살아가면서 이제야 비로소 살림의 재미도 알겠고 가족의 소중함도
느낀다.

 그래서 임수 아빠 점퍼를 사려는데 맞지를 않는다.

 잘 맞았으면 했는데……

 저녁에 부산 사는 재익이 아빠가 오셨다.

은하 때문에 도움을 너무 많이 받아 고마운데 뭐 하나 해드릴 것이 없다.

불고기나 해드리련다.

은혜를 입었으면 은혜를 갚을 줄 아는 사람이 되자.

1993년 11월 10일

93년을 맞이한 지가 어제만 같은데 어느덧 11월 중순이다.

밖은 계절에 맞지 않게 비가 주룩주룩 내리고, 내 마음을 흔들어 놓는다.

왜 자꾸 짜증나고 서글픈 생각만 들까?

우울해진다.

울고 싶고 답답한 마음 누구한테 이야기도 못하고, 그렇다고 남편한테 이야기하면 달래 주고 이해해 가면서 함께 살아 보자고 해야 할 텐데…….

때로는 마음에 위안을 받고 싶다.

푹푹 되받고 너 자신을 알라고 말하는 남편.

한심하고 서글프다.

밤이면 대낮같이 다니는 남편이 싫다.

정말 싫다.

그래서 내 마음에 갈등이 생기나 싶다.

때로는 후회 아닌 후회와 함께 삶과 인생을 그만두고 싶다.

1993년 11월 4일

아침에 비가 올 듯 말 듯 잔뜩 흐려 있다.

상주에 사는 친구가 만나자고 한다.

아침 먹고 청소도 대충하고 미경이가 먼저 와 있다.

서울에 살다 친정에 와 살고 있는 형편이다.

이런저런 이야기를 했는데 미경이도 서울서 사업하다 망했고 경숙이 지네 남편은 사고 때문에 엄청 많은 돈을 썼다고 한다.

그래도 난 임수 아빠가 자랑스럽다.

우리는 그런 일 한 번도 없다.

얼마나 잘하는지 모른다 하자 모두들 부러워한다.

가시나 너는 행복해서 그래.

우리는 얼마나 속상하는지 넌 모를 거야.

아이고 가시나야 행복한 줄 알아.

1993년 12월 9일

벌써 계유년을 맞이한 지도 마지막 달이 지나가고 있다.

닭 울음소리와 함께 한 해가 시작되고 마무리 짓는 달이다.

얼마나 아쉬움 없이 살았는지 되돌아보고픈 마음이 솟구쳐 낙서를 하는가 보다.

우리 생활에 기대를 걸어 온 포도 벼농사에 노력이 부족했는지 생각처럼 되지를 않았고,

남편과의 갈등이 더더욱 심했던 한 해였다.

내 생각은 않고 일방적으로 자기주장만 내세우는 남편.

그에 당당히 맞서는 아내에게 한 치의 이해와 양보가 없으니 속상하다.

서로의 마음에 상처가 지고 고달픈 삶을 살았나 보다.

다가오는 94년도에는 좀 더 단란하게 살고 뜻이 맞아서 아무런 불평 없이 살고 싶다.

1993년 12월 17일

간밤에 눈발이 내리더니 아침에는 몹시 춥다.

쌀 개방 저지 반대로 농민 단체들이 오늘 상주에서 집회를 하는데 날씨도 농민의 마음을 좀 헤아려 준다면 좋으련만.

임수 아빠가 나서지는 말아야 할 텐데 말이다. 난 집에서 걱정만 하고 있다.

경수 아빠가 시위 현장을 다녀와 전하는 이야기는 시청 정문을 부수고 난리를 치고 진압대와 농민들 서로 맞부딪혔단다.

그런데 다른 남자는 모두 집에 왔는데 임수 아빠는 전화도 없고 소식이 깜깜이다.

밤 10시가 넘어도 연락이 없어 농민회 사무실에 전화를 했더니 벌써 집에 갔다고 한다.

시장에 와 머뭇거리고 있나 보다.

일기도 쓰고 욕도 좀 하려고 하는데 따르릉 하고 전화가 온다.

여보세요? 응, 나야.

얼른 집에 오세요.

알았어, 끊어.

아이고 매력 없는 남자.

아내의
흔적 하나

1994년 3월 3일

은하가 1학년에 입학하는 날이다.

마음도 설레고 잘 따라할까 두려운 걱정이 앞선다.

잘하겠지 하고 보내고 나면 또 걱정. 오늘은 선생님에게 야단이나 맞지 않았나 하는 생각도 든다.

돌아오면 반갑고 마음이 놓이면서 먼저 가방 검사부터 한다. 이것저것 보면서 잘하는 것과 못하는 것을 구별하고 칭찬하고 타이른다.

마음은 얼마나 아픈지 모른다.

하도 속을 태우고 애달픈 생각을 하니 마음에 병까지 오는 것 같다.

선생님들 얼마나 수고가 많으십니까?

1994년 9월 2일

오늘은 포도나무 밭을 한 바퀴 둘러보았다.

송이를 만져 보기도 하고 쳐다보기도 하면서 한편은 기쁘고 한편은 아쉬움과 괴로움이 있다.

이른 봄부터 껍질을 벗기고 순 치고 37도까지 올라가는 여름 날씨에 수많은 땀방울이 눈에 들어가 따가워 울고, 힘들어서 울고, 그토록 농사지어 놓았는데…….

송이도 크고 색도 좋았는데 열과로 다 갈라지고 만 포도.

너무너무 속상해 임수 아빠에게 한바탕 난리굿을 내고 싶지만 임수 아빠는 속이 더 상하겠지 하며 꾹 눌러 참는다.

포도밭에서 시간 보내는 것이 아깝고 아쉬워 죽겠다.

농촌에 아무런 보상이나 대책도 없는 정책이 아쉬울 따름이다.

올해 농사를 버리면 내년을 기약해야 하는 심정.

내년이라고 잘될 것이란 보장도 없는 농사.

아무리 후회해 봐도 당하는 것은 농민이다.

농촌이 실정이 바뀌어 정말 살기 좋은 아니, 마음 놓고 농사지을 수 있는 그날이 오기를 바랄 뿐이다.

이만 낙서를 줄일까 한다.

우리 임수 아빠에게 농사 잘 지어서 갤로퍼 사 준다고 잔뜩 바람을 집어넣었는데 정말 미안해요.

아내의
흔적 둘

1994년 9월 5일

벌써 1994년이 시작된 지도 9개월이 지나가고 있나 봐요.

우리 아이들이 많이 크고 씩씩하게 뛰어놀고 공부도 잘하고 있나
봐요.

그리고 우리 임수는 이빨을 7개나 바꾸었대요.

아이들은 쑥쑥 크고, 해 놓은 것은 없고, 잠자는 모습을 보고 있노
라면 막막하기만 하다.

우리 은하는 무엇을 어떻게 해야 할지 모르겠다.

집중력도 없고 책임감도 없어 걱정이에요.

1997년 11월 20일

저녁을 먹고 은하 숙제가 늦어져 가만히 창문을 바라보다 지난날이

생각나 이것저것 보는데 낙서장이 나왔다.

94년에 낙서를 남기고 얼마나 많은 시간들을 메마르게 보냈는지 모르겠다.

난 요즘 매일같이 마음이 울적하다.

그건 내 자신도 모르고 생활에 재미가 없다.

집안일이며 농사일이며 아무것도 손에 잡히지 않는다.

모처럼 마음을 달래 가며 창고 정리를 하고 마당 구석구석 손을 대도 끝이 없다.

임수 은하 방도 깨끗이 치우고 대청소를 했다.

임수가 학교에서 돌아오고 함께 강아지 세 마리를 묶어 놓았다.

그런데 기분이 좋아진다.

다리며 허리가 아프다.

이제 나이가 들어가고 있나 보다.

2010년 11월 12일

오랫동안 나는 이제 곧 온전한 삶이 시작되리라 믿었다.

하지만 내 앞에는 온갖 장애물과 급하게 해치워야 할 사소한 일들이 많다.

마무리해야 할 일과 갚아야 할 빚도 있다.

이런 것들을 모두 마무리하면 신나는 삶이 시작되리라 믿었다.

그러나 깨달았다.

그런 장애물과 사소한 것들이 바로 나의 삶이란 것을……

그냥 이것저것 맞춰 봤나 보다. 한 장에 띄엄띄엄 쓰인 것을 엮는다.
　이 낙서가 내 아내의 마지막 낙서이다.

　사랑은 무죄이다.
　너무나 보고 싶기에 말이다.
　당신의 모습.
　살아서 현실의 옷을 벗어 버리고 죽어도 후회 없이 사랑에 빠지고
싶다. 속삭이듯이…

　이것이 나와 함께 28년간을 살며 낙서처럼 적어 둔, 내 아내가 이
세상에 남기고 간 발자국의 전부이다.
　거짓 같다.
　모두 믿으려 하지 않겠지만 진짜 전부이다.
　한 인간의 짧은 기록, 이마저도 남기지 못하는 사람이 더 많을지도
모른다.
　기록으로 남겨 다른 사람이 행여나 삶을 목말라 할 때 조금의 보탬
이 되었으면 싶어 남겨 두려 한다.
　무엇보다 내 인생사에서 가장 사랑했던 사람의 글을 내가 쓰는 회
고록에 남기는 것이 참으로 다행스럽다.

부모를 잃으며 얻은 교훈들

　나의 아버지께서는 아들 임수가 두 살이 되기 전에 돌아가셨다. 아버지의 인생을 돌아보면 참으로 많은 역경을 겪으면서 살아온 분이라는 것을 실감한다. 청상인 할머니의 배 안에서 유복자로 태어나 일제 강점기에 성장하시며 해방을 맞아 유망한 청년으로 활동하면서 살아가려고 이상을 품었지만, 해방정국의 혼란스러움은 당신의 설 자리를 결코 용납하지 않았고 징역살이로 한 가정조차 제대로 지키지 못하면서 공산주의자로 낙인찍힌 채 정부로부터 보안 감찰 대상자로 분류되어 철저한 감시 속에 살아오신 분이셨다.

　아버지가 돌아가셨을 때 아버지 지인 두 분이 장례를 마친 뒤 조용히 나를 찾아오셔서 나에게 아버지에 대해 어떻게 생각하느냐고 물으셨다. 그분들의 물음에 내가 머뭇머뭇하자 내 손을 당신들의 두 손으로 감싸 잡으며, 너의 아버지는 공산주의자가 아니라 민족주의자이라며 일러 주시던 두 분이셨다. 지금은 이 두 분도 돌아가시고 안

계신다. 내가 농민운동을 해오면서 숱하게 들은 이야기가 있다. 그 것은 좌파·좌경이라고 덧씌워지는 사회 활동가들의 기본적인 낙인이다. 그래서 해방 전후의 혼란스러움 속에서의 아버지의 위치를 난 충분히 이해할 수 있는 것이다. 그러나 내 형제들마저도 아버지에게 덧씌워진 사상을 제대로 이해하지 못하는데 누가 이러한 사실을 이해해 줄 수 있으며, 더구나 이해를 도울 수 있겠는가? 그렇게 아버지는 험한 세월 억울한 눈총을 받으며 한평생을 사시다 가셨다.

아버지께서 돌아가신 후, 이 두 분이 일부러 나를 찾아와 조용히 들려준 '아버지는 민족주의자'라는 그 말에 해방 전후사에 관련된 책자도 많이 읽어 보았다. 여운형 선생의 일대기를 쓴 적과 동지, 조봉암 평전, 해방 전후사의 인식, 태백산맥 등 어렵게 아버지의 수감 기록과 판결문, 보안 감찰 대상 해지 문서 등을 입수해 열람했지만, 정작 아버지 당신이 살아온 여든 평생을 기록한 것은 그 어디에도 남아 있지 않았다. 내가 이처럼 이러한 것에 목말라 하는 이유는, 아버지 당신에게 덧씌워진 사상의 멍에라도 벗겨 드리기 위해 재심을 청구하기 위해서였다. 수많은 사람들이 덧씌워진 사상의 명예를 본인 자신 또는 그 자식들에 의해 무죄 판결을 받고 있는 인권이 보장되는 현 시기, 민주화가 된 세상에서 내가 할 수 있는 최소한의 자식 된 도리가 바로 이것이라고 판단했던 것이다. 우리가 지독한 공산주의자로 알고 있었던 조봉암, 여운형 등은 모두가 무죄 판결을 받았다. 하지만 그들과 함께했던 아버지는 여전히 사상범이라는 사실에 자식인 나는 가슴이 아픈 것이다. 인권 변호사들과도 상담을 진행해 봤지만 부족한 자료로는 대항조차 할 수가 없단다.

이러한 아버지와 함께 평생을 살아온 어머니는 4년 전에 돌아가셨다. 어머니께서 운명하시던 그날 나는 체온이 싸늘해져 오고 힘없이 꺼져만 가는 싸늘한 어머니의 손을 한없이 어루만지며 "어머니 고생하셨어요. 정말 고마워, 잘 가요, 어머니."를 수없이 가슴속으로 외쳤다. 터져 나올 울음이 싫어 다시금 말을 하면 금방 목이 멜 것 같고 소리쳐 울 것 같아 괴로워하던 지난날이었다. 먼 길 가시는 어머니를 붙잡고 싶지 않아서 다시는 이런 험한 세상 되돌아보지 말고 조용히 가시라고 한없이 어머니의 싸늘한 손등만 어루만지고 쓰다듬으며, 속으로 빌었고 말했던 기억이 있다.

운명을 하셨지만, 나는 함께 임종을 대하고 있는 가족들에게 알리지 않고 반 시간 내내 하염없이 내 체온만 어머니께 전달하고 있었다. 이미 어머니께서는 운명하셨지만 방안에 있던 가족은 어머니의 임종을 모르는 것 같았다. 그만큼 조용히 어머니는 이 세상을 떠나가셨다.

나중에 어머니의 운명을 알리자 그제야 울음소리가 터진다. 나는 차갑고 무겁게 말했다. "울지 마. 소란 떨지 마. 조용히 어머니 가시도록 해."라고 가족들에게 엄하게 말했다. 그렇게 또다시 한 시간여를 어머니의 눈물도 닦아 드리고 손을 포개 드리며 어머니께서 편히 떠나실 수 있도록 도와드렸다.

아내와 내가 어머니의 임종을 예견한 것은 어머니의 임종 사흘 전이었다. 아무래도 오래 사시지 못할 것 같아 미리 일해 두려고 밭에 나가 아내와 열심히 일하고 있는데 어머니와 함께 계시던 장희 모친이 눈물범벅이 된 외침으로 우리를 불렀다. 나는 불길함을 직감했다. 현관 밖까지 나를 부르는 다급한 어머니의 목소리가 들려왔다. "왜 그래, 왜!" 하고 어머니의 곁에 앉자 어머니께서는 내 손을 잡으며 "난 인제 간다! 잘 살아라! 잘 지켜라!"라며 말씀하셨다. 무엇인가 어머니 당신의 죽음을 스스로 예견토록 한 것 같았다.

급한 전갈을 받은 형제들이 다녀간 후, 어머니께서는 그렇게 운명하셨다. 잘 지키라는 의미 있는 그 말씀을 한 후, 사흘 만에 운명하시기까지 별다른 말씀이 없으셨다. 어머니께서 나에게 마지막 남기신 "잘 지켜라."라는 말의 의미는 사실 나에게 너무나도 큰 의미의 말씀이었다. 무엇을 잘 지키라는 것인지 이유도 목적도 없는 말씀이 나를 더욱 힘들게 했다. 내 주변과 관련된 일들에 접목시키며 좀 더 확실히 어머니의 의중을 헤아리려고 노력했지만 어머니의 의중은 현재 있는 것을 지키라는 말씀이 아닌, 노력하고 살라는 의미의 말씀으로 받아들였다.

지금도 어머니의 마지막 유언을 지키려고 충실히 노력하는 삶을 살아가고 있다. 어머니께서는 마지막 숨을 거두시는 그 순간까지도 당신의 부끄러운 모습을 자식들에게 보이지 않으려 하셨다. 거실을 나오시다 넘어지면서 고관절로 3개월을 고생하셨는데, 수술을 받고 병원에서 회복할 때까지 집으로 가자며 채근을 하셨고, 집으로 돌아오신 후에는 다시금 문밖을 나서려 하지 않으셨다. 아마도 요양원에 당신을 모실까 봐 그러시는 것이라고 눈치를 챈 다음부터는 아내도 나도 어머니의 강력한 요구를 거부하지 않았고, 어머니 당신의 방에서 마음 편히 운명하실 수 있도록 모든 배려를 다해 드렸다. 하지만 어머니는 자식 앞에서도 부끄러운 모습을 보이지 않으시려고 고집을 부려 어머니 대소변을 받아낼 때나 목욕을 시키려고 어머니 옷을 벗기려 할 때마다 항상 소란과 고함을 쳐야만 했다. 더구나 어머니께서는 행여나 당신의 부끄러운 곳을 자식에게라도 보일까 봐 옷을 잡고는 놓아주시지를 않으셨다. 나와 며느리와 한바탕 고성이 오간 후에야 허락을 하며 항상 미안하다며 말씀하셨던 나의 어머니셨다. 이러한 어머니의 모습에서 나는 고달픈 역경의 세월을 이겨 내고 우리 자식들을 키워 오신 어머니의 강인한 정신력을 새삼 느낄 수 있었다. 그때 어머니께서는 며느리에게 당신이 아끼시던 금비녀를 쥐어 주면서 너에게 줄 것이 없어 미안하다고 말씀하셨다. 어머니의 비녀를 받은 아내는 너무나도 고마워했다.

결혼 후 줄곧 부모님께서는 나와 함께 살아 주셨다. 나와 형님에게 남겨준 재산이라고는 없었지만 아버지와 어머니는 나에게 큰 정신력과 사람으로 살아갈 수 있는 근본적 삶의 방향을 유산으로 남겨 주셨고, 아버지 당신은 살아온 삶 자체가 나에게는 남보다 더 많은 인적 유산이었다.

내가 상주라는 사회, 작게는 모동이라는 사회 속에서 무엇인가를 할 때 아버지를 알고 계시던 분들은 언제나 나를 기억해 주었고, 때로는 불러서 야단도 치시며 용기와 힘을 보태 주시곤 했다. 내가 이곳 상주에서 설 수 있게 자리를 만들어 주셨던 분들이 많았던 이유는 바로 아버지께서 물려주신 인적 유산 때문이었다.

인간의 삶은 죽음으로 세상과 이별함과 동시에 백지 한 장이 불에 타 그 형체를 남기지 못하는 것과 같은가 보다. 내가 사랑했던 그분들의 삶의 흔적을 찾을 수가 없으니 말이다. 나의 부모님과 내 아내, 어릴 적 할머니의 죽음까지 모두 네 분의 운명을 겪으면서 흔적 없이 사라지는 삶을 목격해 왔다. 내가 지금 이렇게 나의 인생사를 정리하는 것은 내가 살아온 삶을 통해 그 누군가가 필요로 할 때 조금이라도 도움이 되었으면 하는 바람을 내포하고 있는 것이기도 하다. 장래는 어둡고 캄캄해 볼 수 있는 것이라고는 인간인 이상 아무것도 없다. 다만, 과거를 통해 미래를 예측할 뿐이라는 이 말에 내 인생사가 도움을 줄 수 있기를 희망하는 바이다.

재혼

    아내를 잃고 혼자 지내는 모습이 내 주변 선후배뿐만 아니라 일가 친척 모두에게 좋게 보이지는 않았던 모양이다. 가족이나 지인들이 함께 밥이나 먹자고 제의해 올 때 나는 그냥 혼자 있고 싶고 남들 앞에 서기조차 부끄러운 마음뿐이었다. 하지만 많은 분들이 찾아와 주기도 했고, 이런저런 이야기들 속에 위로를 받기도 했다. 비록 낯선 표정과 눈빛으로 아픔을 나누었던 시기였지만 나에게는 감사한 시절이었다.

    아버지가 유복자라 나는 당 고모를 친 고모처럼 여기며 지내 왔고, 고모도 우리를 친 조카처럼 여기며 살아왔는데 고모는 나에게 자주 전화해 울먹이고는 하셨다. 어떻게 살아갈 것이냐고 말이다. 올해로 92세인 고모는 지금도 제사에 오시면 옛 풍습대로 큰절로 4배를 하시는 분이시다. 숨을 헐떡거리며 힘들어할 때 2배만 평절로 하시라고 할 때마다 양반집 자손이 그럴 수는 없다며 지금까지 흐트러짐 없는

자세로 일관하셨던 분이시라 나는 고모님을 항상 존경하고 고모님의
가르침에 잘 따르는 편이었다.

그러던 어느 날, 고모의 부름을 받았다. 손을 잡고 울기도 하시며
고모님은 얼마를 망설이셨다.

"너 명자 알지?"

"누구를 말씀하시는 겁니까?"

"너 총각 때 내가 중매했던 사람."

"예 알지요."

"너는 명자 어떻게 생각하니?"

"좋은 사람이지요."

"너 명자하고 같이 살아 보면 안 되겠니? 너 혼자는 못 산다. 내가
못 보겠다. 내가 어떻게 해 볼 테니 한번 만나 봐라."

"예, 제가 알아서 한번 만나보지요, 뭐……."

거절할 수 없는 고모의 명령이자 부탁에 건성으로 대답하고 돌아왔
다. 명자라는 여자는 내가 총각 때 고모의 중매로 처음 선을 본 여자
였다. 작고 예쁜 사람으로 기억하고 있었다. 하지만 난 중매 당시 한
여자를 짝사랑하고 있었고, 마음과 뜻 모두가 그녀에게 향했던 터라
선을 보고 며칠 안 돼 미안하다는 편지를 남기고 돌아섰었다. 그 후로
그녀는 같은 동네로 시집을 갔고 나는 나대로 결혼해 살면서 그녀의
기구하고 거친 인생을 먼발치에서 지켜보며 안쓰러워하며 살아왔다.

그녀의 남편은 나보다 6년 후배이고 그녀와는 같은 동갑내기였다.
그녀는 남편과 17년 전 사별하고 혼자 살면서 딸아이 둘을 잘 키워
큰아이는 교사로 임용되어 교사가 되었고, 둘째아이는 간호사로 사

회에 내놓은 참 대단하고 당찬 여자였다. 그녀의 삶은 누구보다 내가 잘 알고 있었다. 고모님 말씀을 들어보니 한 번쯤은 만나보고 싶다는 생각도 들었다.

그러던 어느 날, 농협 마당에서 잠시 눈을 마주쳤을 때 발자국을 내게로 옮기며 뭔가를 이야기하려는 것을 눈치챘지만 피하고 말았다. 아마도 식구의 죽음에 애도를 표하려는 것 같았다. 며칠이 지난후 이러한 이야기를 친구 용준이에게 했고 결국 그 의중이 후배들에게 전달되어 동네 후배들이 재혼과 관련된 이야기를 한 것 같았다. 하지만 그녀는 이대로가 행복하다는 말을 했다고 전해 들었다.

눈이 하얗게 온 어느 날, 2층 서재에 올라 까치와 이야기를 나누듯 시간을 보내다가 문득 생각이 나 시 한 수를 문자로 보냈고, 그렇게 우리의 만남은 이루어졌다. 나와 그녀는 드라이브를 하며 많은 이야기를 나누었다. 그녀는 나를 만나면 그때 왜 나를 싫어했느냐고 묻고 싶었단다. 그때는 어렸고 처음 어머니께서 중신해 만난 것이었기에 만나자마자 좋고 나쁘고를 생각할 겨를이 없었는데, 내가 싫다는 뜻으로 받아들여 실망했었고 그 이유를 이해하지 못했었단다. 나는 그때의 사실 그대로를 말해 주었다. 내가 짝사랑하던 사람이 있었기에 다른 여자 누구라도 선뜻 받아들일 수 없었다며. 나는 그렇게 그녀와 대화를 나누며 그녀가 살아온 지난날을 회상했다. 그리고 그녀는 내가 처한 상황을 이해하고 다독여 주려고 많은 애를 써 주었다. 감사한 마음이 들었다.

우리의 만남은 그렇게 이루어지고 그 후로 꽤나 많은 만남을 가졌다. 그녀가 살고 있는 집은 옛날 모습 그대로였다. 아직도 불을 때 난방을 했고 화장실은 옛날 재래식이었다. 젊은 여자 혼자 사는 외딴집에 밤으로 찾아드는 불청객의 침입을 막기 위해 창문이며 출입문 전체가 가려진 상태로 십수 년을 그렇게 살아왔다고 했다. 오직 아이들 교육을 책임져야 한다는 일념으로 말이다. 참 대단히도 옹골찬 삶을 살아온 모습들이 배어 있는 그런 환경이었다. 농사도 아이들 교육 때문에 줄이지 않았고, 그 많은 농사를 작은 체구와 손으로 해 왔다는 사실도 참으로 가슴 아팠다. 마치 내가 먼저 죽고 아내가 혼자 남았을 때 뒤바뀌어진 삶을 목격하는 듯 마음이 저려 왔다. 우리는 남들의 이목을 피해 늦은 저녁 시간 고속도로 휴게소를 택해 드라이브를 하는 것으로 만남의 시간을 가졌다.

여자 혼자 농사를 짓고 있던 터라 남자의 손이 필요할 때가 있었지만 나는 남들의 이목 때문에 쉽사리 나서서 도움을 주지 못했다. 쓸데없는 빌미로 그녀와 나에게 불필요한 말들이 오가는 일을 일체 만들고 싶지 않았기 때문이었다. 하지만 그 모든 것은 나도 물론이었지만, 그녀를 위한 배려이기도 했다.

혼자된 지 약 8개월이 지날 때부터 누나는 아이들 집에서 정년퇴직하고 나를 돕기 위해 집에 와 농사일을 도우며 빨래나 식사를 책임져 주고 계셨다. 누나도 혼자 살아온 지 20년에 이르는 분이셨다. 짝을 잃고 산다는 어려움이 얼마나 큰지 나도 경험을 하는 처지지만 옆에서 보아 오던 그 심정은 말로 다하기 어려울 정도였다. 하지만 혼자가 되기 전에는 그렇게 홀로된 사람들의 심정을 헤아린 적이 없었다.

일 년이 지나가던 내 생일날, 두 가족이 한자리에 앉아 재혼과 관련된 이야기를 나누었다. 둘 사이에는 서로가 오고 간 이야기였지만, 아이들은 우리의 만남을 제대로 알지 못했다. 나는 아이들에게 내 상황에 대해 이야기했고, 갑작스러운 내 이야기에 아이들은 대단히 당황스러워했다. 이 일로 인해 둘 사이는 약간의 사이가 벌어지며 재혼 이후의 문제들이 산더미처럼 밀려오는 강박감에 사로잡히고 말았다. 결국, 그녀로부터 더는 안 되겠다는 통보를 받게 되었다.

아이들 아버지의 제사 문제, 재혼 이후의 딸들과의 관계, 재산 문제, 집성촌에서 함께 살아온 일가들의 반대 등, 모든 것을 청산하기에는 너무나도 벅찬 걸림돌이 많았던 것이었다. 그녀는 나의 인간성 등 모든 것이 나와 헤어지면 다시 찾아오기 어려운 기회라는 것을 잘 알지만 어쩔 수가 없다고 말했다. 더구나 그러한 일이 벌어지던 사이 형수가 갑자기 돌아가시게 되면서 우리 집안은 불운이 겹치게 되었다. 더구나 내 건강 문제도 걸림돌이었다. 이것은 어디까지나 내 개인적인 생각이었지만, 10년이 지났어도 내가 위암 환자라는 사실에 그녀는 두려움을 가지고 있었다.

그녀는 밤에 태어난 호랑이띠라 팔자가 거세다는 자신의 운명에 스스로를 학대하듯 살아온 기억이 새롭고, 지난 혼자였을 때 겪어야 했든 아픔을 또다시 겪고 싶지는 않다고 나에게 말했다. 이런 결정을 하기까지 울기도 많이 울었고, 나를 놓치면 다시는 누구와도 재혼할 수 없을 것이라는 생각에 밤을 지새우기도 많이 했다고 했다. 더는 모든 것이 어려워 보였다. 그 후 우리 둘은 만나지도, 전화도, 문자도 없이 무관심 속에 서로가 바쁜 농사일로 연락 없는 시간을 가지게 되었다.

어느 날, 일꾼을 들여 포도 순 정리를 할 때였다. 다짜고짜 승아가 잘못돼서 구미를 가야 하는데 택시도 없고 어디 연락할 곳이 없어 나 좀 구미까지 태워 주면 안 되겠느냐는 전화가 왔다. 승아는 그녀의 외손녀로 태어난 지 겨우 일 년을 지나고 막 걷기 시작한 지 두어 달 지난 예쁜 아이인데 그녀의 다급한 말투로 보아 아무래도 예감이 좋지 않았다. 나는 작업복 차림 그대로 차를 내몰아 그녀를 태우고 달렸다. 하지만 승아는 이미 죽었다며 하염없이 울기 시작하는 그녀였다. 앞이 캄캄하고 울컥 올라오는 뜨거움이 앞섰다. 승아는 내 품에 안기기도 하며 웃음도 주었던 천사 같은 아이였다. 그 아이의 죽음은 있어서는 안 될 일이었다. 아기 엄마는 동생을 출산한 지 얼마 지나지 않았고, 아기와 몸조리를 하던 중이었다고 한다. 시어머니가 바쁜 농사철이라 유아원에 승아를 맡겨 두고 돌아오고 난 후, 아이가 밖으로 나와 서 있는 것을 못 본 유아원 운전기사의 실수로 아이를 뒷바퀴로 덮어 버리는 사고가 일어났던 것이다. 참담한 일이었다. 보육 교사 수에 비해 많은 아이를 수용한 탓에 아이의 행동을 주시하지 못한 유아원의 잘못이었다. 돌이킬 수 없는 일이 발생하고 만 것이었다. 피해자와 가해자 모두가 해법을 찾을 수 없는 결말이었다. 아이 엄마는 식음을 전폐한 채 울다 혼절하기를 반복하는 가운데 장래가 치러지고 공원묘지에 아이를 묻었다. 나는 십수 년이 지나도 그 아픔에서 벗어나지 못하는 주변 사람들의 삶을 보아 왔다. 더구나 그 딸의 아픔을 지켜보는 그녀의 슬픔을 말이다.

　일 년이 지나가고 있는 지금도 승아를 생각하며 딸의 아픈 상처 때문에 눈물 지우는 그녀의 모습을 그저 우두커니 바라만 볼 뿐…….

어느덧 우리는 그 일로 다시 만나게 되었고 몇 번의 우여곡절 끝에 마지막 제안을 하게 되었다. 나는 언제까지고 이런 상태로 살 수는 없고 결정을 내려 달라고 말했다. 함께 살 것인지, 말 것인지를 결정해 달라는 내 요구에 그녀는 결심을 해 주었다. 둘째 딸아이 은진이의 결혼식을 마치는 대로 함께 살겠다고 말이다.

둘째 사위 재영이는 요즘 참 보기 드문 청년이다. 항상 엷은 미소가 얼굴 가득 실려 있고 매사에 긍정적이며 윗사람에 대한 예절도 바르다. 주변인들에게 많은 사랑을 받고 성장한 사위를 맞이하는 것은 그동안 고된 인생살이를 겪어 온 보상이라는 생각도 들었다. 그녀는 딸 결혼식을 앞두고 눈물을 흘릴까 싶어 걱정된다고 말하곤 했다. 당연히 그렇지 않겠는가? 어떻게 키워 온 딸인데 결혼식 날 눈물을 흘리지 않을 수 있겠는가. 다행히 울지 않고 결혼식을 무사히 마칠 수 있었다. 아버지 없이 치르는 결혼식이었지만 멀리서 바라보는 내 마음은 내심 편했다.

아버지가 안 계시는 은진이에게 재영이의 배려는 너무나도 따뜻하고 풍성했다. 우리는 지금 함께 살아가고 있다. 잘해 주고 싶은 마음뿐이다. 나는 이러한 순수한 마음을 언제나 간직하며 살아가고 싶다.

음력으로는 내년이기도 하지만, 올해 나도 며느리들을 맞아들인다. 며느리를 맞이하기 전에 새로 맞는 아내에게 미리 제자리를 잡아 주어야 집안 위풍이 설 것 같아 일가친척, 친구, 지인들 앞에서 작지만 소중한 언약식을 치르고 싶다는 생각을 해 보았다. 다행히도 모든 것이 잘 진행되어 가고 있다. 모든 상황이 고맙고 감사할 따름이다.

며칠 전 큰며느리 감을 불러들였다. 아내도 없는 가운데 진행해 가는 결혼 준비가 어려움이 많다고 느껴졌다. 사주단자며 예물, 예복 등 내가 할 수 없는 영역들이 많았다. 나는 아이들 결혼식과 아울러 고집해 왔던 다짐이 있다. 아이들이 집을 찾아올 때면 꼭 절을 받는다는 것, 절이라는 예절을 통해 자식과 아들 간에 대화를 나누고 아이들의 동태를 살피고자 하는 나의 뜻이 담겨 있는 다짐이었다. 집에 올 때 문밖에서 절을 하고 방 안으로 들어와 앉아 서로 대화를 만들어 간다. 물론 갈 때에도 같은 방식으로 절을 하게 된다. 옛 전통의 예가 구식이라고 해서 굳이 바꿀 필요는 없다고 생각하는 것이다.

　작은아들은 집을 마련한 터라 나는 아버지인 내 방을 따로 요구했다. 아내가 살아 있었다면 뭐라고 했을는지는 모를 일이지만 아무튼 나는 그렇게 했다.

　내가 가서 잘지 안 잘지는 모르는 일이다. 하지만 굳이 그렇게 한 이유는 손주들에게 할아버지에 대한 존재감을 항상 각인시켜 주기 위함이었다. 할아버지 방이라는 개념을 정해 놓고 예를 가리키는 나만의 생각이었다.

　나는 예장을 내 손으로 직접 써 사돈 가에 전하기 위해 예비 며느리를 불러들였고, 그것을 전함으로 사돈 가에 예를 갖추려 했다. 이것은 함을 보내는 절차에 들어가는 서식이지만 함을 보내지 못하는 처지에 있는 내가 사돈에게 성의를 다해 쓰는 편지인 예장만큼은 전해 주고 싶었기 때문이었다. 식구가 없어 전해 줄 것들이 없고 예물보다는 귀한 무엇인가를 해 주고 싶었다.

나는 도자기 명장 묵심 이학천 선생이 만든 다기 세트를 선물했다. 이후 내 며느리가 며느리를 맞이할 때 물려 줄 수 있도록 하고자 함이었고, 나아가 옛 전통의 중요성을 알리고자 한 것이었다.

나는 아내에게 늘 말해 오던 행복론이 있다. 행복이란 만족이다. 작은 것에 대한 만족을 갖고 그 만족을 느긋하게 누릴 줄 알면 그것이 행복이라는 것이다. 그 때문에 사람은 늘 만족해하는 습관을 지녀야만 한다.

밥 한 그릇 또는 사소한 것이라도 나에게 주어지는 모든 것에 대한 감사함과 고마운 마음을 겸허히 받아들이는 삶을 살아가고자 한다. 나아가 그 감사함과 고마움을 보답하는 그런 포근한 마음을 누리며 맞이하는 아내와 함께 감사하며 살아가련다. 나는 이 회고록을 통해 지난 세월을 묶어 두고 새로운 인생의 시작점을 찍으려 한다.

나이가 들어가면서 아버지가 그러하셨듯이 나 또한 조상이라는 근본에 더 가까이 다가서려 한다. 마치 연어가 태평양에서 성장해 자신이 태어난 곳으로 돌아오듯 우리 인간도 고향이라는곳 자기가 태어난 그런 환경을 찾고 보존하려 노력하는 것이 인간 본성이 아닌가 싶다.

옥동서원이 국가 사적으로 지정되었다. 그동안 참 많은 노력의 결과 이기도 하다.

600여년 전 억울한 누명을 쓰고 아버지 방촌 영정을 품에 안고 상주에 입향하신 소윤공(황보신)이 아침저녁으로 문안 인사를 하던 귀한 유품인 영정이다.

이 영정으로 인해 오늘의 옥동서원이 존재한다.

윗 어른들은 방촌이 살아계실 적 그려진 본모습을 남긴 유일본인 이 영정을 국립 박물관에 기증을 통해 더 오래 보존하고자 하였던 것이었지만, 기증 절차에 많은 문제로 인해 국립 박물관에서는 8년이 지나도록 이 영정의 진품의 여부와 귀중한 내용을 파악하려 하지 않았다 우여곡절을 겪으며 다시 임대 형식으로 되돌려 받음으로 향후 옥동서원과 장수황씨 입향의 배경과 친하촌과 더불어 더 많은 역할을 할 수 있을 것이다.

나의 뿌리를
돌아보다

방촌 황희 정승의 사직 상소/임진란에 사라진
마을 천하촌(川下村)의 비밀/상산 김씨 가계도로
보는 천하촌의 내력/장수 황씨 입향으로
보는 천하촌/천하촌이 사라진 내력

방촌 황희 정승의
사직 상소

　방촌 황희 정승 어른을 조선 최고의 명재상이자 청백리라 평한다. 그분은 자그마치 74년간의 관직 생활 중 24년간의 정승과 6조 판서를 모두 재임하고, 특히 예조 이조판서를 3회, 형조판서 2회를 역임하셨고 누구도 흉내 낼 수 없는 후대에 빛나는 업적을 이룬 분으로 평가되고 있다. 하지만 당사자인 방촌께서는 개인적 삶이 허락되지 않는, 희생이 강요된 삶을 사셨던 분이셨다.

　방촌 황희 정승 어른은 고려조 당시 14세 때 관직에 올라 30세에 고려가 망하자 두문동에서 선배 동료의 등에 밀려 새로 세운 나라에서 백성을 구제하라는 사명감으로 조선 건국 기틀의 중심에 섰던 분이셨다.

　태조, 정종, 태종, 태평성대를 이룬 세종 조에 이르기까지 72년간의 고단함을 사직 상소가 잘 말해 주고 있다. 좌의정부터 시작한 사직 상소는 몇 년에 한 번씩 올렸으나, 세종 20년부터는 6개월 간격

차로 이어졌다. 세종 20년 4월, 20년 11월 번거롭게 올리던 사직 상소가 받아들여지지 않아 세종 21년에 도승지 김돈에게 시로써 전하는 사직소와 도승지 김돈과 세종 간의 대화를 세종실록 원문 그대로 옮겨 보면 방촌의 사직 상소에는 얼마만큼의 진솔함이 있었는지 이해가 간다.

6월 11일(정해)

영의정 황희가 사직할 것을 청하다.
처음에 영의정 황희가 도승지 김돈에게 이르기를 "희(喜)가 하혈병(下血病)이 일찍이 있었는데, 근래에 다시 일어나서 귀와 눈의 어둠이 날마다 더하여 임무를 감당할 수 없으므로 전(箋)을 올려 사면(辭免)하고자 하였다. 그러나 연전(年前)에 여러 번 사전(辭箋)을 올렸으나 모두 윤허를 받지 못하였기 때문에, 성감(聖鑑)을 두려워하여 감히 아뢰지 못한다."

이에 이르러 시(詩)를 지어 돈에게 부치기를

"내가 진실로 나라에 털끝만 한 도움이 없음은 행인(行人)도 아는 바인데, 근래에 노병(老病)이 더욱 심하고 몸이 구부러져서 수반(隨班)하여 걸으면 넘어지며, 귀가 어둡고 잊음이 많으며, 정신이 혼매(昏昧)합니다. 한산직(閑散職)에 버려둠이 분수에 마땅하건마는, 다만 상달(上達)할 길이 없어 부끄러운 얼굴로 따라다니다가, 감히 속된

글로써 고명(高明)께 우러러 올리오니 한 번 보시고 웃으시기를 바랍니다."

"벼슬을 사직(辭職)하고 고향으로 돌아갈 나이에 벼슬에 머물면서 일없이 도당(都堂)에서 밥 먹으니, 얼마나 뻔뻔스러운 얼굴인가. 향안(香案)에 님 모시고 나의 노병(老病) 아뢰어 백발(白髮) 늙은이 고향 산천 대하게 하오."

돈이 이 뜻을 아뢰니, 임금이 말하기를

"명일에 다시 아뢰어라. 영의정이 과연 정신이 흐리고 눈이 어두운가. 너의 보는 바는 어떠하냐. 모름지기 치사(致仕)하여야 마땅하겠느냐."

돈이 아뢰기를

"신의 소견으로는 귀가 어둠은 사실이오나, 정신은 혼미한 데 이르지는 아니하였사옵니다. 도덕(道德)과 지량(智量)은 세상에서 보기 드문 바이오니, 비록 늙고 병들어 허리가 굽었을지라도 치사(致仕)함은 마땅하지 아니하옵니다. 집에 누워서 대사(大事)를 처결하게 함이 또한 옳겠습니다."

임금이 이르기를

"그렇도다."

　방촌께서 좌의정에서 시작한 사직 소는 이때까지 11번에 이른다. 그리고 한 달 후인 세종 21년 7월 4일에 세자에게 군사훈련을 맡기는 강무에 대해 심각한 대립이 세종실록에 있는데 이때 세종은 자신의 건강 문제를 심각하게 말한다.

　"젊을 때는 내가 왕이 되어도 무난하리라 보았는데 지금은 몸이 아프고 나약해져서 왕으로의 자격도 어렵다. 삼 년 전에 다리가 아파 걷지도 못하다 치료 후 조금 낳았고, 다시 몸의 부종으로 움직이지 못하다가 지금은 소갈병으로 하루에 마시는 물이 한 동이가 넘는다. 신하들도 누구나 다 아는 일이다. 지금은 임질이 다시 도져 움직이지 못하는데 군사를 나누어 세자에게 거느리게 하고 군사의 훈련을 세자에게 맡기는 것이 왜 부당한가."

　세종이 수년간 이어져 오는 병마로 더 이상 나라를 혼자의 힘으로 다스릴 수 없는 지경이라는 말까지 한다. 그러나 방촌을 위시한 신하들은 반대하고 세종은 반드시 다시 의논하겠다고 말하며 자신의 뜻을 접는다. 이러한 세종의 건강 악화와 방촌의 사직 상소는 같은 시기와 맞물려 있다. 이 시기에 방촌은 6개월 간격으로 사직 상소를 올려 늙고 병들어 정신이 없고, 눈이 어두워 조정을 맡기에는 어려우므로 쉽게 해 달라는 내용이 주요 이유였다.

　세종의 병으로 모든 조정의 일을 처단해야 하는 부담 때문인지, 아니면 정말 건강상의 이유인지 또는 세자와의 권력 다툼의 문제인지는 알 수 없으나, 군사훈련과 편제의 문제로 심각한 대립적 사실이 있었던 것은 틀림없다. 이 일이 있은 지 다음 해 왕실의 금으로 된 이엄등이 없어지자 방촌의 서자인 중생이라는 사람이 훔치었다며 고문을 하게 되고, 이것을 방촌의 가운데 아들인 황보신과 나누어 주었다는 자백을 받는다. 이 사건은 세종 22년인 1440년 10월 12일에서 시작해 세종 22년 11월 1일에 대질심문과 동년 12월 20일 처벌까지 70일간의 대질심문과 고문, 국문 등 관련자 수십여 명을 조사하기에 이른다.

황보신의 자백을 받지 못하자(세종 21년 11월 1일) 의금부, 대간, 형조에서 세종에게 다시 고문할 것을 주청하게 되고 세종은 길을 가던 사람도 잡아다 고문을 하면 다 자백을 하게 된다며 서자인 중생의 실토대로 처벌하라 명한다. 이 사건 이후 서자인 중생을 내 아들이 아니고 조중생이라며 방촌의 실망과 분노를 두고 모두가 안타깝게 여겼다고 기록되어 있다.

방촌은 이러한 아들을 제대로 가르치지 못한 자가 영의정이라는 직을 수행할 수 없다며 사직 상소를 올린다. 이 사건 후, 방촌은 세종 31년(1449년) 영의정 부사로 치사 때까지 그렇게 번거롭게 올리던 상소는 세종 25년 1443년 단 한 차례뿐이었다. 이러한 사실은 세종 23년 상주 중모 장수 황씨 입향조인 황보신의 장죄와 관련된 내용과 자연히 연관된다.

당시 상주 입향조인 방촌의 둘째 아들인 황보신은 종친부 전첨이란 벼슬로 궁중의 재물을 관장하는 자리에 있었으며, 방촌의 세 아들 중 가장 사랑하고 총애를 받고 있었다고 한다. 상주 중모 장수 황씨들의 입으로 전해져 내려오는 입향조의 장죄는 세종이 꾸민 일이며, 방촌의 가장 믿고 사랑하는 아들을 볼모로 잡고 그 직을 다하도록 하였다는 것이다. 방촌마저 사직하면 나라를 다스릴 수 없는 자신의 건강 문제로 인해, 그동안 아무 탈 없이 조정을 잘 이끌어 온 방촌을 의지할 수밖에 없는 상황 속에서 어쩔 도리 없는 세종의 선택이었다는 것이다.

위에서 언급한 내용을 종합해 보면 중모황가들의 구전이 사실로, 충분히 이해가 된다. 이러한 사건들 모두는 세종실록 국역본에서 발취한 것이다. 방촌의 둘째 아들은 그 길로 1441년 40의 젊은 패기의 꿈을 접고 도둑으로 몰려 아버지인 방촌 황희 정승의 영정 하나를 가지고 상주의 수봉 백화산 아래 천하촌에서 아버지인 방촌의 영정을 벽에 걸어 두고 부모와 형제들이 그립고 보고 싶을 때마다 영정을 바라보면서 15년간을 외로움과 그리움 속에서 보낸다. 그러다가 1456년, 꿈에도 그리던 한양 본가로 가지만 돌아올 수 있다는 기약을 할 수 없는 병들고 쇠약한 몸으로 수레에 실려서 가게 된다. 그 이후 살아 돌아오지는 못하고 아버지인 방촌 묘소에 참배하고, 몇몇 일가 어른을 다 찾아보지도 못한 채 56세의 꿈 많은 일기를 접는다. 그는 당해 6월 16일 임종하고 이곳 상주로 다시 모셔져 묻혔다.

상주의 후손들은 그때의 영정을 봉안하고 방촌의 덕행과 학업을 이어 오며 사가 독서하던 곳에 서원을 창설, 지금까지 대를 이어 살아오고 있다. 방촌이 죽음을 일 년여를 남겨 두고 11년 문종 원년인 1451년 89세에 중자 소윤공(황보신)의 직첩을 돌려 달라고 올린 글에 의하면, 문종 1년 2월 2일 방촌 아들의 죄는 고문에 의한 자백으로 억울함을 밝히고 있다. 이에 문종은 죄를 사하고 직첩을 돌려준다.

아래는 상소 내용이다.

영의정으로 치사(致仕) 한황희가 상언(上言)하기를
"신이 유약(柔弱)하기 짝이 없어 자식 가르치기를 엄하게 못 하여 둘째 아들 황보신(黃保身)이 죄를 범하고 삭직(削職)된 지 이제 벌써 11년이 되었습니다. 비록 장죄(贓罪)를 범하였다 할지라도 창고의 재물이 아니며, 또 정상(情狀)이 애매한데 고문(拷問)으로 자복하였으니, 신이 어찌 하루라도 마음에 잊을 수 있겠습니까? 그러나 천위(天威)를 두려워하여 감히 말을 못하고 지금까지 있었습니다. 신의 나이가 지금 89세이니 죽음이 조석(朝夕)에 있습니다. 이에 늙은 소가 새끼를 핥아 주는 심정으로써 어리석은 신이 목숨을 마치도록 민망스러운 마음을 풀지 못하겠습니다. 이제 크게 사유(赦宥)하여 유신(維新)하는 날을 당하여 특별히 직첩을 돌려주시면 신이 죽어도 눈을 감겠습니다. 부자의 정은 천성(天性)인지라, 감히 천위(天威)를 무릅쓰고 죽음을 잊고 아룁니다."

방촌은 세종의 아들인 문종 즉위년에 바로 이러한 상소를 올려 아버지인 선대왕 세종이 처벌한 단죄가 정상이 애매한데 고문에 자복하였다며 억울하다고 했는데 문종이 바로 죄를 사해 준 것은 무슨 의미일까? 방촌 황희 정승의 사직 상소는 좌의정부터 영의정 부사 치사까지 총 13회였으며 대부분 내용은 늙고 병들어 쉬고 싶다는 내용으로 세종실록에 기록된 사실이다. 기록하지 못한 내용도 있었으리라 짐작하면 개인의 자유로운 삶마저 추구하지 못하였고 노년의 평안함도 누리지 못하였다고 봐야 마땅치 않을까 싶다.

세종 30년 3월 28일 아내마저 죽은 다음 해인 세종 31년 1449년, 영의정 부사를 그만두던 시기는 86세였으며 세종은 그다음 해인 1450년에 서거한다. 세종은 죽기 전까지 방촌을 곁에 두고자 하였다. 결국, 방촌은 90세로 서거하기까지 홀로 늙고 병든 4년간의 기간만이 오로지 개인적으로 자유로운 삶이었던 것이다.

방촌은 영의정 부사를 사직한 이후에도 세종의 명으로 국사의 큰일은 반드시 방촌에게 의논하라는 어명으로 세종에서 문종에 이르는 조선조에 충성을 다 바친 위인이었다. 그는 그렇게 아들인 황보신의 장죄는 고문에 의한 자백이라 억울하다는 상소문을 올린 지 1년 후인 1452년 2월 8일 문종 2년에 서거한다.

방촌 황희 정승은 조선 건국 후로부터 지금까지 숱한 일화와 함께 최고의 정승이자 관료로, 또한 청백리로 추앙받고 있지만, 예나 지금이나 그분을 폄훼하는 행위 또한 계속 이어지고 있다. 근래에 조선왕조실록 국역본이 누구나 쉽게 접할 수 있게 되자 세종실록에 사관 이호문이 작성한 사기를 두고 홍역을 치르고 있는 것도 사실이다. 이호문이란 사관이 작성한 사기를 두고 당시 검토관이었던 황보인, 김

종서, 정인지 등 9명이 이 사실은 우리가 알지 못하고 들어 본 적이 없는 잘못된 사기이므로 삭제와 변경을 하려 하였으며, 한 명이 지금 삭제나 변경을 하면 이후 또다시 삭제하는 이유가 되므로 반대를 하자, 한 명이라도 반대를 하면 그대로 두어야 하는 원칙으로 검토관들의 의견서와 함께 기록해 두었다. 실록을 읽는 자들이 우리의 의견과 사기를 판단할 수 있도록 하자는 의미에서 두 개의 기록이 존재함에도 폄훼하려는 자들은 검토관 9인의 기록을 무시하고 있다.

고려조에서 14세에 관직에 올라 30세에 고려가 망하자 두문동에서 선배 동료의 등에 밀려 새로 세운 나라에서 백성을 구제하라는 사명감으로 조선 건국 기틀의 중심에 섰던 그분이 태조, 정종, 태종, 태평성대를 이룬 세종조에 이르기까지 72년간의 관직 생활을 했는데 실수나 실정이야 왜 없었겠는가? 하지만 600여 년이 흐르도록 최고의 정승으로, 관료로 추앙받고 있다는 사실은 역사의 과정에서 충분히 조명된 결과일 것이다.

상주 입향조인 둘째 아들의 장죄 사실이 세종에 의한 누명이라는 상주 후손들의 입으로 전해 오는 내용을 두고 또 다른 분란의 소지도 있을 수 있을 것이며, 나의 섣부른 논리가 선대를 욕되게 할 수 있는 어설픈 주장일 수도 있어 대단히 조심스럽다. 특히나 도둑이라는 죄명이 말이다. 그러나 세종실록에는 70여 일간의 조사와 고문에서도 정작 본인 소윤공(황보신)의 자백을 받지 못하자 세종에게 고문해서라도 자백을 받으려 했다는 금부, 대간, 형조의 기록은 있다. 더구나 방촌은 정상이 애매하고 고문에 의한 것이라 주장하고 있으며, 당시 방촌의 사직 상소가 이어지고 세종의 건강 악화와 훈민정음 창제로 인한 정치사적으로 민감한 시기로 미루어 볼 때, 상주 장수 황씨들의 세종에 대한 누명에 의한 입향조의 죄명이라는 구전은 있을 수 있는 충분한 이유가 된다. 따라서 방촌의 72년간의 관직 생활은 조선의 건국 시기 왕권을 확보키 위한 권력투쟁의 시기 속에서 수많은 관료와 신하들, 왕가의 형제 사돈 등이 죽임을 당하였던, 목숨조차 부지하기 어려운 시기 속에 이어져 온 생활이었음을 부정할 수 없다. 방촌은 그러한 가운데서도 목숨을 건 항명도 마다하지 않았으나 정작 늙고 병들어 쉬고 싶은 때에는 단호한 세종의 불허로 사직 상소를 접을 수밖에 없었다. 방촌이 얼마나 고된 삶을 살았는지 엿볼 수 있는 부분이다.

장수 황씨 상주 입향조(황보신)의 이야기는 어릴 적 아버지로부터 익히 들어왔던 이야기였으며, 근래 들어 방촌과 그분의 아들들을 폄훼하려는 자들의 사려 깊지 않은 행위들에 맞서 나름대로 규명코자 세종실록과 승정원일기를 중심으로 지난 역사를 찾아보았고, 당시의 상황을 견주어 보고자 하였다. 결론적으로 장수 황씨 상주 일파들의 구전이 사실일 수 있다는 판단이 든다. 그 과정에서 방촌의 개인적 삶의 고단함을 나는 사직 상소로 엿볼 수 있었다.

임진란에 사라진 마을
천하촌(川下村)의 비밀

    천하촌은(川下村)은 글자 그대로 '물아래 마을'이라는 이름이다. 향후 이 마을의 존재를 반드시 규명하여야 할 필요성이 있으며, 많은 사람들이 알아야 할 필요가 있다고 생각한다. 이곳은 상주의 큰 문화유산으로써 나아가서는 국가적으로도 필요한 자료가 충분할 것으로 판단하는 바이다. 지금도 모동을 고향으로 둔 많은 사람들이 물아래 하면 수봉 신덕으로 알고 있다. 하지만 이 마을의 내력을 알고 있는 사람은 그렇게 많지 않다. 제법 큰 마을 정도 또는 장수 황씨가 거주한 마을 정도가 전부라 해도 과언이 아닐 것이다.

    천하촌은 고려에서는 상산 김씨가, 조선 초부터는 장수 황씨가 이곳에서 살아왔다는 사실에 주목했고, 전체를 파악하는 데에는 그리 많은 시일이 걸리지 않았다. 흩어진 기록들을 중심으로 천하촌의 내력을 한데 모은 것에 불과하나 모두가 천하촌 한곳으로 집중 귀결될 수밖에 없는 사실 그대로에 해설을 달아 보았다. 나는 이 기록이 혹,

필요로 하는 이들에게 좀 더 쉽게 접근할 수 있는 천하촌의 기록이 되길 바란다.

이 마을의 태생은 확실히 알 수가 없다. 주변 흔적으로 볼 때 우선 고인돌이다. 지금도 남방식은 제법 많이 남아 있지만 어릴 적 보았던 바둑판 형식의 받침돌 위에 방석돌이 놓인 북방식은 70년대 초까지도 눈으로 확인하며 살아온 곳이다. 이로 볼 때 기원전 세기부터 형성된 마을이 분명하다. 마을이 백화산 입구에 있어 이 마을을 지나야 금돌성으로 진입이 가능함으로 당연히 이 마을의 존재도 필요했을 것이다. 그런데 이 마을의 자연부락 이름이 오도, 일관, 신덕, 동산으로, 정주학에 연관된 지명이다.

충북 황간에서 모동으로 넘어오는 고개가 오도치 고개로, 그 아랫마을 또한 같은 이름이다. 이 뜻은 논어의 오도일이관지(吾道一以貫之)로, 논어 이인 편에 기록되어 있기를,

공자가 제자들에게 "나의 도는 하나로 꿰어져 있느니라." 하고 공자가 나가자 그의 제자들이 다시 물었다. "무슨 말씀이신지요?" 그러자 증자가 다시 "충서(忠恕)."라고 하셨다. 그러자 모두들 "아!" 하고 그 뜻을 헤아렸다고 한다.

자기의 마음을 가운데 두게 되면 다른 사람과 함께할 수 있다는 충서의 의미를 새기며 넘나들었을 이 오도치의 기록은 1597년 정유재란 시 정기룡 장군의 기록에 의하며, 신덕의 최초 기록은 1518년 옥동서원의 효시인 사가 독서당인 횡당의 건립지에서 신덕정사 팔 영이란 백강 황징의 시에서도 나타난다. 이 마을의 기록이 그때부터라

면 훨씬 이전부터 불린 이름일 것이다. 이 지역의 지명은 중모라고도 통칭되는데 지금은 모동·모서를 아울러 중모로 불리고 있으나, 옛 고증과 구전 또는 지명에 의해 추증되는 중모 지역은 충북 영동군의 황간 향교와 월류봉 일대에서 김천 봉산면 일대까지로 파악되고 있다.

황간 향교의 중수기에 경상도 관찰사의 직함이 명기되고 월류봉의 고려 때 직지사를 말사로 둔 심묘사가 중모 지역으로 표기되고 있다. 그런데 이 중모라는 지역 지명은 삼국지와 논어에 거명되는 곳이기도 하며, 중국의 고사에서도 거명되는 곳으로 통치자의 가르침과 덕행으로 곤충과 짐승도 감화해 그 고마움을 서로가 나누었다는 고사로도 유명하다. 신라 때 도량현으로 불리든 지명을 고려 때 중모현으로 개칭한 이유도 당시 그만한 사유가 존재하였던 것은 아니었겠는가 하는 의심도 가는 것이다. 또한, 중국에서 삼국지, 논어와 고사로 알려진 유명한 지명으로 표기하였겠는가 하는 의심이다.

중모라는 지명은 상주 아전인 방득세의 아들로 중모현에서 태어난 방신우(사극 기황후 이문식역)가 원나라 무종의 모후인 수원 황태후의 총애를 받아 고려 충선왕을 추대한 공으로 중모군으로 봉해지고, 아전인 아버지 방득세가 상주 목사가 되고 일가가 출세하면서부터 중모라 불리게 되었다고 한다. 다음 글은 한국 고전에서 번역된 세종실록과 경상도 지리지 중모 지역의 기록으로, 상산 김씨 집안에 전해지는 내력이며 조선왕조실록, 세종실록지리지, 경상도 상주목 중모현의 기록이다.

중모현은 본디 도량현인데 경덕왕이 도안으로 이름을 고쳐 화령군의 영현으로 삼았고, 고려에서 지금의 중모로 개칭하였다. 중모의 호수는 1백 9호 인구가 650명이요, 중모의 성이 5이니 김 · 전 · 강 · 박 · 방이요, 내성이 1이니 심이다. 인물은 정당문학의 김득배이다.

고려 때에 고을 아전 김조가 만궁이란 딸이 있었는데 나이가 일곱 살이었다. 부모가 몽골 군사를 피하여 백화성으로 갔는데, 쫓는 군사가 가까이 오자 황급히 길가에 딸을 버리고 달아났다가, 사흘 만에 수풀 밑에서 찾았다. 스스로 말하기를, 밤에는 무엇이 와서 안아 주고, 낮에는 간다고 사람들이 놀랍고 이상히 여겨 자취를 찾으니, 호랑이였다. 시집갈 때가 되어 호장 김일에게 시집가 아들 김록을 낳고 김록이 세 아들을 낳았는데, 맏아들이 김득배이다. 공민왕 10년 신축에 홍건적이 송도를 함락하자, 김득배가 안우, 이방실 등과 더불어 군사를 거느리고 수도를 탈환하니, 세상에서 삼원수라 이르게 되었다. 둘째는 김득제인데 훗날 삼사우사가 되었고, 막내는 김선치인데 밀직사가 되었다. 이를 두고 현대 사람들은 위대한 자손을 낳은 만궁을 호랑이도 미루어 알고 위기에서 구해 주었다고 입을 모은다.

상산 김씨 가계도로 보는
천하촌의 내력

   장수 황씨 상주 입향조의 손자인 황관의 신도비에 의하면 상산 김
씨 김거도의 세거지인 중모에 장수 황씨가 입향하게 되었다 하여, 김
거도를 중심으로 상산 김씨의 가계를 상산지에서 발췌해 편성해 보
았다.

김거도 가계도
상산 김씨8세 김지연

9 김분(侍講院 翰林學士),   김일(上洛君)

10 김축(禮部全書),   김록(尙城君)

11 김원리(典工判書, 戶曹典書)   김득배(中書門下省) 김득제(三司右
                            使) 김선치(尙城君)

12 김거도(戶部典書)

김좌상의 상주지 고려인물편(원문)

김분, 김지연의 子니 시강원 한림학사였다.

金築, 金玢의 子니 官 禮部全書였다.

金澗, 築의 第니 禮部郞將이었다.

金元理, 金澗의 子니 奉翊大夫 典工判書 戶曹典書등에 이르렀다.

金居道, 觀道의 第로 官이 戶部典書에 이르렀다.

김득배 가계

金鎰, 玢의 第니 協贊功臣 三重大匡 上洛君이다.

金祿, 鎰의 子니 元忠端力 保定安社功臣 三韓三重大匡 門下
贊成事 尙城君이다.

金得培, 祿의 子

이러한 상산 김씨의 세거지에 장수 황씨 중모 입향조인 소윤공 황
보신이 살게 되면서부터 천하촌의 기록이 있다.

옥동서원 사적 지정 자료 보고서 65페이지에는 이렇게 정리되어
있다.

천하촌 일대에 장수 황씨가 입향하게 된 배경은 조선 전기 남가,
여가, 혼과 자녀 균분 상속의 유습이 남아 있던 풍습에서 비롯되었
다. 이곳에 별업을 형성한 황보신의 처는 보문각직제학을 역임한 홍
여강의 딸 남양 홍씨이다. 그리고 남양 홍씨의 외조부가 전서(典書)
를 역임한 상주 김씨 김거도(金居道)로 알려져 있다. 김거도는 상주
지역의 대표적 토성 가문 출신으로 그의 부친은 고려 말 국운이 쇠하
자 불사했다는 전공판서(典工判書) 김원리(金元理)이다. 이들은 선대

로부터 상주 일대에 강력한 재지적 기반을 형성했던 가문이었다. 그러한 김거도의 장녀가 남양 홍씨 홍여강과 혼인을 맺으면서 이 가문의 재지적 기반은 외손인 남양 홍씨 가문으로 전승되었다. 실제 김거도의 묘사를 지금까지 남양 홍씨 외손이 지내고 있다. 이어 홍여강이 황보신을 사위로 삼음으로 김거도의 재지적 기반은 황보신의 장수 황씨 소윤공파로 전승되었다.

　위에서 언급된 상산 김씨의 기록으로 볼 때, 이미 고려 때부터 천하촌에는 상당 수준의 마을이 형성되어 왔으며, 한림원학사 예부전서, 호부전서, 문하좌찬성 등 유학 관련 세손을 이어 온 마을로 규정되어 있었다는 것을 알 수 있다.

장수 황씨 입향으로 보는
천하촌

    김상정(1722~1788)이 백옥동 서원을 참배하고 느끼는 바를 적은 중산행(방촌 황희 선생 문집)이란 글에서 이러한 사실을 소상히 기록하고 있다. 직제학 홍여강이 명나라 사신으로 임명되자 방촌 황희 정승을 찾아와 "다른 사신은 다 혼사를 마친 사람들인데 저는 외동딸을 김 장군의 집에 맡겨 부양하고 있다."라며 하소연하자 방촌 황희 정승이 "국사가 긴급해 변경할 수 없고 일단 떠나도록 하라. 그대의 딸을 내 자식으로 맞이하게 하마."라고 위로하였으니 아들이란 소윤공 황보 신을 말함이었다. 김장군은 수만의 재산은 있으나 후사가 없으므로 전부 소윤공, 황보신에게 물려주었으며 이로부터 장수 황씨의 한파 가 중모에 살게 되었다고 전해지고 있다. 서문 중에는 "우리의 선조 광산 부원군 국광의 이름이니 바로 소윤공의 사위로 이 고장에 와서 살았다고 하네. 여러 사람은 황패된 빈터를 가리키고 옛 늙은이는 유 풍(遺風)을 그리니 사리에는 당연한 일이나 증거할 만한 문헌이 없어

서글플사후인의 마음이여라."라고 기록되어 있다.

이 당시에도 천하촌이 황폐됨을 알리고자 하나 문헌의 부재함을 아쉬워하고 있다.

천하촌 물아래 마을에 존재하였던 건물들

소윤공 황보신이 남양 홍씨와 혼인 관계를 맺음으로 입향한 시기는 1415년으로, 2015년 현제 600년이 되는 해이다. 이로부터 70년 후인 1510년 동고 이준경이 축옹 황효헌 22세 때, 수학을 하면서부터 천하촌의 기록이 남아 있으며, 아래에서 거론하는 건물들은 상산지 상주의 루·정·대 문화유적의 기록과 황씨 문중의 유고 문집을 바탕으로 편성되어 있다.

기록된 건물 외에도 더 많은 건물들이 있었을 것으로 추정되고 있다.

횡당

1518년 중종 조에 확대된 사가독서법에 따라 호당에 선임된 유촌 황여헌과 축옹 황효헌 형제가 사가 독서당인 횡당을 설치, 방촌 황희 정승의 영정을 봉안하고 유림과 더불어 독서하던 곳을 횡당이라 하였으며 옥동서원의 효시라 했다.

신덕별서

유촌 황여헌이 사가독서 후, 이조참의 울산부사를 거쳐 낙향해 사명당 임유정에게 맹자를 가르치던 곳이다. 유촌은 문장과 글씨로 소세양, 정사룡과 함께 당대에 이름이 있었고 '죽지가'라는 시로 명나라에서도 격찬을 받고 있다. 저서로는 유촌집, 장계이고가 남아 있으며, 상산지 황여헌 편에 낙교·순교·서공교 등의 문집이 있었으나 병화에 소실되었다고 전해지고 있다.

애일헌

애일헌 황세헌이 살던 곳으로 그는 의금부도사, 천안군수, 대구부사를 역임, 애일헌 시와 기록이 현재까지 남아 있다.

백화서원

백강(황징)의 신덕정사 팔 영의 첫수에 백화서원이란 시에 거명되는 곳이다.

풍호정

장원군 황관의 아우로 황완이 살던 곳이다. 풍호정이란 시가 기록으로 전해지고 있다.

신덕정사

축옹 황효헌의 자로, 호는 백강(황징)이 살던 곳으로 성주판관, 공조좌랑으로 증승지이다.

신덕정사의 시와 기록은 현재까지 남아 있다.

산택정사

본관은 상주이며 김범의 아들이다. 한림과 삼사를 거쳐 이조좌랑으로 이이와 박순을 탄핵했다. 1589년 홍문관 전한 청주목사 겸 춘추관, 수찬관으로 있다가 백화산 아래 자신의 호를 단 산택정사를 짓고 후학을 양성했다. 임진왜란을 맞아 속리산에서 의병 600명을 일으켜 충보군이라 칭하고 상주에서 적의 통로를 막아 호남 지역 왜의 노략질을 막아내는 공을 세운 바 있다. 현재로는 사담과 산택정을 기리는 시 수 편과 기록이 남아 있다.

백옥영당

1580년 황돈 등이 백옥영당을 건립하고 유림 향했다.
황돈은 축옹 황효헌의 첫째 아들이며 혜 · 기 · 징 사형제이다.

옥봉정사

상산지에 김지복이 세웠으며 계남에 옥을 깎아 세운 것 같은 모양이라 옥봉이라 하였다. 구명은 헌수봉이다. 김지복은 임진왜란 시, 백화산에서 창의한 의병 상의군 대장 김각의 아들이다. 그에 대한 사료는 시 수 편과 기록으로 전해지고 있다.

중모초당

호는 반간이며 황뉴가 임진왜란 이후 돌아와 지은 집이다. 그는 이조참판 황효헌의 증손이며 할아버지는 징이다. 아버지는 준원 정경세의 문인으로 인조에 사헌부 지평 경성판관을 역임했으며, 임진왜란 후 천하촌을 복원키 위한 구지제문 등이 수록된 반간 문집이 있다. 그는 관직 생활에 거취를 분명히 하였으며 옥동서원에 배향되었다. 시 수 편과 기록이 있다.

백화재 양사재

호는 백화제이며 이름은 황익제이다. 1701년 식년문과 별과로 급제해 병조좌랑, 평안도사를 거쳐 성균관 전적, 예조좌랑, 전라도사를 재임하고 영조 조에는 통정대부, 종성부사가 되었다. 그는 이인좌의 난을 평정하는 데 공을 세웠으나, 오히려 적도에 연루되었다는 모함을 받아 구성으로 유배되었다. 그 후로 7년 뒤에 사면되어 복직을 명받았으나, 사양하고 낙향해 양사제, 백화제를 장암에 지어 성리학 연구와 후학 양성에 전념했다.

그는 순천부사로 재직 시, 양사제를 지어 흥학을 일으키기도 했고, 지금도 순천향교에는 흥학비가 있으며, 순천인이 이곳 세심석을 찾아 공을 기리기도 한다. 그에 대한 기록으로는 시 수 편과 문서가 남아 있다.

칠십이안정

황오는 1816년 순조조 때인 조선 후기의 시인이다. 자는 사언, 호는 녹차거사, 한안, 동해초이, 녹일이다. 그는 10대에 사서를 읽고 20대에 벼슬에 뜻을 두었으나 이루지 못하였고, 30대에 명산대천을 유랑, 40대에 집으로 돌아와 당호를 '칠십이안정'이라고 했다. 그는 시와 술을 좋아했으며, 그의 뛰어난 문장력은 당대 사대부들 사이에서 교분을 쌓는 데 중요한 요인이 되었다고 전해진다. 그와 교유한 문인은 김정희, 조두순, 김병연, 김병학, 신석우, 박규수, 조재웅 등 90여 명에 이른다. 그는 당대 최고의 시인으로 같은 시기 같은 유랑 시인이었던 김병연을 김립으로 표현해 오늘날 김삿갓으로 전해지도록 한 장본인이기도 하다. 그에 대한 기록으로는 그가 지은 황녹차집과 시비가 있다.

천하촌이 사라진
내력

　이 마을은 장수 황씨 세보 문집 방촌 황희 정승 문집과 조정 선생의 임란기 모동면지 등에서 전해져 내려오고 있으나, 마을의 규모는 정확히 알 수는 없다. 모동면지에서는 기와집과 초가로 만들어진 백여 채의 마을이었다고 전하고, 반간 황뉴 선생은 자신의 문집 쌍봉 상량문에서 넓고 큰 집, 천간이 참혹하였다고 표현하고 있다.

　다시 구지제문에서 임진왜란, 계사년의 병화(兵火)에 남김없이 쓸어 허물어졌다고 표현함으로 이곳은 천여 간의 큰 마을이었다고 해석되고 있다. 상산지, 유촌, 황여헌 편에는 문장이 탁월했으며, 낙교, 순교, 서공교 등의 문집이 있었으나 병화에 소실되었다고 전해지고 있다. 또한 1620년경 제문(반간별집)에서 전하는 선조 익성공 영당에 올리는 제문(무민공 진의 자 안동판관 황정직 1564~1641)에서는 "아! 우리 선조의 영혼이 천만 년에 이르러 전해 오는 영정이 兵火를 겪고도 다시 보게 되었으니 이것은 하늘이 아껴 놓은 것인가, 아니면 귀신이 숨겨 놓은 것인가. 이 몸은 부모가 물려준 몸체로 아득히 물가 마을에 있는데, 오늘 이렇게 펼쳐 뵙게 되니 감정이 요동치고 심장이 멍합니다."라고 전함으로 임진왜란에 의해 불타 사라진 천하촌의 건물과 문집 등을 표현한 바 있다.

   옥동서원의 효시인 횡당의 내력과 임진란 이전 장수 황가의 여러 문집 등이 있었으나 방촌 영정을 제외하곤 임진왜란 때 모조리 불타 사라졌다. '하늘이 아껴 놓았는가, 귀신이 숨겨 두었는가.' 하며 감탄 해하는 제문에서 그의 참담함을 엿볼 수 있다.
   이상과 같이 천하촌의 규모는 상당했을 것으로 판단하며, 이 마을 에서 태어난 인물들 중 국사에 기록된 이들도 많다. 그러나 이 마을 은 임진왜란과 다음 해인 계사년에 완전히 소실되어 사라진다.
   백화산의 의병 조직인 상의군과 왜와의 교전이 있었다는 기록이 있고 경상북도 문화재인 형제급난도를 통해서도 전투 상황은 대충 알 수가 있으나, 구체적으로 천하촌의 규모나 피해 정도가 표기된 내용 은 없다. 문집 대다수에서 병화를 언급하고 있으며 안타까움을 표현 하고 있어 짐작 갈 만큼의 자료는 충분하다고 생각한다. 이러한 까닭 에 장수 황씨들의 선대 문집이 임진왜란 이후에는 있으나 이전에는 없는 연유를 윗글 대부분에서 밝히는 바이다.

   고려 시기부터 이 마을은 유교를 근본으로 한 전통적 학업 증진의 장으로 세습되어 온 큰 마을이었으며, 그러한 마을이 임진, 계사년 에 사라져 없어진 것으로 판단된다. 따라서 상주에서의 가통과 학업을 이어 온 전례가 임진왜란을 겪으면서부터 퇴계학으로 이어져 오는 영남학파의 주류를 형성해 온 것으로 보인다. 상주의 독특한 가통과 학맥을 찾는 것도 여기로부터 시작해야 되지 않을까 싶다.

아래는 임진란 이전의 신덕 건축물들과 기록이며 괄호 안의 내용은 참고 문집과 관계자들이다.

1415년 乙未 소윤공 김 장군 세거지 입향 방촌 영정 봉안(옥동서원 연혁).

1510년 동고 이준경 레 황효헌 소학(가사, 동고문집).

1518년 횡당 건립 사가독서(옥동서원연혁).

1551년~1554년 신 잠의 상주목사 재임 18개 서당 창건(상산지).

1555년 신덕별서 임유정(사명당) 레 맹자 수학 유촌공(백강성생 36세 가사, 장수 황씨 세첩).

1558년 황징 39세 신덕정사 팔영 백화서원(가사, 장수 황씨 세첩).

1580년 백옥동영당 건립(옥동서원연혁).

1592년 壬辰, 癸巳 왜침 천하촌 兵火 소실, 고려조 상산 김씨 황보신의 세거지와 사가독 서횡당(황효헌), 신덕정사, 백화서원(황징), 신덕별서(황여헌), 백옥영당(황돈), 애일헌(황세헌), 풍우정(황완), 산택정사(김홍민) 문집 등, 소실(반간문집, 상산지, 김상정 중산행 제문).

임진란 이후

1595년 을미영묘(乙未影廟) 중건 우석당 49세 반간, 18세(장수 황씨
　　　세첩).
1613년 백화서당 무등곡(장수 황씨 세첩).
1617년 백화서당 중수, 반간별집.
1620년 제문 선조익 영당에 올리는 제문(무민공진의 자 안동판관 황정
　　　직 1564~1641), (반간별집)
　　　김지복(1568~1635)의 옥봉정사.
　　　황뉴(1578~1626)의 초당. 1660년 백화서당 무등리 이건 우석
　　　당 43세 선교공 50세, 장수 황씨 세보.
　　　황익재 1682(숙종 8)~1747(영조 23), 조선 후기의 문신.
1714년 백옥동영당 陞爲 서원 사서 배향(옥동서원 연혁).
1716년 묘우 이건후 온휘당인 강당 건립 후 창건(옥동서원 연혁).
1789년 옥동서원사액 청월루 이건(옥동서원 연혁).

　고려조에 살던 상산 김씨, 세거지, 장수 황씨 입향조와 그의 자
손들인 장원군 황관, 이조판서 황맹헌, 이조참판 황효헌, 6도 병
마절도사 황즙 등이 태어나고, 살던 집들이 있었던 것으로 판단되
나 객관적 기록이 명시되지 않음으로 표시하지 않았다. 이러한 천
하촌이 임진란과 계사년에 모조리 불타 없어졌다는 기록은 여러 곳
에 존재한다. 영남에 유교가 넘어왔다는 오도치 고개, 일관리, 신
덕리, 동산리는 방촌 황희 정승이 잠시 소유하던 곳을 후손들이 명

명했다고 전하며 고려조 상산 김씨의 세거지이자 조선조 장수 황씨의 세거지로의 천하촌은 모두가 학업 증진에 중요한 장소로 쓰였다. 이러한 사실은 기록으로만 존재할 뿐, 실체는 임진란에 모조리 불타 사라진 마을이다. 더 광범위하게 밝혀지고 알려진다면 이후 백화산권의 금돌성, 관요지, 임천석대 등이 국가 지정문화재로 승격·지정된다면 나의 어설픈 이 논고가 참고되리라 보고 작성해 두는 것이다. 이보다 더 상세한 내용의 논고는 다른 통로로 투고할 계획이다.

다음은 천하촌에서 살면서 공부를 하거나 제자를 둔 분들을 정리해 보았다.

김국광

이분은 장수 황씨 천하촌 입향조인 소윤공 황보신의 사위로 김상정의 중산 행에서 천하촌에서 살았다고 전해지고 있으며, 이곳에서 학업을 닦았을 것으로 보인다. 이분의 본관은 광산, 자는 관경, 호는 서석, 아버지는 감찰 철산이다. 1441년(세종 23) 식년 문과에 급제한 뒤 부정자·감찰·봉상시판관 등을 지냈다. 1455년(세조 1) 교리로서 세조의 즉위를 도왔다 하여 원종공신 3등에 책록되었다. 그는 1460년 오랑캐[兀良哈]가 침입했을 때 함경도경차관으로 적을 회유했다. 그 뒤 우부승지, 좌부승지를 거치면서 새로운 형전 편찬을 주도하고 병조판서, 우찬성에 올랐다. 1467년 5월에 일어난 이시애의 난을 평정한 공으로 적개공신 2등에 책훈되고 광산군에 봉해졌다. 1469년

예종이 즉위하자 신숙주 등과 함께 원상이 되어 국정을 맡기도 했다. 그 뒤 우의정, 좌의정을 지내고 1471년(성종 2) 좌리공신 1등이 되어 부원군에 봉해졌다. 1477년 영중추부사를 거쳐 이듬해 우의정에 임명되었으나, 아우와 사위의 부정 사건에 대한 대간의 탄핵으로 사직되었다. 그는 세조의 두터운 신임을 받았으며, 일찍이 세조의 명으로 최항, 한계희, 노사신 등과 함께〈경국대전〉편찬에 참여했다. 시호는 정정이다.

이준경

1510년 동고 이준경 레 황효헌 소학이라고 장수 황씨 가사, 중산세적과, 동고문집에서 전하고 있다. 이준경의 본관은 광주, 자는 원길, 호는 동고, 남당, 홍련거사, 연방노인이다. 그는 서울 출신이며 극감의 증손으로, 할아버지는 판중추부사 세좌이고, 아버지는 홍문관수찬 수정(守貞), 어머니는 상서원판관 신승연의 딸이다. 그는 1504년(연산군 10) 갑자사화 때 화를 입어 사사된 할아버지와 아버지에 연좌되어 6세의 어린 나이로 형 윤경과 함께 충청도 괴산에 유배되었다가 1506년 중종반정으로 풀려났다. 외할아버지 신승연과 황효헌에게서 학업을 닦고, 이연경 문하에 들어가 성리학을 배웠다. 1522년(중종 17) 사마시에 합격해 생원이 되고, 1531년(중종 26) 식년문과에 을과로 급제해 한림을 거쳐 1533년 홍문관 부수찬이 되었다. 그해 말 구수담과 함께 경연에 나가 중종에게 기묘사화 때 화를 입은 사류들의 무죄를 역설하다가 오히려 권신 김안로 일파의 모함을 받아 파직되었다. 1537년 김안로 일파가 제거된 뒤 다시 등용되어 세자시강원필선·사헌부장령, 홍문관교리 등을 거쳐 1541년 홍문관 직제학, 부제학으로 승진되고 승정원승지를 지냈다. 그 뒤 한성부우윤, 성균관대사성을 지냈고, 중종이 죽자 고부부사로 명나라에 다녀온 뒤 형조참판이 되었으며, 1545년(인종 1) 을사사화 때는 평안도관찰사로 나가 있어 화를 면했다.

　1548년(명종 3) 다시 중앙으로 올라와 병조판서, 한성부판윤, 대사헌을 역임했으나 1550년 정적이던 영의정 이기의 모함으로 충청도 보은에 유배되었다가 이듬해 석방되어 지중추부사가 되었다. 1553년 함경도 지방에 야인들이 침입하자 함경도순변사가 되어 그들을 초유(招諭: 불러서 타이름)하고 성보를 순찰했다. 이어 대사헌과 병조판서를 다시 지내고 형조판서로 있다가 1555년 을묘왜란이 일어나자 전라도 순찰사로 출정해 이를 격퇴했다. 그 공으로 우찬성에 오르고 병조판서를 겸임했으며, 1558년 우의정, 1560년 좌의정, 1565년 영의정에 올랐다. 1567년 하성군균(선조)을 왕으로 세우고 원상으로서 국정을 보좌했다. 이때 기묘사화로 죄를 받은 조광조의 억울함을 풀어주고, 을사사화로 죄를 받은 사람들을 신원하는 동시에 억울하게 수십 년간 유배 생활을 한 노수신, 유희춘 등을 석방해 등용했다. 그러나 기대승, 이이 등 신진 사류들과 뜻이 맞지 않아 이들로부터 비난과 공격을 받기도 했다. 1571년(선조 4) 영의정을 사임하고 영중추부사가 되었다. 임종 때 붕당이 있을 것이니 이를 타파해야 한다는 유차(遺箚: 유훈으로 남기는 차자)를 올려 이이, 유성룡 등 신진 사류들의 규탄을 받았다. 저서로는 동고유고, 조선풍속 등이 있다. 선조 묘정에 배향되고, 충청도 청안의 구계서원 등에 제향되었다. 시호는 충정(忠正)이다.

황효헌

황효헌은 1491(성종 22)~1532(중종 27). 조선 중기의 문신이다. 그의 본관은 장수이며, 자는 숙공, 호는 축옹, 현옹, 신재이고 한성 출신이다. 그는 영의정 희(喜)의 현손으로, 보신의 증손이기도 하다. 할아버지는 종형이고, 아버지는 부사관이며, 어머니는 강미수의 딸이다. 그는 진사로서 1514년(중종 9) 별시문과에 을과로 급제해 이듬해 홍문관정자가 되어 사가독서(賜暇讀書: 문흥을 일으키기 위하여 유능한 젊은 관료들에게 휴가를 주어 독서에만 전념케 하던 제도)한 뒤 홍문관직제학, 동부승지 등을 지냈다.

그는 1526년 강원도관찰사를 거쳐, 이듬해 대사성과 황해도 관찰사, 1528년 이조참의, 그리고 이조참판에 올라 1530년 이행 등과 함께 신증동국여지승람 편찬에 참여했다. 그러다 1532년 안동부사로 외보되었다가 갑자기 죽음을 맞이했다. 그는 사람됨이 담론을 좋아하고 풍의가 아름다워 귀공자 같았다 하며, 본래 학문을 좋아하고 문장에 뛰어났으므로 그의 갑작스러운 죽음은 많은 사람을 애석하게 했다고 한다. 그 후 그는 상주옥동서원에 제향되었다.

임유정

밀양에서 임수성의 아들로 태어나 일찍 부모를 여읜 사명당(임유정)은 13세에 황여헌에게 맹자를 배우다가 황악산 직지사에 들어가 신묵화상에게 선(禪)을 받아 승려가 되었고, 거기에서 불교의 오의

(奧義)를 깨달았다. 1561년(명종 16) 선과에 급제하고 당시의 학자·대부·시인들이었던 박사암, 허하곡, 임백호 등과 교제했다. 1575년(선조 8) 선종의 주지로 추대되었으나 사양하고 묘향산에 들어가 서산대사에게서 성종을 강의 받고 크게 각성했다고 한다. 그는 금강산 보덕사에서 3년을 지내고, 다시 팔공산·청량산·태백산 등을 유람했으며, 43세 때 옥천산 상동암에서 하룻밤 소나기에 뜰에 떨어진 꽃을 보고 인생의 무상함을 깨닫고 문도들을 해산시킨 다음 오랫동안 참선하였으며, 46세에 오대산 영감란야에 있다가 역옥에 죄 없이 걸렸으나 무죄 석방되어 금강산에서 3년 동안 지냈다고 전해지고 있다.

황여헌

황여헌의 본관은 장수, 자는 헌지, 호는 유촌이다. 그는 영의정 희(喜)의 현손이며, 보신의 증손으로, 할아버지는 종형이고, 아버지는 부사 관(灌)이며, 어머니는 집의 강미수의 딸이다. 그는 1509년(중종 4) 별시문과에 병과로 급제하고, 이듬해 저작·박사를 거쳐, 1511년 사가독서(賜暇讀書 : 문흥을 일으키기 위하여 유능한 젊은 관료들에게 휴가를 주어 독서에만 전념케 하던 제도)한 뒤 이조좌랑을 역임하고 1515년 전적이 되었다. 이어 이조참의와 울산군수를 지냈으나, 1533년 사건으로 금산 옥에서 도망하였다가 다시 체포되어 장류의 형을 받았다. 그러나 혐의가 있는 전 도사 정공청의 죄를 폭로하는 투서를 사헌부에 낸 뒤 양사의 주청에 의하여 감형, 석방되었다. 그는 문장과 글씨로 소세양·정사룡과 함께 당대에 이름이 있었고,

'죽지사'라는 작품은 명나라에서도 격찬을 받았다고 한다. 저서로는 '유촌집'이 있다.

김흥민

　김흥민의 본관은 상주이며, 자는 임보, 호는 사담이다. 그의 증조할아버지는 건공장군 충무위 부사직 김예강이고, 할아버지는 장사랑 김윤검이며, 아버지는 옥과현감 김범이다. 그의 어머니는 창녕 조씨 계공랑 조한신의 딸이다. 아우인 김홍미는 조식과 유성룡의 문인으로, 1585년(선조 18) 식년 문과에 을과로 급제해 승문원 부정자에 발탁되고 홍문관 정자가 되었다. 당시 형제가 옥당 홍문관에 재직하여 사람들의 부러움을 샀다. 김흥민은 1570년(선조 3) 문과에 급제해 한림과 삼사를 거쳐, 1584년(선조 17) 이조 좌랑으로 삼사와 같이 이이와 박순을 탄핵했다. 또한 의정부 사인에 이어 1590년(선조 23) 홍문관 전한이 되었다. 이밖에도 그는 1579년(선조 12) 천거로 옥당에 선임되어 예조 좌랑이 되었다. 또한 여름에는 제천 현감이 되었고, 1581년(선조 14) 8월 홍문관 부수찬 지제교 겸 경연 검토관, 춘추관, 기사관이 되었다. 1589년(선조 22) 여름에 다시 홍문관 전한, 가을에 청주 목사 겸 춘추관 수찬관이 되었다. 1592년(선조 25) 임진왜란이 일어나자 보은 지방에서 속리사를 거점으로 의병 600명을 일으켜 충보군이라 칭하고 상주에서 적의 통로를 막아 호남 지역에서의 노략질을 막는 큰 공을 세웠다. 그는 중년 이후 주자서와 심경, 근시록을 탐독하였고 역학에도 뜻을 두었으며, 역사서로는 주로 통감강목을 읽었다. 사담 선생집은 1957년 후손 김원철이 편집·간행했다.

그 책에는 서문은 없고, 책 끝에 김원철의 발문이 있다. 권 1은 만사 13수, 소(疏) 1편, 서(書) 1편, 권 2는 부록으로 행장·가장·행적 각 1편과 만사 9수, 제문·행장·사담전·봉안문·지(誌) 각 1편이 수록되어 있다.

황뉴

황뉴의 본관은 장수이며, 자는 회보, 호는 반간이다. 그는 이조참판 효헌의 증손으로, 할아버지는 생원 증(燈)이고, 아버지는 현감 준원(俊元)이다. 그는 1612년(광해군 4) 생원이 되고, 이듬해 증광문과에 을과로 급제해 1616년 승정원주서가 되었다. 1625년(인조 3)에는 지평이 되고, 이어 경성판관을 역임했다. 어릴 때부터 뜻이 높고 재능이 뛰어났으며, 관직 생활 중에는 거취를 분명히 하였다 전해지고 있다.

김지복

김지복의 본관은 영동이며, 자는 무회 또는 수초, 호는 우연이다. 그의 할아버지는 언건이고, 아버지는 군자감정 각(覺)이며, 어머니는 상산 김씨로 사성 충(沖)의 딸이다. 그는 유성룡을 사사하였으며, 이준, 정경세 등과 학문적인 교유가 있었다. 그는 1612년(광해군 4) 사마시에 합격, 성균관에 입학했다. 이무렵 광해군의 난정으로 권세를 잡은 간신 이이첨을 탄핵하는 소를 올렸으나 관철되지 않자, 은둔할 생각으로 고향에 돌아갔다. 그 뒤 이준, 정경세를 비롯하여 조찬한, 강응철 등 당시에 뜻있는 선비들과 서로 수창(酬唱 : 술과 시 등으로 세상일을 논함)하며 때를 기다리다가, 1623년 인조반정 후 경안찰방에 임명되었다. 그 이듬해 증광문과에 을과로 급제, 학유가 되고, 1625 년(인조 3) 전적을 거쳐 형조좌랑이 되었다.

그 뒤 병조좌랑 겸 춘추관기사관, 병조정랑 겸 춘추관기주관, 사복시첨정, 시강원문학, 장령, 부호군, 영천군수 등을 역임하고, 1635 년 사예에 임명된 뒤 죽었다. 저서로는 '우연문집' 2권 1책이 있다.

황익재

황익재의 본관은 장수이며, 자는 재수, 호는 백화재이다. 그는 희(喜)의 10대손이며 집(緝)의 증손으로, 할아버지는 재윤이고, 아버지는 증 좌승지 진하이며, 어머니는 상산 김씨로 진익의 딸이다. 그는 1701년(숙종 27) 식년문과에 병과로 급제해 권지부정자가 되었고, 박사, 병조좌랑을 거쳐 평안도사를 지냈다. 1705년 성균관전적, 예조좌랑이 되고, 이듬해 병조좌랑을 거쳐, 1707년 충청도 도사가 되었다. 1709년 전라도사에 재직할 때에는 조세의 조운 과정에서 발생하는 폐단을 엄격히 단속하였고, 1711년 무안현감으로 있을 때에는 거듭된 흉년으로 피폐해진 농민들의 구휼에 힘썼다.

어사 홍석보가 그의 치적을 조정에 주달해 포상이 내려지고, 나주조군의 통솔권을 받았다. 그 뒤 사헌부장령, 영광군수를 거쳐 1728 년(영조 4) 통정대부에 올라 종성부사가 되었다. 이 때 도순무사 오명항과 영남안무사 박사수와 함께 청주에 이르러 이인좌의 반란을 평정하는 데 공을 세웠다. 그러나 도리어 적도들에 연루되었다는 모함을 받아 구성에 유배되었다. 7년 뒤인 1736년에 사면되어 복직의 명을 받았으나 사양하고 낙향했다. 이후 그는 향리에서 성리학 연구와 후진 양성에 전념하였고, 상주의 봉산사에 제향되었으며, 저서로는 '백화재집', '서행일록'이 있다.

황오

황오는 1816년(순조 16) 조선 후기의 사인으로서 본관은 장수이며, 자는 사언, 호는 녹차거사, 한안, 동해초이, 녹일이다. 1816년(순조 16)에 경남 함양에서 태어났다. 모친은 영일 정씨로, 정추희의 딸이다. 그의 저술인 '황녹차집'을 살펴보아서는 그의 정확한 행적은 알수 없고, 다만 10대에 사서를 외우고 20대에 한양에 올라와 벼슬에 뜻을 두었으나 이루지 못하였고, 30대에 명산대천을 유람하고 40대에 집으로 돌아왔다는 기술을 통해 그의 인생의 대략만 알 수 있다. 그는 시와 술을 좋아했다. 그의 뛰어난 문장력은 당대의 사대부들 사이에 두터운 교분을 쌓는 중요한 요인이 되었다. 그와 교유한 문인들로는 김정희, 조두순, 김병연, 김병학, 신석우, 박규수, 조재응 등이 있다.

맺·음·말

그럭저럭 책 한 권이 완성되었나 보다.

식구가 이 세상을 등진 후 흔적 없이 사라지는 인생을 목격하고 겪으면서 숱한 회억 속에 살았고 이 세상에 왔다 가며 책 한 권은 남겨야겠다고 생각했다. 이 책을 쓰기까지 2년여 동안 큰아이는 결혼을 하였고 작은아이는 내년 초에 날을 잡아 두었다. 이별하기 전 아내와 나는 앞으로 아이들이 흔들림 없이 살아갈 수 있도록 자리를 만들어 주자고 약속했는데, 그 결실이 맺어진 셈이다.

그 약속이 이루어진 지금, 내 삶의 한 가지 목적은 완성되었지만 다음 삶의 목적은 찾지 못한 채 그저 흐르는 시간 속에 표류하고 있다.

그동안 나는 내가 이루어야 할 목표와 그 목적의식을 분명히 갖고 살아왔다. 어느 장소, 어느 시간에 있어도 오뚜기처럼 항상 내 자리에서 절제된 생활을 하며 성실하게 살아왔다.

파란만장했던 지난 삶이 달리는 차창 밖을 스치는 가로수처럼 휑하니 흘러간다. 그렇게 지난했던 삶도 환갑이 된 지금 생각해 보니 참 한

순간이었다는 생각이 든다.

젊은 시절엔 내 한 목숨 바쳐서라도 아낌없이 내던지리라 굳은 의지를 가슴에 새겼었고 불합리한 농민 사회의 제도에 저항하는 마지막 주자로 남기를 바라기도 했었다.

80년대 말 민주화 투쟁 속에서 운동가가 가져야 하는 도덕적 무장은 당연한 의무였다. 독재에 맞서기 위해선 한 사람의 털끝만 한 비도덕적 행위도 용납되지 않았고 이를 어길 시엔 전체 조직에 엄청난 파장이 밀려 와 존립 자체가 어려운 시기였다. 아마 그때의 자국이 남아서일까. 나는 아직까지도 냉정한 사람이라 평가받는다.

위암이라는 질병으로 완전히 무기력한 순간에도 나는 민주노동당을 통해 농민들의 불합리한 제도에 맞서는 밀알이 되고자 했었다. 누가 나에게 손가락질하며 온갖 욕설과 감언이설을 하여도 흔들림 없이 내 신념대로 실천하려 애썼다.

농민운동에서 비켜선 지난 십 년간은 백화산이란 산 뒤편에 아스라이 남겨진 상주 민중들의 호국 충절의 정신을 찾아내고 일으켜 세우는 일에 전념했다.

정치권력이 외세의 침략을 피해 안전한 곳으로 달아나기 바쁠 때, 민중은 목숨 걸고 자위적 항쟁을 해 나갔다. 그들의 호국 정신은 당연히 승화되고 계승·발전되어야 마땅하며 한민족을 책임져야 할 위정자의 몫이었다.

그러나 안타깝게도 독재자는 이러한 민중들의 힘 자체를 허용하지 않았다. 독재자의 전체주의에 반하는 행위는 규탄받아야만 했다. 그러다 보니 자연히 백화산의 민중에 의한 호국 정신은 세월 속에 묻히고 말았다.

아마도 그때 그들의 숭미한 호국 정신이 없었다면 내가 이 일을 주도하는 일도 없었을 것이다.

지금까지 나는 이 시대를 살아가는 한 사회인으로 사명과 책임을 다하려 노력했고 그 누구에게도 부끄럽지 않은 지도자로 자위하며 살아왔다.

그런 중에 누군가는 내 곁을 떠나 먼 곳으로 향했고, 어떤 이는 나를 찾아와 함께해 주었다.

다행스럽게도 요즘은 어렵게만 여겼던 일들이 하나둘씩 이루어지고 있다. 이제는 남들에게 말하지 않아도 그들의 눈빛에서부터 나를 도와주려는 마음이 느껴져 고마운 생각이 든다. 그들의 도움이 없었다면 지난 시절의 혹한 시련을 견뎌 내지 못했을 것이라는 걸 잘 안다. 그래서 더 고맙다.

아내를 생각하면 여전히 아프고 눈물이 나지만 현재의 난 행복하다. 그렇게 믿는다.

나와 함께 마지막 생을 나누고자 노력하는 지금의 아내에게도 항상 감사하게 생각한다. 앞으로도 주변의 모든 것에 대한 감사함을 지니고 노력하면서 살아갈 것이다.

이젠 내가 스스로 설정한 목표치는 없다. 농민운동은 후배들에 의해
잘해 나가고 있고, 백화산의 역사 세우기도 마무리 시점에 있다. 아버
지의 역할도 할 만큼 했다고 자부한다. 그래서일까. 조금은 무기력할
때도 있다. 그러나 이젠 그 무기력함마저도 편안하게 여기고자 한다.

그동안 묵묵히 나를 지켜봐 준 사람들, 내 삶에 들어와 편안하고 온
화한 눈빛으로 다독여 준 많은 사람들에게 이 책을 올린다. 염치 불고
하지만 죄송한 마음도 함께…

세상에 외치는
나의 의지

경북도연맹 11기 1차년도 성명서 모음
/경북도연맹 11기 2차년도 성명서 모음

경북도연맹 11기
1차년도 성명서 모음

정부는 쌀을 포기하려는 추곡 수매가
2% 인하를 즉각 철회하라!

우리 400만 농민은 어제(2월 4일) 정부의 2003년도 추곡 수매가 2% 인하 발표를 보면서 끓어오르는 분노와 경악을 금할 길 없다. 정부는 이번 발표의 배경이 2004년도 쌀 시장 전면 개방을 전제로 하여 개방 충격을 완화하고 당면 쌀 재고를 해결하기 위해 불가피한 선택이라고 말한다. 그러나 이번 결정은 이때까지 개방 농정에 의해 희생만 당해 온 농업 · 농민을 무시한 반 농업적 처사이며 앞으로도 민족의 생명 산업을 지켜 내려는 400만 농민에 대한 반농민적 폭거이다.

현재 농촌 지역은 WTO, DDA 농업 협상, 2004년도 쌀 재협상 등 신자유주의적 농업 침탈로 인해 농업 전반에 대한 위기감이 만연되어 있으며, 또한 설상가상으로 한−칠레 자유무역협정 강행으로 인해 이 땅의 농촌은 더 이상 지을 농사가 없는 절망의 땅이 되고 있다.

이러한 총체적 위기 상황 속에서 정부는 쌀 농업 전반에 대한 중장기적 대안과 비전도 제시하지 않은 채 농지 수유 제도 완화, 생산 조정제 실시, 쌀 유통에서의 정부 역할 포기 등 각종 조치를 통해 쌀농사를 포기하는 절차를 밟아 왔다. 마침내는 추곡 수매가 인하라는 48년 정부 수립 이래 사상 초유의 대 농민 폭탄선언으로 쌀농사 포기를 기정사실화하고 있다. 이번 결정의 주된 이유인 쌀 재고 문제는 전적으로 농민의 책임이 아니다. 만약 책임이 있다면 열심히 일해 식량 자급을 이룬 죄밖에 없으며, 오히려 그 책임은 정부의 농업정책 부재에 있다.

현재의 쌀 재고 문제는 보는 관점의 차이라고 할 수 있다. 미-이라크 전쟁 위기 등 각종 국제 분쟁, 엘니뇨 현상 등 세계적 기상이변은 세계 곡물 시장에서 공급의 적신호를 보여 주고 있다. 따라서 우리의 식량 안보를 생각하면 FAO(세계식량기구)가 권장하는 17~18% 선의 쌀 재고는 문제 될 것이 없다. 또한, 쌀 관련 정책 범주를 남한에만 국한하는 것이 아니라 한반도 전체 및 민족적 차원에서 접근하면 남한의 쌀 재고분은 당연히 기아에 허덕이는 북한 동포들에게 매년 관례적으로 전달되어야 한다. 그래도 쌀 재고 문제가 야기되면 국민 기호에 맞는 건강 및 가공식품 개발, 학교 및 저소득층 무료 급식 정책 등을 통해 해결하면 될 것이다.

정부는 이번 조치를 쌀 가격 경쟁력을 높이고 쌀 재협상에 적극적으로 대응하기 위해서라고 억지를 부리고 있지만, 결론적으로 이야기하면 이 논리는 허구일 가능성이 높다. 우리 농민들은 너무나 잘 알고 있다. 94년 UR 협상, 2000년도 한-중 마늘 협상 등 각종 농산물 협상에서 정부는 피해 당사자인 농민의 의견을 철저히 외면하지 않았던가! 따라서 이번 추곡 수매가 인하 결정도 정부가 쌀을 살리려는 고뇌에 찬 결정이 아니라 쌀을 포기하고 농업을 해체하려는 비열한 개방론자, 망국론자들의 음모라고 본다. 정부가 진실로 쌀을 지키려는 의지가 있다면 농업 현실을 외면한 추곡 수매 인하안을 즉각 철회하고 국제 농산물 협상 과정에서 쌀 관세 유예화 관철, 개도국 지위 인정, 민족 내부 간 거래 인정 확보 등을 실현해야 하며 또한 대·내적으로는 식량 자급 목표의 법제화, 특단의 농가 부채 해결 방안 제시, 농가 소득 보전의 다양화 등 범국가적 차원에서 우리 농업을 살리기 위한 정책 대안들을 하루빨리 제시해야만 할 것이다.

　이제 우리 농민들은 더 이상 물러날 곳도 없다. 마냥 정부가 이 같은 농민들의 피맺힌 절규를 외면한다면 400만 농민의 엄중한 역사의 심판을 받을 것이다.

　- 우리의 요구 -

1. 정부는 추곡 수매가 2% 인하 결정을 즉각 철회하라!
2. 국회는 정부의 추곡 수매가 2% 인하안을 거부하고 심의 과정에서 생산비가 보장되는 선에서 인상 결정할 것을 촉구한다.
3. 정부와 국회는 2004년 쌀 재협상까지 쌀 농업을 살리기 위한 실질적인 대책을 당장 수립하라!

2003년 2월 5일
전국농민회총연맹 경북도연맹 의장 황인석

농협 중앙회의 생색내기 개혁안을
농민 조합원은 받아들일 수 없다

지난 3일 발표한 농협 중앙회의 농협 개혁안은 농민 조합원이나 농민 단체에서 받아들이기 어려운 졸작임이 드러났다. 이들의 발표는 신문을 통해서는 고강도 개혁을 운운하지만 새 정부에 눈치나 살피자고 작성한 종잇조각에 불과하다. 뿐만 아니라 비대해진 농협 구조의 근본적인 변화 없이 중앙 회장의 비상근으로 전환하는 식의 지엽적인 문제로 접근하는 것은 올바른 개혁과는 거리가 멀다. 특히 농민 단체에서 지속적으로 요구해 온 농협 중앙회의 신용, 경제 사업의 분리라는 개혁 과제는 온데간데없다. 금융 연구원에 수억대의 용역까지 맡겨 가면서 시기와 방법을 논의하고 있는데도 이번 개혁안에 신용·경제 사업의 분리에 대한 어떠한 입장도 발표하지 않은 것은 농협 중앙회가 진심으로 개혁을 바라고나 있는지 묻지 않을 수 없다. 또한, 중앙 회장이 비상근으로 전환하겠다며 대단한 것처럼 떠들었지만, 돈놀이에만 급급한 농협 중앙회가 신용·경제 사업의 분리 없이 개혁이 가능한가? 농민 조합원의 지배권을 확립하는 방향에서 진행되어야 하지만 발표안대로 중앙 회장의 권한만 축소할 뿐 대표권, 인사권 등의 실질적인 권한을 대표 이사에게 전담시키는 것은 중앙회 내부 임직원들이 중앙회의 모든 업무를 좌지우지함으로써 직원들을 위한 구조가 더욱 심화될 것이 뻔하다.

농협 중앙회의 이번 개혁 방안 발표는 농민 위에 군림하는 농협을 버릴 수 없다는 것만을 우리 농민 조합원들에게 상기시켰을 뿐이며,

그러하기에 우리 농민 조합원들을 외면한 처사라며 분노하고 있다.

농협 중앙회는 무엇 때문에 진정한 개혁을 해야 하고 그렇게 하기 위해서는 어떤 자세와 무엇을 개혁해야 되는지 다시 한 번 심사숙고하기 바란다. 눈 가리고 아웅 하는 식의 개혁은 개혁이 아니다. 다시 한 번 농민을 위하고 농민을 대변하는 농협이 되길 진심으로 바라며 협동조합의 주인은 농민 조합원이라는 것을 가슴속에 새기기 바란다.

2003년 3월 12일
전국농민회총연맹 경북도연맹 의장 황인석

노무현은 국민 여론 받아들여
〈전쟁 지지, 파병 계획〉 즉각 철회하라!

미국 이라크 침략 전쟁 파병 동의안 국회 처리 두 번째 연기를 보며

노무현 정권은 미국 조지 부시의 말만 들리고 국민의 목소리는 들리지 않는가? 노무현 정권은 국익이라는 말을 하면서 미국의 침략 전쟁을 지지하고도 모자라 우리 젊은이들을 전쟁터로 몰아넣으려 하고 있다. 도대체 국익이 무엇인지 알고 싶다.

이라크 파병은 대한민국의 국민은커녕 평화를 사랑하는 우리나라와 국민과는 인연은 없는 바로 미국의 국익(益)을 위함이며, 한반도 평화 통일에는 오히려 걸림돌이 된다는 것을 직시해야만 한다.

노무현 정권은 자신이 말한 국익을 연일 훼손하는 국민들과 국회의원들을 반역 분자로 몰 것인가? 노무현 정권이 내세운 파병 계획은 국회에서 두 번이나 처리 연기되었다. 이는 물론 우리 국민들의 미국의 침략 전쟁에 지지와 파병을 할 수 없다는 강력한 의지의 결과이다. 이쯤 되면 노무현 정권은 미국 조지 부시 대통령의 파병 요청을 과감히 거절하고 국민의 뜻을 따라야 한다. 하지만 노무현 정권은 안절부절못하면서도 끝내 파병 계획을 강행하려 하고 있다.

경찰은 반전 시위자를 몽둥이로 불구 만들고, 대통령은 군대 파병으로 젊은이들을 침략 전쟁의 제물로 바치고 있으니, 이것이 막가자는 게 아니고서 또 무엇이겠는가? 나는 노무현 대통령에게 마지막으

로 호소한다. 당장 미국의 침략 전쟁 지지와 군대 파병 계획을 철회
할 것을 말이다.

2003년 3월 28일
전국농민회총연맹 경북도연맹 의장 황인석

포도 주산지 시장·군수에게
고한다

지난 7월 9일 오전, 포도 주산지 11개 시장·군수들이 영천 시청에 모여 전국 포도 주산지 시장·군수 협의회를 구성하고 한-칠레 자유 무역협정을 전제로 한 포도 농가 특별 지원법 제정을 정부에 건의했다. 이날 자리에 모인 시장·군수는 지역 농민들이 지금 어떤 심정인지 알기나 한 것인가! 우리 농민들은 한국 농업 전체를 파탄 낼 한-칠레 자유무역협정에 반대해 거리로 나서고 있다. 정부의 잘못된 협정이 우리 농업과 농민을 죽음의 길로 몰고 있는데 농사만 지을 수 없기 때문이다. 하지만 이게 웬 날벼락 같은 소리인가! 지역 농민들의 한-칠레 자유무역협정 반대의 절규는 들은 체 만 체하고, 오히려 정부의 잘못된 협정에 놀아나고 있는 11개 시장·군수의 행각은 우리 농민들의 가슴에 대못을 박고 있다.

지역 농민들의 손에 뽑힌 자치단체장이 지역 농민들의 절규와 심정을 대변해 잘못된 한-칠레 자유무역협정은 안 된다며 건의해도 시원치 않을 판에 정부의 한-칠레 자유무역협정 강행과 농업 포기법인 한-칠레 자유무역협정 이행 특별법에 춤을 추고 있으니 누구의 시장·군수인지 분간하기 어렵다. 더구나 정신 나간 11개 시장·군수가 대 정부 건의안이라며 올린 포도 특별 지원법은 이미 농림부가 제출한 한-칠레 FTA 이행 특별법에 있는 것이다. 그리고 포도 주산지를 지역구로 하는 국회의원들조차 농민 죽이는 한-칠레 FTA 반대에 나서고 있으며 특히 정부의 한-칠레 FTA 이행 특별법이 허술하기 짝이 없다며 한목소리를 내고 있는 판국에 포도 주산지 시장·군수는 도대체 무슨 작당을 하는 것인가!

11개 시장·군수는 9일 영천 시청에서 한목소리로 "국내 포도 산업이 재배 기술 및 기반 시설이 취약해 한-칠레 자유무역협정이 발효돼 포도 수입될 경우 국내 포도 산업이 고사되는 것은 시간문제."라고 말한다. 이렇게 잘 알고 있는 11개 시장·군수는 정부에 이용만 당하고 있을 것이 아니라 지역 농민들과 함께 한국 농업을 붕괴시킬 한-칠레 자유무역협정에 반대해 어깨를 거는 것이 지역 농가를 보호하고 포도 주산지 시장·군수로서의 도리를 지키는 일이다.

정부에 놀아난 11개 시장·군수는 똑똑히 들어라! 당장 포도 주산지 11개 시장·군수 협의회를 철회하고 한-칠레 자유무역협정 반대의 머리띠를 매야 할 것이다. 이를 거부한다면 얼마 가지 않아 농민들의 엄중한 심판을 면치 못할 것이다. 또한, 농림부는 시장·군수들이나 현혹하려는 추잡한 행각을 당장 집어치우고 농민들에게 사기를 치는 한-칠레 자유무역협정 이행 특별법 시행을 중단할 것을 거듭 밝히는 바이다. 또다시 이런 행각을 벌일 경우 우리는 농림부가 농민을 죽이는 행위로 간주하고 그 대가를 톡톡히 치르게 될 것임을 경고한다.

2003년 7월 10일
전국농민회총연맹 경북도연맹 의장 황인석

포도 주산지 시장 · 군수 협의회장 영천 시장이 밝힌
해명서를 보고

　포도 주산지인 영천, 경산, 김천, 상주 농민회에서 지난 9일 포도 주산지 시장 · 군수 협의회 회의 내용을 듣고 각 시장 · 군수와 면담 또는 항의 방문을 진행했다. 면담 결과 각 시장 · 군수들의 협의회 구성 취지와 구체적 내용을 듣게 되었다.

　포도 주산지 시장 · 군수 협의회에서 밝힌 포도 농가 지원 특별법 제정 촉구는 포도 주산지 시장 · 군수들의 포도 농가의 아픔을 같이 나누고자 하는 마음이라 생각한다. 하지만 그 내용이 정부가 강압적으로 추진 중인 한-칠레 FTA 이행 특별법에 동의하는 것임으로 시장 · 군수들이 한-칠레 FTA에 원칙적으로 반대한다는 내용이 제대로 전달될 수 없었다.

　각 시군 농민회와 시장 군수와의 면담에서 포두 주산지 시장 · 군수들은 영천 시장의 해명서에서도 밝혔듯이 농업과 농민을 파탄의 길로 몰고 갈 한-칠레 자유무역협정의 체결과 비준을 반대함을 분명히 했다.

　노무현 정부는 지방자치단체의 대표자인 포도 주산지 시장 · 군수들이 잘못된 한-칠레 자유무역협정 체결과 비준에 반대하는 목소리에 귀를 기울여야 할 것이다. 우리는 중앙정부가 지방자치단체의 의견을 대표하는 지역 시장 · 군수의 뜻을 정확히 헤아리고 행동하는 것이 참여 정부의 참모습을 보여 주는 것으로 생각하며, 반대로 중앙정부의 힘으로 한-칠레 FTA를 강행해 국회 비준을 받고자 횡포를 부린다면 이후 발생하는 모든 일에 대한 책임이 노무현 정부에 있음을 밝히고 결사의 각오로 한−칠레 FTA 국회 비준 저지 투쟁을 지역 농민들과 함께 펼쳐 나갈 것이다.

2003년 7월 11일
전국농민회총연맹 경북도연맹 의장 황인석

청송, 영주 농민 구속 만행 사죄하고
즉각 석방하라!

국익에 도움도 안 되는 한-칠레 자유무역협정 막자는 것이 죄인가? 기간산업이라는 농업을 지키고자 하는 것이 대체 무슨 죄목인가? 우리 농업을 파탄시켜 외국 농산물을 넘치게 하여 식량 안보에 무책임한 개방 농정을 펴는 정부는 애국 정부인가? 경찰과 검찰은 실정법을 운운하고 있지만, 농민회 탄압 목적으로 진행한 농민 구속 만행을 책임지고 즉각 농민 앞에 고개 숙여 사과하고 농민을 석방하라! 처음부터 잘못된 한-칠레 자유무역협정을 농사짓는 농민들에게 내밀어 생존을 위협하고 있는데 농토를 지켜 온 농민이 어떻게 하길 바라는가? 가만히 앉아 목을 향하는 날카로운 칼을 받으란 말인가? 국익을 운운하며 명분도 없이 미국의 압력에 굴복한 어수룩한 한국 대통령의 오만으로 이뤄진 한-칠레 자유무역협정에 속수무책으로 생존을 내놓는 농민이 대체 어디에 있단 말인가? 법이 보장하는 합법적인 집회에 자신이 소유하고 있는 차를 이용해 서울 농민 대회에 참석하려는 농민들을 마을 입구부터 가로막고 나선 것은 명백한 직권 남용이요, 농민 탄압 만행이다. 집시법은 집회와 시위를 잘 보장하고자 만들어진 법이지 경찰이 직권을 마음대로 남용하라고 만든 법이 아니다. 경찰과 검찰에게 다시 한 번 경고한다. 빚만 짊어지고 농사 의욕마저 떨어지게 한 정부의 농업 말살 정책과 농민 파탄 정책에 끝까지 농토를 지키며 민족의 먹거리를 책임지려는 우리 농민을 더 이상 구속 탄압하지 마라! 그리고 즉각 구속 농민을 석방하고 사죄하라!

또한, 노무현 정부는 이제 한-칠레 자유무역협정 국회 비준 통과의 꿈을 접고 농민들의 눈과 손을 똑똑히 지켜보라! 농민의 눈은 노무현 대통령을 원망하는 눈일 것이요, 분노에 떨고 있는 농민들 손에 들린 죽창이 어디로 향할 것인지를 똑똑히 지켜보라!

2003년 8월 11일
전국농민회총연맹 경북도연맹 의장 황인석

노무현 대통령의 이라크 파병
결정 즉각 철회하라!

지난 18일 노무현 대통령 주재로 청와대에서 국가안전보장회의 (NSC)를 열어 이라크에 한국군을 추가 파병키로 확정했다. 참으로 통탄하지 않을 수 없다. 갑작스러운 노무현 대통령의 이라크 전투병 파병은 국민 모두를 놀라게 했다. 특히 본격적인 여론 수렴에 들어간다느니 어쩌느니 하더니 유엔 결의안이 통과되자마자 '이때다' 하며 노무현은 전격적으로 파병을 결정한 것이다. 부시 다음가는 부도덕한 대통령이 된 노무현은 지금이라도 이라크 파병 결정을 철회해야 한다. 측근의 비리 부정으로 자존심이라도 상한 듯 재신임과 국민투표를 운운하면서 자신의 도덕적 결백을 입증이라도 하려는 듯했으나 지금 노무현은 돌이킬 수 없는 부도덕의 수렁으로 빠져 버린 것이다. 또한, 이라크 전쟁은 전쟁을 일으킨 미국의 부시조차 전쟁의 명분을 찾지 못하고 있으며, 무고한 이라크 국민들의 소중한 생명과 재산을 파괴하고 약탈하고 있을 뿐이다. 미국 부시의 힘에 눌려 국민의 목소리도 듣지 못하는 대통령이야말로 무엇으로도 씻을 수 없는 부도덕한 대통령이 아닐 수 없다.

파병 결정의 아무런 명분도 없고 다만 부도덕한 전쟁에 참여해 젊은이들의 희생만 있을 뿐이다. 또한, 파병에 따른 전쟁 지원 비용만 수조 원에 달할 것이다. 이 모두 국민의 혈세로 충당될 것이며 경제적 손실은 물론이거니와 '월드컵 나라', '평화를 사랑하는 나라'라는 인식은 한순간에 날아가 버릴 것이 자명하다. 전투병 몇천 명의 파병은 온 국민에게 재앙만을 안겨 줄 것이다. 노무현 대통령은 지금이라도 경솔한 파병 결정을 철회하고 도덕과 인류의 윤리를 지키는 대통령으로 남기를 바라는 바이다. 나아가 부시의 전쟁놀음에 들러리가 되어 아무도 이해 못 하는 국익론을 내세울 것이 아니라고 본다. 지금 국민들은 그 지긋지긋한 미국에 대한 굴욕적인 외교 형태를 집어치울 것을 원하고 있다. 미국 앞에만 서면 작아지고 굽실거리는 사대주의 대통령과 정부는 사라져야 할 것이다.

2003년 10월 20일
전국농민회총연맹 경북도연맹 의장 황인석

아이들과 농민들을 위한
학교 급식 조례를 시급히 제정하라!

우리는 최근 충격적인 뉴스를 보았다. 학교 급식 업체가 학교장, 교사들에게 향응과 금품을 제공하고 학교 측은 부정한 돈을 요구한 것이다. 또한, 급식 업체의 사람이 먹지 못하는 식재료를 아이에게 거리낌 없이 먹이는 비양심, 비도덕적인 행각에 입을 다물지 못했다. 이런 일은 어제오늘 일이 아니다. 그래서 전국에서는 아이들에게 안전한 먹거리를 먹게 하고, 우리 농민들이 직접 생산한 우수한 농산물을 제공함으로써 농가 소득에 도움이 될 수 있게 하려고 부단한 노력을 진행해 왔다. 또한, 급식 업체와 학교 측의 비리와 부정의 피해는 아이들과 학부모에게 모두 가해졌다. 농산물 수입 개방으로 극도의 어려움에 처한 농민들은 부지런히 생산한 농산물이 제값도 받지 못한 채 쌓여 가는 농가 부채만을 감당해야 한다. 또한, 아이들은 사람이 먹지 못할 음식을 곱씹으며 식중독을 앓아야 하는 처지에 놓인 것이다.

전국적으로 학교 급식 조례 제정 운동이 확산되고 경북 지역의 농민 단체, 전교조, 환경 단체, 민주노총 등 여러 단체는 경북운동본부를 결성, 본격적인 학교 급식 조례 제정 운동을 전개하고 있다.

경상북도 의회의 박승학 의원이 발의한 '학교 급식 조례'를 의장직권으로 의회에 상정조차 하지 못했다는 소식에 분노하지 않을 수 없다. 박승학 의원의 노력을 높이 헤아리고, 여러 도의원과 관계자들을 직접 방문하여 학교 급식 조례가 제정될 수 있도록 노력을 해 왔

다. 하지만 최원병 도의회 의장은 아무런 이유도 밝히지 않고 직권을
남용한 것이다.

　우리는 다음과 같이 천명하는 바이다.
　1. 도의회 의장은 이번 경북도 임시회에서 학교 급식 조례가 상
　　　정 · 통과될 수 있도록 모든 노력을 다하여야 한다.
　2. 도청과 중앙정부는 경북도의회에서 학교 급식 조례가 통과되는
　　　데 어떠한 방해와 불순한 개입을 하지 말 것을 경고한다.

2003년 10월 27일
전국농민회총연맹 경북도연맹 의장 황인석

경북도의원은 학교 급식 조례 외면으로
제명을 재촉하지 마라!

지난 11월 4일 경상북도 의회는 해당 지역 농민들과 학부모, 학생 등 도민들을 우롱하는 못돼 먹은 작태를 보였다. 바로 학교 급식 조례안 상정에 반대도 없는 부결 사태가 그것이다. 최원병 의장의 원칙도 없는 회의 진행은 경상북도 의회의 낮은 수준을 보여 주었다. 또한, 무소신에 책임을 회피하려는 기권 의원들은 그들이 우리 도민을 대변할 수 있겠느냐는 의심마저 들게 하고 있다. 지금 우리 농업과 농민은 정부의 개방 농정으로 인해 피폐해질 대로 피폐해지고 밥 대신 농약을 마실 수밖에 없는 처지로 몰리고 있다. 밀려드는 수입 농산물에 농민들은 애써 생산한 농축산물에 있어 제값을 받기는커녕 부채 더미에 올라앉고, 식중독 불안에 떨면서도 어쩔 수 없이 먹게 되는 학교 급식은 우리 학생들을 병들게 하고 있다. 특히 농업·농촌 대붕괴를 예고하는 한−칠레 자유무역협정이 국회 비준을 앞두고 있고 그에 따른 피해가 가장 큰 농도가 바로 경북임에도 이번 학교 급식 조례를 방관한 경상북도 의회 의원들은 진정 어느 나라의 어느 지역 유권자를 둔 의원들인가! 특히 농수산 위원들의 기권은 학교 급식 조례에 대한 취지를 모를 바 없고, 지역 농민들의 절실한 바람도 한순간 묵살해 버린 추태이자 횡포이다. 농민들의 노력에 수모를 안긴 농수산 위원들을 우리는 똑똑히 기억하고 심판할 것이다.

지역 농민들과 농민 단체는 농가 소득을 올리려고 우수 농산물 생산에 땀 흘리며 농업 예산 확보를 촉구하고 있지만, 경상북도 의회 의원들은 농가 소득에 지대한 영향을 줄 수 있고, 학생들의 건강한 식생활을 보장할 수 있는 학교 급식 조례안을 외면하며 제명을 재촉하고 있다.

전국농민회총연맹 경북도연맹은 경상북도 의회 의원들의 반농민적이고 비교육적인 처사를 엄중히 경고한다. 구차하게 어느 의원이 기권했고 어느 의원이 찬성했는지 언급하지는 않겠지만, 오는 11월 21일부터 시작되는 경상북도 의회 정기회에서도 똑같은 태도를 보인다면 농민들은 행동으로 나서서 경상북도 의원들에게 강력하게 책임을 물을 것이다.

2003년 11월 11일
전국농민회총연맹 경북도연맹 의장 황인석

노무현 정부는 농민과의 전쟁을 선포한 것인가!
연행 구속 농민 석방하고 한-칠레 자유무역협정 당장 철회하라!

농민들의 울분이 터졌다. 지난 농업인의 날 노무현 대통령의 119조 원 농업, 농촌 투·융자계획을 발표했음에도 불구하고 19일, 무려 10만여 명의 농민들이 서울로 올라와 울분을 터트린 이유에 대해 노무현 정부는 똑똑히 깨달아야 한다.

노무현 정부의 119조 원 지원은 부질없는 짓이라는 것을 증명한 셈이다. 노무현 정부는 기만적으로 농민단체협의회와 전국 농협 조합장을 구슬려 마치 농민들이 한-칠레 FTA를 찬성하고 있는 양 퍼트리고 있다. 옛 정권이 쓰던 냄새 나는 수법을 그대로 노무현이 물려받고 있어 실소가 나오기까지 한다.

정부는 실토한다. 올해 무역 수출량이 늘고 있고, 칠레 수출 10대 품목 중 5대 품목 수출량이 늘어나고 있다. 자동차는 물론 섬유 제품 수출량 증가가 증거이다. 칠레 수출이 올해 9월까지 작년 동기 대비 9.6% 증가했다. 그럼에도 고집만 피우며 할 말이 없으면 되뇌는 국익이 어쩌고저쩌고 국가신인도 어쩌고 하며 이 같은 사실은 보지도 듣지도 않으려 하고 있다. 또한, 노무현은 '시장 개방 시대에 한-칠레 FTA는 상징적인 의미가 있다.'라고 한다. 도대체 노무현은 한-칠레 FTA에 대해 제대로 알고 있는지 의심이 가는 대목이다. 시장 개방 상징성에 400만 농민은 농토를 버리고 농약을 마셔야 하는가? 전국 농민 대회가 끝나기 무섭게 국회에 FTA 국회 비준을 촉구하고 나서니 노무현 대통령은 눈과 귀를 막고 있는 것이 사실임에 드러났다.

노무현의 농업 · 농민 학대 정책에 농민들은 밥 대신 농약을 마시고 있다. 그러나 노무현 대통령이 선포한 농민과의 전쟁에 노무현은 아직 승리자가 아니다. 계속해서 농민들을 농토가 아닌 감옥과 거리로 내쫓고 있지만, 생산의 터전인 농토와 농촌을 버릴 수 없다. 선심을 쓰듯 내놓은 119조 원을 삼키면 독이 되는 줄 농민은 안다. 그 독은 농가 부채가 될 것이고, 농토가 아스팔트 거리로 바뀔 것이며 농민의 밥은 농약이 될 것이다.

　식량 자급 계획도 없는 농업정책은 무용지물이요, 세계 국가의 농업 보호 대세에 거스르는 것임을 노무현은 깨달아야 한다. 불법 폭력 시위 단체와는 대화를 거부하겠다는 노무현에게 고한다. 농업을 업신여기고 농민을 학대하는 자를 농민들은 상종하지 않는다. 구속된 농민을 당장 석방하고 농민 학대에 대한 사죄와 한-칠레 자유무역협정을 스스로 철회하길 엄중히 촉구한다.

2003년 11월 21일
전국농민회총연맹 경북도연맹 의장 황인석

경북 지역 농협 조합장은 즉각 농민 앞에 사죄하고
한-칠레 FTA 지지 선언을 철회하라!

지난 11월 11일 노무현은 농업인의 날 '농업 119조 원 투·융자 계획'을 발표하였다. 하지만 이것이 농민에게 독이라는 것을 모르는 이는 없다. 지난 11월 19일 서울 전국 농민회에서 터져 나온 농민들의 울분과 투쟁이 그것을 증명한 셈이다. 농협 조합장도 이를 모를 리 없다. 그러나 전국 농협 조합장은 우리 농민 조합원의 분노에 기름을 부었다. 전국 농협 조합장 일동 명의의 한-칠레 자유무역협정 국회 비준을 촉구하는 성명이 발표된 것이다. 이게 웬 날벼락 같은 소리인가!

농민에게 협동조합은 과연 무엇인가! 협동조합은 경제적 약자인 농민들이 서로 돕고 협동하는 자주적이고 민주적인 경제 조직체이다. 또한, 협동조합은 조합원들의 정치·사회적 지위를 향상시키는 사회적 구실을 하는 자조·자율적인 민간 운동체이다. 그런데 농협 조합장들의 농업 기반을 무너뜨리는 한-칠레 FTA가 좋다며 비준을 촉구하다니 우리 농민들은 분노하지 않을 수 없다.

노무현의 119조 원 투·융자에 눈이 멀어 FTA로 인한 피해 보상 지원이라는 조건까지 걸며 한-칠레 FTA 비준을 구걸한단 말인가! 농협 조합장이 맞는지 의심하지 않을 수 없다. 농민들이 농협을 개혁하자는 목소리는 외면한 채 한-칠레 FTA로 깔아뭉갤 수작만 부리는 농협 조합장은 더 이상 조합장으로 자격과 자질을 상실한 것이나 다름없다. 농민 조합원보다 농협 중앙회의 눈치만 살피는 조합장은 필요 없다.

우리는 다음과 같이 요구한다.

1. 한-칠레 FTA 국회 비준 촉구 성명에 동참한 조합장은 당당히 밝히고 조합장직을 당장 사퇴하라!
2. 지금이라도 한-칠레 FTA 국회 비준 촉구 성명 발표가 잘못된 것이라면 한-칠레 FTA 무조건 반대 서명서와 번복 성명서를 조합원들에게 밝혀라!
3. 조합장은 각 소속 농협 건물에 조합장 명의의 '농민 생존 압살하는 한-칠레 FTA 무조건 반대한다! 라는 현수막을 내걸어라!

위의 요구가 무시된다면 농민들을 무시하고 농업을 파괴하는 장본인으로 낙인찍고 그 본보기를 보여 줄 것이다.

농민의 생존과 우리 농업을 살리는 길에 지금이라도 진심으로 동참하기 바란다.

2003년 11월 22일

전국농민회총연맹 경북도연맹 의장 황인석

농협중앙회는 전국 농협 조합장 성명 사건 진상을 밝히고 농민 앞에 사죄하라!

– 농민을 두 번 죽인 경북 농협 운영협의회 결과를 보며 –

12월 1일 경북 농협 운영협의회가 열렸다. 지난 11월 17일 전국 농협 조합장 명의의 한-칠레 자유무역협정 비준 촉구 성명 발표에 농민들의 반발이 거세지고 일선 조합장들의 난데없는 전국 농협 조합장 성명에 난색을 표하고 있다. 하지만 경북 농협 운영협의회는 번복 성명서를 낼 수 없고 어떠한 사과도 할 수 없다는 입장을 보였다. 농민을 두 번 죽이는 작태가 아닐 수 없다. 영주 배태석 조합장은 한-칠레 자유무역협정 국회 비준 반대 의사와 더불어 전국 농협 조합장 성명에 반발하는 서약까지 했으며, 경북 시·군에서도 많은 조합장들이 지난 성명은 자신의 의지와 무관하고 어떠한 연락도 받지 못했다고 실토했다. 그렇다면 어떻게 전국 농협 조합장 명의의 성명서가 발표될 수 있었을까에 대해 의심이 가지 않을 수 없다. 농협 중앙회는 지역 조합장의 명의까지 도용하면서 생존의 갈림길에 선 우리 농업과 농민을 우롱하고 여론을 호도하고 있다. 결국, 농협 중앙회는 한-칠레 자유무역협정 비준을 촉구하는 노무현 정부와 한통속이 되어 농민에게 농사를 포기하고 죽음을 강요하고 있다.

농협 중앙회는 대다수 농협 조합장의 뜻과 무관하게 일방적으로 발표한 성명을 즉각 폐지하라! 지역 조합장을 자신의 꼭두각시로만 여기는 농협 중앙회는 과거 군부독재 시절 놀음을 중단하고 농민 조합원들의 뜻을 따라 한−칠레 자유무역협정 국회 비준 거부 성명을 즉각 발표하라!

지역 조합장은 자신의 뜻과 무관하고 일방적으로 발표한 농협 중앙회에 대해 당당하게 반대 의사를 분명히 밝히고 끝까지 농민들과 함께 한−칠레 자유무역협정 국회 비준 반대 대열에 있기를 진심으로 바란다.

2003년 12월 1일
전국농민회총연맹 경북도연맹 의장 황인석

한-칠레 자유무역협정 비준 동의안을 통과시킨
통외통위 위원들은 나라 팔아먹은 매국노다!

국회 통일외교통상위원회는 망국적인 한-칠레 자유무역협정 비준 동의안을 기습 통과시켰다. 한-칠레 자유무역협정이 농업 부문에는 돌이킬 수 없을 만큼의 막대한 피해를 준다는 경고와 공산품 수출에도 결코 이익이 되지 않는 잘못된 협정임을 누누이 강조했다. 그럼에도 불구하고 통외통위 위원들은 한-칠레 자유무역협정으로 무엇이 국익이고 망국인지 분간하지 못한 채 그저 '세계적 왕따'니 '다른 나라다 하는데 우리만 안 했다'라느니 하면서 사대주의만을 앞세우고 세계적 대세를 외면하고 있다.

한-칠레 자유무역협정의 위험성은 우리 농업을 완전히 파괴하고 농민을 농토에서 내쫓는다는 것이다. 지금도 중국산, 미국산 수입 농산물에 제값을 받지 못한 농산물은 농민들에게 빚더미만 안겨 주고 정부의 잘못된 농정에 대한 반성과 대책 없이 무조건 수입만을 농민들에게 강요하고 있다. 더구나 우리나라는 식량 자급에 심각한 문제가 있다. 쌀을 제외한다면 5%에도 밑도는 식량 자급률이다. 여기에 칠레에 이어 중국, 일본, 호주, 미국 등 줄줄이 자유무역협정으로 농업 부분을 포함시킨다면 농업이라는 직업과 농민은 이제 박물관에서나 볼 수밖에 없다.

서정화, 한승수, 이창복, 정대철, 박원홍, 유재건, 조웅규, 이부

영, 김덕룡, 이상수, 맹형규, 유흥수……

　이 수많은 농민들 가슴에 대못을 박은 이 작자들을 우리 농민들은 절대 용서하지 않을 것이다. 잊지 않을 것이다. 농업을 포기한 국회의원이 무슨 자격으로 국민을 대변한단 말인가! 농민을 죽음으로 몬 이 작자들을 현대판 매국노로 취급하고 조상님이 물려준 방법대로 매국노를 처벌할 것이다.

　농민들은 지금 가슴이 찢어진다. 자손만대 물려줄 농토를 빼앗기는 심정이다. 피땀 흘려 지은 농사를 몇몇 매국노의 농간으로 일제에 빼앗겼던 우리 아버지, 어머니의 심정이다. 먹지 않고 살 수 있는 저 12명의 매국노를 우리 농민들은 결코 잊지 않을 것이다.

2003년 12월 27일
전국농민회총연맹 경북도연맹 의장 황인석

경북도연맹 11기
2차년도 성명서 모음

노무현 대통령과 경찰은 농민에게 사죄하고
연행 농민을 즉각 석방하라!

　노무현 대통령은 2월 9일 한-칠레 FTA 국회 비준 무산에 대해 농민들에게 화풀이하고 있는가! 노무현 대통령은 불과 1년 전의 농민과 약속도 폐기 처분하고 그 무슨 대세니, 국가신인도니 하며 한-칠레 FTA 국회 비준을 강요, 국무총리, 농림부 장관, 외교부 장관 등 관료들을 총동원해 농업과 농민을 거리로 내몰며 미국 눈치 보기에 정신이 팔려 있었다. 국민들의 먹거리를 책임진다는 사명감으로 농사를 짓고 있는 농민들은 당연히 분노할 수밖에 없으며 한 달에 몇 번이고 국회 앞으로 달려갔다. 그러나 농민들 앞을 가로막은 것은 시커멓게 늘어선 경찰의 곤봉과 날카로운 방패뿐이었다. 이는 농민들의 분노와 울분을 몽둥이로 다스리겠다는 것이 아니고서야 무엇이겠는가!

2월 9일 농민들은 한-칠레 FTA로 농업이 망하고 농가 부채에 짓눌려 죽는 것이나, 경찰의 몽둥이에 맞아 죽는 것이나 마찬가지라며 한국 농업이 더 이상 불행하게 되지 않기 위해 맨몸을 던지며 무장한 경찰들을 상대했다. 그러나 적반하장도 유분수지 목숨 줄 내놓으라는 노무현 정부에 항의하는 농민에게 방패와 곤봉, 물대포, 최루탄도 모자라 농민들을 연행까지 했다. 한-칠레 FTA는 농민 대학살이자 총칼이다. 농민을 학살한 죄는 누구에게 있는가? 잘못된 농업 정책에 항거하는 농민들을 짓밟고 말겠다며 폭력을 휘두르는 자들을 구속하고 처벌하라!

　　2월 9일 전국 농민들의 분노와 울분, 그리고 그들의 절절한 심정을 보았을 것이다. 이에 전국농민연합 경상북도연맹의 입장을 단호히 밝힌다.

　　한-칠레 자유무역협정을 단호히 반대하며 연행 구속한 농민들을 즉각 석방하라! 농업을 업신여기며 희생만을 강요한다면 우리 농업과 농민이 당한 만큼 노무현 정부를 취급할 것이다. 또한, 노무현 정부의 한-칠레 FTA 국회 비준 강행 방침에 동조하는 국회의원은 농민과 국민의 엄중한 심판을 받을 것임을 경고한다.

2004년 2월 11일
전국농민회총연맹 경북도연맹 의장 황인석

한-칠레
FTA는 무효다!

농민들의 비통한 마음 금할 길 없다. 대한민국 국회는 노무현 대통령과 합작으로 한국 농업에 사형선고를 내렸다.

경제 성장에 농업이 장애물인가? 국가 신뢰도에 농민들이 훼방꾼인가? 일 년 열두 달 쉬지 않고 한-칠레 FTA는 우리 농업을 황폐화하고 국가적 손실을 야기한다고 누누이 주장해 왔다. 148명의 국회의원도 이에 동의하고 반대 서약까지 농민들에게 돌렸다. 그러나 결과는 이 역적 같은 국회의원들이 농민들에게 등을 돌리고 비열하게 웃는 모습이었고 또다시 우리 농민들은 "속았구나!"를 연발하였다.

이제 우리 농업은 어디로 가는가! 땀 흘려 지은 농사가 고스란히 수입 농산물에 밀려 농가 빚으로 늘어나고 우리 국민들은 수입 농산물에 의존할 수밖에 없는 처지에 놓이게 되었다. 정부가 농업·농촌에 지원하겠다는 돈은 모두 국민 혈세일 것이다. 농업은 재앙을 맞고 국민은 식량의 노예로 전락할 것이다. 이것은 빈말이 아니다.

한-칠레 FTA 국회 통과로 이 나라 저 나라 한국을 쉬운 상대로 여기고 식량을 무기 삼아 더욱 거센 시장 개방 압력이 들어올 것이 불 보듯 뻔할 터인데 이제 우리 농업, 그리고 우리 국민들의 먹거리는 어쩌란 말인가!

먹지 않고 사는 사람은 없다. 죽어 가는 농업과 농민에 확인 사살을 가한 대한민국 국회와 노무현 대통령을 우리 농민은 절대 잊지 않을 것이다. 농업이 몇 푼의 지원과 특별법으로 살릴 수 있는 문제가 아니다. 휴대전화와 자동차를 식량으로 대체할 수 없고 돈을 익혀 먹을 수 없다. 사람의 입으로 들어가는 생명을 지켜 주는 식량이 핵무기보다 무서울 때가 오고 있다.

농업을 포기한 나라는 절대로 선진국이 될 수 없고 국민도 잘 살 수 없다. 농업을 포기한 대한민국 국회와 노무현 대통령은 국민의 생명을 포기한 것이고 민족의 주권마저 포기한 파렴치한임을 우리 농민들과 국민들은 똑똑히 기억할 것이다. 훗날 어떠한 변명도 없다. 다만, 역사의 처벌만 기다려야 할 것이다.

농민들은 평생 박탈감만을 받아 왔다. 이제 그 도를 넘었다. 당장 400만 농민들은 한−칠레 FTA 비준 통과의 주역인 한나라당과 열린우리당, 그리고 이에 동조해 농업 포기 대열에 들어선 자들을 이번 4.15 총선에서 기필코 응징할 것이다. 우리 농업 희생을 위한 항쟁은 계속될 것이다.

2004년 2월 17일
전국농민회총연맹 경상북도연맹 의장 황인석

전 국민이 봉기하여 16대 국회 해산시키고
국민이 심판하자!

16대 국회는 죽었다. 한나라당, 민주당은 국민의 의사도, 국가의 안위도 전혀 안중에 없이 오로지 머릿수만을 앞세워 백주에 국민 배반의 의회 쿠데타를 강행했다.

16대 국회에 국민은 없었다. 온갖 부정부패와 차떼기 도둑 소굴인 한나라당과 민주당은 국민 앞에 석고대죄하지 못할망정 민생 외면, 국정 파탄, 방탄용 국회로 더 이상 국회엔 국민이 없음을 스스로 드러냈다.

한나라당과 민주당은 대통령을 탄핵할 자격이 있는가? 불법 대선 자금 10분의 1 초과가 대통령의 탄핵감이라면, 대선 자금 중간발표에서 밝힌 8백억 원이 넘는 검은돈을 삼킨 한나라당은 능지처참감이며 민주당은 기어코 미국의 사주를 받아 나라를 혼란케 하고 국민을 능멸한 죗값을 치러야 할 것이다.

불과 며칠 전 100년 만의 폭설로 집과 축사가 무너지고, 엄청난 농작물 피해와 함께 닥쳐올 한-칠레 FTA 수입 개방으로 시름에 빠진 농민들의 생존과 우리 농업의 위기는 외면하고, 오로지 자신들의 정치적 위기를 타개하고자 국민들에게 불안과 혼란을 던진 국회는 농민들과 국민들의 심판을 피할 수 없다.

노무현 대통령을 청와대에서 끌어내릴 수 있는 자격이 있는 사람은 평화와 통일을 갈망하는 평화 애국 세력이며, 폭력 경찰의 몽둥이와 방패에 눈을 잃고 머리가 깨지면서도 식량 주권을 지키고자 희생했던 400만 농민들이다. 또한, 오늘의 이러한 사태까지 정략적 발상으로 안일한 대처를 한 노무현 대통령도 그 책임을 벗어날 수 없다. 전 국민의 반대에도 미국의 눈치 보기에 급급해 이라크 파병 동의안을 통과시켜 평화를 사랑하는 민족사에 씻을 수 없는 치욕을 남겼으며, 400만 농민들의 피어린 절규에도 망국적인 한−칠레 자유무역협정을 통과시킨 일등공신이기 때문이다. 우리 농민들과 국민들에게 노무현 대통령은 집권 1년도 못 돼 실망을 안겨 주었다. 그러나 우리는 이번 탄핵 동의안 통과가 단순한 국내 정치 세력의 이해타산에 따른 야합 정치를 넘어 친미 보수 세력을 총집결시켜 재집권을 노리는 미국 공작 정치의 결과라고 본다. 농민들은 오늘 사태의 심각성을 인식하고 미국의 공작에 놀아나고 민족의 열망인 자주 평화 통일을 방해하려는 어떠한 세력의 주동에도 좌시하지 않을 것이며, 반드시 철퇴할 것이다. 우리 농민들은 각계각층의 애국 진보 세력들과 함께 새 시대 새 정치를 실현하는 데 총력을 다할 것이다.

2004년 3월 12일
전국농민회총연맹 경북도연맹 의장 황인석

농업정책 공약 발표 및
민주노동당 지지 기자회견문

우리 농민들은 선거 때만 되면 농민들 앞에 서서 자신도 농민의 아들이라고 강변하며 지지를 호소하는 정치인들을 경멸한다. 지난 오십 년 세월 동안 우리는 수많은 총선, 대선을 거치면서, 그 농민의 아들들에게 배신당해 왔고 그 결과 우리 농업이 절멸의 위기에 놓이게 되었다. 여·야 정당 농촌 지역 대다수 국회의원 입후보자들 또한 지역 출신 농민의 아들이 지역 농민들을 누구보다 잘살게 해 주겠다고 장밋빛 약속을 하지만, 이제는 더 이상 이들을 믿지 않는다.

2003년, 한 해만도 우리 농민들이 100일 이상을 서울 여의도 아스팔트 위에서 폭력 경찰에게 맞아 가며 저지하려 했던 한-칠레 FTA. 지난 2월 16일 여·야 국회의원이 사이좋게 통과시켰던 그 통탄의 날을 우리는 결코 잊을 수 없다. 여·야 기성정당과 정치인들은 선거 때마다 농업을 살리고 농민들에게 소득을 증대시켜 주겠다고 약속했다. 그러나 오히려 정반대로 그들이 개방 농정에 앞장섰고, 농가 소득 증대는 고사하고 농민들을 빚더미에 올려놓고 농촌을 황폐화한 장본인들이 그들 아닌가? 농민들의 의중을 외면한 채 농업을 무작정 개방하고, 공업을 위해 농업을 희생시키는 것은 너무도 당연하다는 정치판에서 농민을 진정으로 대변하는 국회의원은 눈 씻고 찾아봐도 없었다. 이제 정치권이 선거 시기에는 달콤한 말로 농민을 현혹하고, 권력을 잡으면 농민을 3등 국민 취급하는 행태를 더 이상 반복하지 않도록 우리 농민들이 결단해야 한다. 농민들을 그동안 헌신짝 취급했던 자들에게, 반 농업, 반 농민 행위를 일삼아 오던 수구 · 보수 · 부패 정치인들에게 이번 총선에서 농민들의 분노를 보여 주어야만 한다.

농업은 국가기관 산업이며, 국민들에게 안전한 먹거리를 제공하고, 나아가서는 우리 국토의 환경을 보전하는 환경 산업이다. 또한, 농업을 지키고 발전시켜 나간다는 것은 국가 안보의 토대가 되는 중차대한 안보 산업이다. 따라서 농업을 경쟁력이라는 잣대만으로 평가하는 정치인은 이제는 더 이상 필요 없다. 정치인을 비롯한 우리 국민 모두가 농업을 민족의 생존과 전통, 문화가 공존하는 다양성, 다원적 기능으로 이해하지 않는다면, 한국의 농업은 이 땅에서 사라질 수밖에 없다.

전국농민회총연맹 경상북도연맹은 이러한 농업 문제를 인식하고 그동안 4백만 농민들을 대변, 4백만 농민들과 함께 투쟁하며 우리 농업을 지켜 왔다. 그러나 이제는 농민 투쟁과 함께 이러한 농정 철학을 가진 정당을 지지하고 이 정당이 국회에 다수 진출해 농업과 농민을 대변하도록 하는 것이 우리 농업을 지켜나가고 우리나라의 발전과 민족의 장래를 위하는 길임을 뼈저리게 느끼고 있다.

전국농민회총연맹 경상북도연맹은 이러한 인식 속에서 민주노동당을 지지하고자 한다. 민족 농업을 지키고 농촌과 농민을 지속시키려는 농업정책을 펼칠 유일한 정당, 농민들의 소득 보장과 의료, 교육, 노후 생활 등 농민들의 기본적인 생활환경을 보장해 줄 유일한 정당, 그리고 도시와 농촌이 서로 상생할 수 있는 정책을 펼칠 유일한 정당인 민주노동당을 적극적으로 지지하고자 한다.

전국 농민회와 민주노동당은 농업 분야 3대 핵심 공약 및 10대 주요 공약을 함께 만들었다. 우리는 이를 농민들에게 널리 알리면서 농촌 지역에서 민주노동당 지지의 큰 바람을 불러일으킬 것이다. 특히 정당 명부 투표에서 민주노동당만이 농민들의 삶을 실질적으로 개선할 수 있는 유일한 정당임을 홍보해 농촌 지역에서 30% 이상의 지지를 얻을 것이다.

전국농민회총연맹은 민주노동당 후보로서, 농촌 지역에 다섯 명의 지역구 후보와 두 명의 비

례대표 후보를 출마시켰다. 우리는 이들의 국회 입성을 위해 모든 노력을 기울일 것이다. 또한, 도·농 복합 지역에 출마하면서 쌀 시장 개방 반대와 식량자급률 법제화를 위해 서약한 민주노동당 후보를 위해서도 적극적인 선거운동을 전개할 것이다. 전국농민회총연맹과 민주노동당은 이번 17대 총선에 출마하는 농민 후보의 원내 진출과 민주노동당 다수의 원내 진출을 통해 농업정책의 새로운 틀을 제시할 것이며, 이후 국민적 합의 속에 전개할 식량 주권 선언 운동을 통해 우리 농업을 회생시킬 수 있는 새로운 계기를 만들어 낼 것이다.

2004년 4월 3일
전국농민회총연맹 경북도연맹 의장 황인석

쌀은 주권이다,
주권은 협상 대상이 될 수 없다

– 미국과의 쌀 관세화 유예 연장 협상 시작에 즈음하여 –

오늘(6일) 쌀 관세화 유예 연장을 위한 협상이 본격적으로 시작된다. 그 첫 번째 상대국은 미국이다. 현재 정부는 쌀 협상이란 관세화 유예 연장을 위한 협상이라며 '10년 재유예와 쌀 의무 수입량 최소한 억제'를 목표로 하고 있다고 밝히고 있다. 그러면서 정부는 상대국에서 무리한 요구를 할 경우 관세화를 받아들이는 카드를 쓰겠다고 한다. 한편, 농림부는 올해 추곡 수매가를 지난해보다 4%를 내리겠다고 한다.

정부는 결국엔 쌀 개방을 기정사실화하면서 농업을 포기할 수도 있다는 것을 말한 것이다. 정부는 협상 입장과 태도의 문제 이전에 식량 자급에 대한 정확한 입장부터 표명하여야 할 것이다.

농업은 단순히 식량을 생산하는 차원을 넘어 우리 사회에 미치는 순기능이 무궁무진하다. 또한 자국의 식량 수급에 대한 조절과 통제를 할 수 있는 식량 자급 정책을 구체적으로 제시하고 실현해 내야 함에도 오히려 정부는 대한민국의 식량을 수급하는 역할을 남에게 맡기는 꼴을 보이고 있다.

전 세계적으로 식량 수출국이 수입국으로 이동하고 선진국으로 갈 수록 자국의 식량자급률을 높이기 위한 농업정책을 내놓고 있다. 특히 기상이변이 속출하고 쌀 생산량 등 농산물 생산이 급격히 줄어들고 있는 지금 식량은 단순히 배만 채워 주는 것이 아니라, 한 국가의 안보이고 국민의 주권이다. 오늘부터 진행되는 쌀 관세화 유예 연장 협상에서 정부가 가져야 할 입장과 자세는 쌀을 국가 안보와 주권의 문제로 보아야 한다는 것이다.

관세화가 유리하니 관세화 유예가 문제가 아니라, 우리가 식량 자급을 스스로 할 수 있는 나라가 되느냐 아니냐의 문제가 가장 시급하며, 이제 마지막 식량마저 남의 손에 넘기느냐 하는 주권의 문제가 산적해 있는 것이다.

우리나라는 이미 미국 농산물 전 세계 소비율 1위 국가이다. 또한, 미국의 곡물 회사인 카길에서 수입하는 양은 전체 수입 곡물의 60%를 차지하고 있다. 이렇듯 미국은 이미 대한민국의 식량 산업을 장악해 들어가고 있다. 그만큼 우리 정부는 미국의 수입 개방 압력에 속수무책으로 굴복해 왔으며 식량자급률 26.9%(쌀을 제외하면 5%)라는 하루 세끼 중 한 끼도 자급하지 못하는 지경에 이르고 말았다. 결국, 우리 농업과 농촌은 붕괴 직전에 놓이게 된 것이다.

미국은 수입 개방 압력을 즉각 철회하여야 한다. 또한, 우리 정부가 이번 협상을 미국의 눈치나 살피고 구걸할 요량이라면 즉각 협상단을 철수하는 편이 낫다. 농업은 민족의 생존을 지키는 중대한 국가 산업이다. 우리 민족에게 있어서 쌀은 생명이며, 주권이다. 주권은 거래할 수 있는 것이 아니다. 쌀 수입 개방 불가피를 주장하는 사람은 자신들의 주장이 우리 민족과 국민들의 생명인 주권을 거래하는

데 찬성하는 반국가적이고 반국민적 행위임을 깨달아야 한다.

　우리 농민들은 지금 농촌 전역으로 쌀 개방 찬성과 반대를 묻는 농
민 투표를 확대하고 있다. 또한, 9월 10일 전국적으로 100만 농민 대
회를 성사시키고 전 국민의 동의와 지지를 이끌어 쌀 개방을 막는 데
온 힘을 다할 것이다.

2004년 5월 6일
전국농민회총연맹 경북도연맹 의장 황인석

농업 탄압 중단하고
쌀 시장 개방 압력 거부하라!

농민들의 눈물을 아직도 모르겠는가? 지난 6월 21일 3,000여 명의 농민들이 초대형 태풍이 몰아치는 가운데 경북 영주에서 농민 대회를 개최했다. 농민 대회에서는 쌀 개방만은 안 된다며 정부의 쌀 개방 정책을 강력히 규탄하고 조상 대대로 내려온 농사를 중단할 수 없다는 의지를 분명히 하였다. 정부의 잘못된 농업정책으로 인한 피해가 고스란히 농민들에게 전가되는 지금, 농민들은 마지막 눈물의 호소를 한 것이다. "쌀마저 무너진다면 이제 농업은 없다."라는 절절한 눈물이다.

우리나라 농업과 농민이 생사기로에 서 있는 지금 농협은 제 역할을 못하고 있는 실정이며, 조합장을 비롯한 임직원의 임금만 높일 뿐, 농민들과 고통은 함께 나누지 못하고 있다. 농민들이 직접 만들어 낸 농협마저 농민의 눈물을 짜내고 있는 것이다.

지난 6월 21일 경북 농민 대회는 이러한 농민들의 고통과 불안이 어느 정도인지 보여 준 대회였다. 그러나 노무현 정권과 경찰은 또 한 번 농민들 가슴에 대못을 박고 있다. 대회를 마치고 귀가하던 농민들을 무장한 1~2개 중대 경찰들이 불법적으로 연행해 아직 유치장에 묶어 놓고 있다. 또한, 각 시·군 경찰서와 함께 시위 가담자들에게 무차별적이고 불법적인 연행을 시도하고 있다.

전국농민연합 경상북도연맹은 노무현 정권과 경찰의 이 같은 농민 탄압을 아래와 같이 규정하고 강력히 대응할 것이다.

첫째, 본격적으로 진행될 농민들의 쌀 개방 반대 투쟁을 조기에 진압하고 농민 여론을 무마시키기 위한 탄압이다.

둘째, 경북 농민 대회가 2차 쌀 재협상을 앞둔 시점에서 진행된 전국 첫 대회이고 이것이 전국으로 확대되는 것을 사전에 막고자 하는 의도가 분명히 있다.

셋째, 이러한 무차별적이고 폭력적인 탄압으로 농민회를 와해시키려는 의도가 분명하다.

전국농민연합 경상북도연맹은 이 땅의 고통받는 모든 농민의 눈물 어린 호소마저 외면하고 탄압으로 일관하는 노무현 정권과 경찰에게 엄중히 경고한다. 즉각 연행된 구미, 안동 농민을 석방하고 추가적인 농민 연행을 중단하라! 쌀을 지키고 농업을 지키려는 농민들의 호소에 탄압의 몽둥이만을 앞세우고 여론을 호도한다면 우리는 모든 수단과 방법을 가리지 않고 투쟁할 것이다.

이제 빼앗길 대로 빼앗기고 남은 것 없는 이 땅의 농민들이 물러설 곳이 없다는 것을 분명히 알아야 한다. 농민들은 쌀마저 개방된다면 이제 이 나라 농업이 사라진다는 것을 잘 알고 있다. 그러기에 마지막 절규를 하는 농민들에게 피눈물을 흘리게 하지 말 것을 다시금 촉구한다.

2004년 6월 23일
전국농민회총연맹 경북도연맹 의장 황인석

정부는 쌀 개방 찬반 농민 투표 방해 공작
집어치워라!

정부가 언제 농민들에게 농업정책을 물어보고 시행했는가! 쌀 개방은 곧 우리 농업의 붕괴와 식량 주권의 심각한 위기에 빠뜨린다는 사실을 모른단 말인가.

정부는 농민들에게 한 번도 물어보지 않고 또 농민들 모두가 쌀 개방을 반대하고 있는 마당에 정부는 오히려 쌀 개방 대책만을 운운하며 벌써 추곡수매제도 폐지 등 쌀 개방을 기정사실화하는 농업정책을 내놓고 있다.

우리 농민들 전체 의사가 어떤지 확인도 안 해 보고 개방 압력에 밀려 우리의 주식이며 식량 주권의 마지막 보루인 쌀마저 개방하겠다는데 가만히 앉아 있을 농민이 도대체 어디에 있단 말인가.

우리는 우리 농민들의 의사를 확인하고 있다. 정부가 못하는 일을 농민회에서 한다는데 지원을 할 일이지 방해를 해서 되겠는가. 당장 농민 앞에 사죄하고 방해 공작 중단하라.

농민 총 투표가 무슨 사실을 왜곡하며 농민들에게 잘못된 정보를 제공한단 말인가. 정부는 국민에게 안정적인 식량을 공급할 수 있도록 수습 통제력을 유지하고 어떤 상황에서도 식량 주권을 지킬 수 있도록 도와야 한다. 하지만 현 정부는 자기 역할을 회피하고 이러한 사실을 외면하면서 우리 주식인 쌀 시장을 개방하여 결국 안정적인 식량 수습 통제력을 잃고 식량 주권을 남의 손에 넘겨주려고 하고 있지 않은가.

정부가 지금까지 내놓은 농업정책 중 성공한 것이 있는가? 답은 없다, 이다. 왜냐하면, 사실을 왜곡하고 개방 대세만 부르짖다가 미국 등 외세의 눈치만 살피면서 결국 우리나라 농업현실이 이 지경이 되었기 때문이다. 또한, 노무현 정부와 WTO이며, 그 부당성을 당당히 제기하기는커녕 강대국들 눈치나 보는 게 정부가 아닌가.

　자! 정부는 이제 쌀 개방을 할 것인지 말 것인지 농민들에게 직접 물어보라. 정부가 하지 않으면 우리가 한다.

2004년 7월 3일

전국농민회총연맹 경북도연맹 의장 황인석

정부는 국민에게
표백제 쌀을 계속 먹일 셈인가

　시중에 유통되는 중국산 찐쌀이 특히 대구에서 불티나게 팔려 나
갔다. 그러나 우리 쌀의 반값도 되지 않는 중국산 찐쌀에 인체에 해
로운 다량의 이산화황(표백제)이 검출되어 국민들에게 큰 충격을 주고
있다. 국내 시장에 유통된 중국산 찐쌀은 청산가리보다 독성이 10배
나 강하고 치명적인 발암물질인 황곡 곰팡이가 다량 함유된 사실이
밝혀지면서 사회적 파문을 일으키고 있다. 그러나 더욱 놀라운 것은
이미 국내에서 중국산 찐쌀이 떡, 떡볶이, 미숫가루, 쌀 과자 등 가
공식품뿐만 아니라 김밥, 도시락, 중국집 등에서 우리 쌀과 섞어 판
매되고 있다. 이 같은 사실이 밝혀졌음에도 보건복지부, 농림부, 식
약청 등 정부에서는 아무런 사과도 없고 대책도 없다. 매년 증가하는
중국산 찐쌀 중 이미 많은 양이 시중에 유통되고 있다.

　정부는 당장 시중에 유통되는 표백제 중국산 찐쌀을 한 톨도 남김
없이 수거·폐기 처분을 해야 한다. 둘째로 중국산 찐쌀이 표백제 쌀
로 우리 국민의 건강과 생명을 해치고 있으니 오늘부터 중국산 찐쌀
수입을 전면 중단해야만 한다. 또한, 국민의 건강과 생명은 뒷전이
고 철통밥그릇 지키기에 급급했던 식약청 관리들은 물론 보건복지부
장관을 즉각 해임시키고 표백제 중국산 찐쌀 수입업자를 강력히 처
벌해야만 한다.

　우리나라로 수입되는 각종 먹거리의 문제를 일으킨 것은 어제오늘
일이 아니다. 계속해서 뒷북이나 치고 있는 정부의 정책에 이번만은

결코 어물쩍 넘어가서는 안 된다.

　정부가 지금 쌀 수입 개방을 전제로 한 농업정책을 내놓고 농민을 불안하게 하고 있으며, 나아가 국민의 건강과 생명마저 표백제 쌀의 방치로 위협하고 있다. 쌀 개방이 된다면 표백제 쌀 파동을 넘어 안전하게 생산·공급되어야 할 식량마저 외국에 의존하게 되면서 국민들은 생명과 건강을 더욱 위협받게 될 것이다. 정부가 국민의 건강과 생명을 위협하고 있으니 우리 국민들은 도대체 지금 정부가 어느 나라 정부인가 분간하기 힘든 실정이다. 나아가 이번 표백제 중국산 찐쌀 사태는 쌀 개방 이후에 나타날 수많은 문제점에 대한 단면을 보여주는 사례에 불과하다. 쌀 개방은 곧 국민의 생명을 위협한다는 것을 명심해야만 한다.

2004년 8월 23일
전국농민회총연맹 경북도연맹 의장 황인석

대국민 호소문

– 민족의 명절 한가위와 추수를 앞두고
논을 갈아엎는 농민을 보며 –

우리는 오늘 농민들의 눈물을 보았습니다. 들녘에 있어야 할 농민들이 아스팔트로 나온 지 오래입니다. 오늘은 애지중지 키워 온 자식처럼 소중한 벼를 갈아엎습니다. 여름 내내 땀 흘려 보살폈던 나락을 폐기합니다. 이삭 하나도 소중히 여기며 우리나라의 식량 창고를 채우고 지켜 왔던 농민들이 수확을 포기합니다.

우리의 주식인 쌀이 위기에 빠져 있고 식량자급률이 쌀을 제외하면 5%에도 미치지 못하는 식량 현실에 쌀 개방 문제가 어찌 농민만의 문제이겠습니까? 식량 주권, 식량 자급 문제는 국민 전체의 문제입니다. 그러나 지금 정부는 이토록 중대한 문제인 쌀 개방 문제를 몇몇 통상 관료에게 맡기고 국민에게 한번 묻지도 않습니다. 9월 21일 어제 정부는 쌀 재협상을 진행하고 있고, 쌀 재협상 성격상 국민투표를 수용할 수 없다고 발표하였습니다. 쌀 개방 문제는 이 나라 국민의 건강과 생명, 국토 환경, 식량 주권과 직결된 문제입니다. 이처럼 중대한 문제가 몇몇 통상 관료의 손에 달려 움직이고 있는 실정입니다. 정부는 또한 협상 내용과 과정에 대한 설명도 없이 "어렵다. 어렵다."는 말만 되풀이하고 있습니다. 우리는 정부의 국민투표 수용

불가 이유를 납득할 수 없으며 불안감을 감출 수 없습니다.

  국민 여러분! 오늘 농민들이 수확을 포기하고 논을 갈아엎지만 절대로 이 나라 농업은 포기할 수 없습니다. 농민들도 농사를 포기할 수 없고 우리 식량 창고를 내줄 수 없다며 오늘 논을 갈아엎었습니다. 세계에서 식량 자급이 꼴찌를 달리고 외국산 수입 농산물에 계속 의존한다면 이제 식량이 무기가 되어 가까운 훗날 우리 국민을 위협할 것입니다.

  정부는 쌀을 국민에게 안정적으로 공급하고자 만든 추곡수매제도까지 폐지하려고 합니다. 우리 주식, 우리 쌀을 절대로 포기할 수 없습니다. 쌀 시장 개방은 있을 수 없습니다.

  국민 여러분! 오늘 이 순간 우리는 농민의 눈물을 기억합시다. 그리고 정부에게 요구합시다. 정부는 국민의 생명과 직결된 쌀 개방 여부를 묻는 국민투표를 실시하라. 정부는 추곡수매제도 폐지를 철회하고 식량 자급 목표치를 법제화하라. 이것이 우리 국민의 한결같은 요구이며 절규입니다.

2004년 9월 22일
우리 쌀 지키기 식량 주권 수호 대구 · 경북운동본부

■ 정부가 포기한 농업,
수입 개방에 앞장서는 농림부 장관이 가소롭다. ■

- '논을 갈아엎는 행위는 용납할 수 없다'는 내용의
농림부 장관 편지를 받고 -

지난 9월 22일, 전국적으로 정부의 쌀 개방 정책에 항의하는 논 갈아엎기를 진행했다. 그리고 다음날인 23일 저녁 전국농민회총연맹 앞으로 허상만 농림부 장관 명의의 편지를 한 통 받았다. "우리나라 농업의 발전을 위해 노력하고 계시는 여러분의 노고에 감사드립니다."라는 인사로 시작한 편지는 쌀 협상과 FTA 협상 등 우리 농업이 어렵고 중요한 시기에 직면해 있는데, 국민의 식량인 쌀을 생산하는 농민이 스스로 벼를 갈아엎는 행위는 어떠한 명분이나 주장으로도 용납될 수 없는 일이라며, 자식 같은 나락을 갈아엎은 우리 농민들을 훈계하는 내용이었다. 그러나 허상만 농림부 장관은 농민들을 훈계할 자격이 있는가? 경영이양직불제 및 폐원 보상제 등 돈을 줄 테니 농사를 그만 지으라며 우리 농민들에게 농사포기를 강요할 때는 언제고 정부는 말대로 눈물을 머금고 수확을 포기하겠다고 논을 갈아엎으니 이제 와서 용납할 수 없다고 말하는 것은 어느 논리에서 비롯된 것인가? 누가 할 소리인가. 수입 개방만 부르짖다가 국민 식량을 73.1%나 외국에 의존하게 되었고, 추곡수매제도를 폐지하고, 농지

전용을 마음대로 하여 농지를 줄이려는 정책의 주인공이 누구인가. 바로 허상만 농림부 장관 아닌가.

정부의 농지 축소, 생산량 축소 정책에 22일 농민들의 수확 포기는 정부 정책에 부응하는 것이 아닌가 반문하고 싶다. 결국, 정부는 농민들이 오죽하면 여름 내내 땀 흘려 지은 나락을 엎기까지 했는지 농심을 전혀 이해하지 못하고 있다. 이런 농림부 장관에 우리 농업을 맡길 수 없다. 농민의 생존권 문제만이 아닌 국민의 생명과 환경, 그리고 식량 주권이 걸려 있는 쌀 재협상을 몇몇 통상 관료에 맡기고 있으니, 농민이야 죽건 말건 농림부가 농심을 알 리가 없는 게 어쩌면 당연할지도 모른다.

정부는 농림부 장관 서신에서 말했듯이 농민 스스로 논을 갈아엎는다는 것은 정말 자식을 버리는 것과 마찬가지로 참기 어려운 일이다. 그것은 갈아엎는 논 앞에서 흘린 농민들의 눈물이 말해 주지 않는가. 허상만 농림부 장관과 노무현 대통령은 자식을 버릴 만큼 간절하게 바라는 것이 있었는지 되묻는다.

죽어도 쌀 개방은 안 된다. 허상만 농림부 장관과 정부는 진정 우리 농민들의 심정과 분노가 무엇이지 제대로 보아야 할 것이며 '쌀 개방 반대 식량 주권 수호'의 의지가 얼마나 충천한 지 똑똑히 인식해야 할 것이다.

2004년 9월 24일
전국농민회총연맹 경북도연맹 의장 황인석

홍익대 김상민 학생을 즉각 석방하고
국가보안법 폐지하라

오늘(28일) 홍익대를 다니고 있는 김상민 학생이 국가보안법 위반 혐의로 연행되었다는 소식을 접하며 아직도 학생들의 연행과 구속이 자행되는 어처구니없는 현실에 가슴이 아프다.

우리가 김상민 학생의 즉각적인 석방을 바라는 것은 학생 부모와 그 친구, 동료들의 마음과 같다. 특히 김상민 학생은 매년 봄, 여름, 가을, 겨울 우리 농촌을 찾아 농민들의 근심을 함께 나누고 손발에 흙을 묻혀 가며 농사일을 거들던 바로 그 학생이다. 국가에서 포상을 줘도 모자랄 판에 차디찬 감옥에 가둬서야 되겠는가.

대한민국에서 가장 소외당하는 농민을 돕고 농촌을 사랑했던 대한민국의 젊은 학생이 폐지를 앞둔 국가보안법의 가혹한 처벌을 받는다는 것을 농민들은 절대로 받아들일 수 없다.

김상민 학생은 지난해 같은 학교 학생들에 의해 공정한 투표로 선출된 학생회장으로 알고 있다. 그리고 김상민 학생이 앞장서서*경북 안동으로 많은 학생과 함께 농촌 활동에 참가했고 우리 농민들은 늘 한총련 학생들에게 고마움을 간직하고 있다. 더구나 우리는 농촌 활동이 계속 이어지길 바라고 있다. 기댈 곳 없는 우리 농민에게 작은 도움이나마 주려는 기특하고 자랑스러운 학생을 왜 잡아 가두는가 말이다.

김상민 학생은 국가보안법을 위반한 범죄자가 아니라 우리 농업과 농민을 사랑하고 실천한 애국자다. 우리 농민과 함께 땀을 흘리고 싸

윘던 학생을 범죄자 취급하는데 가만히 있을 농민이 어디에 있겠는가. 김상민 학생을 즉각 석방하고 국가보안법을 폐지하라.

국가보안법을 지키려면 국가보안법이 아니라 쌀을 지켜야 한다. 미국을 비롯한 강대국들이 우리의 식량 창고를 넘보고 있고 이제는 쌀마저 개방된다면 국가 안보는커녕 국민은 식량 노예로 전락하고 말 것이다. 국가보안법은 국가 안위나 안보와 관계가 없음이 증명된 지금 김상민 학생을 석방하고 우리의 쌀을 지키는 데 온 힘을 기울이길 절실히 호소하는 바이다.

2004년 10월 28일
전국농민회총연맹 경북도연맹 의장 황인석

농업인의 날 농민 연행,
농민 탄압 자행하는 정부 당국을 강력히 규탄한다

어제는 농업인의 날이었다. 일 년 농사를 거두어들이고 풍년 농사에 어깨춤 덩실거리며 쌓인 양식에 기쁨을 누려야 할 농촌에 난데없이 백주에 어린 자식들 앞에서 죄 없는 농민이 수갑이 채워져 강제로 연행되는 사태가 벌어졌다. 울고 싶은 사람 뺨을 때린 노무현 정부를 가만두지 않겠다. 농민의 날에 어려운 농촌과 농민들에게 위로랍시고 건넨 쌀 농가 소득 안정 대책과 동시에 한 농민을 강제 연행하고 구속시키는 만행을 우리 농민은 지켜보고만 있지 않을 것이다.

지난겨울 한-칠레 FTA 체결에 이어 올해는 쌀 재협상으로 쌀 개방을 밀어붙여 이제 농민들은 앞으로 어떻게 살아가야 하나 막막한 심정에 울분으로 폭발하기 직전에 놓여 있다. 수입개방 정책에 짓눌려 생산비는 고사하고 농가 부채만 산더미처럼 쌓여 가는 마당에 동정이나 하듯 던진 정부의 허울 좋은 쌀 농가 소득 안정 대책과 농민 강제 연행 구속은 울고 싶은 사람 뺨을 후려친 격이다.

내일(13일) 있을 쌀 개방 반대 전국 농민 대회를 방해하고 농민 투쟁을 무력화하려는 얄팍한 수작은 결국 더 큰 저항과 사태로 몰고 가는 것임을 엄중히 경고한다.

우리 쌀을 지키고 식량 주권을 지키자는 게 도대체 무슨 죄목인가.

일방적으로 쌀 개방을 해 놓고 이제는 농민들까지 구속시키는 수년 전 독재 시절을 닮아가는 노무현 정부를 강력히 규탄한다. 노무현 정부는 즉각 곽길성 광주 전라남도연맹 사무처장을 비롯한 구속된 농민을 석방하라. 국민과 아무런 합의 없는 쌀 재협상은 무효이며 추곡수매제도 폐지 등 농민 죽이는 양곡관리법을 즉각 중단하라.

2004년 11월 12일
전국농민회총연맹 경북도연맹 의장 황인석